U0547407

ZHONGGUO XIAOSHUO

100 QIANG

中国小说100强（1978—2022）

都市猫语

张 翎 著

北京联合出版公司
Beijing United Publishing Co.,Ltd.

图书在版编目（CIP）数据

都市猫语 / 张翎著. -- 北京 : 北京联合出版公司, 2023.9

（中国小说100强）

ISBN 978-7-5596-7032-8

Ⅰ.①都… Ⅱ.①张… Ⅲ.①长篇小说－中国－当代 Ⅳ.①I247.5

中国国家版本馆CIP数据核字(2023)第107314号

都市猫语

作　　者：张　翎
出 品 人：赵红仕
出版监制：张晓冬　范晓潮
责任编辑：李艳芬
特约编辑：和庚方　郭　漫
封面设计：武　一

北京联合出版公司出版
（北京市西城区德外大街83号楼9层　100088）
北京兴星伟业印刷有限公司印刷　　新华书店经销
字数181千字　650毫米×920毫米　1/16　19.5印张
2023年9月第1版　2023年9月第1次印刷
ISBN 978-7-5596-7032-8
定价：58.00元

中国小说100强（1978—2022）丛书

编委会

总　序

“中国小说 100 强”（1978—2022）是资深出版人张明先生和腾讯读书知名记者张英先生共同策划发起的一套大型文学丛书。他们邀请我和宗仁发、谢有顺、顾建平、文欢一起组成编委会，并特邀徐晨亮参与，经过认真研讨和多轮投票最终评定了 100 人的入选小说家目录。由于编委们大多都是长期在中国文学现场与中国文学一路同行的一线编辑、出版家、评论家和文学记者，可以说都是最专业的文学读者，因此，本套书对专业性的追求是理所当然的，编委们的个人趣味、审美爱好虽有不同，但对作家和文学本身的尊重、对小说艺术的尊重、对文学史和阅读史的尊重，决定了丛书编选的原则、方向和基本逻辑。

从文学史的角度来说，1978 年以后开启的新时期文学是中国当代文学的黄金时代，不仅涌现了一批至今享誉世界的优秀作家，而且创造了许多脍炙人口的文学经典，并某种程度上改写了 20 世纪中国文学史的版图。而在中国新时期文学的经典家族中，小说和小说家无疑是艺术成就最高、影响力最大的部分。“中国小说 100 强”（1978—2022）就是试图将这个时期的具有经典性的小说家和中国小说的经典之作完整、系统地筛选和呈现出来，并以此构成对新时期文学史的某种回顾与重读、观察与评判。呈现在读者面前的这套丛书是对 1978—2022 年间中国当代小说发展历程的一次全面、系统的整体性回顾与检阅，是中国当代文学经典化的重要成果，从特定的角度集中展示了中国新时期文学在小说创作方面的巨大成就。需要说明的是，与 1978—2022 年新时期文学繁荣兴盛的局面相比，100 位作家和 100 本书还远远不能涵盖中国当代小说的全貌，很多堪称经典的小说也许因为各种原因并未能进入。莫言、苏童、余华等作家本来都在编委投票评定的名单里，但因为他们已与某些出版社签下了专有出版合同，不允许其他出版社另出小说集，因而只能因不可抗原因而割爱，遗珠之憾实难避免，而且文学的审美本身也是多元的，我们的判断、评价、选择也许与有些读者的认知和判断是冲突的，但我们绝无把自己的标准强加于别人的意思。我们呈现的只是我们观察中国这个时期当代小说的一个角度、一种标准，我们坚持文学性、学术性、专业性、民间性，注重作家个体的生活体验、叙事能力和艺术功力，我们突破代际局限，老、中、青小说家都平等对待，王蒙、冯骥才、梁晓声、铁凝、阿来等名家名作蔚为大观，徐则臣、阿乙、弋舟、鲁敏、林森等新人新作也是目不暇接，我们特别关注文学的新生力量，尤其是近 10 年作品多次获国家大奖、市场人气爆棚的新生代小说家，我们秉持包容、开放、多元的审美立场，无论是专注用现实题材传达个人迥异驳杂人生经验、用心用情书写和表现时代精神的现实主义作家，还是执着于艺术探索和个体风格的实验性作家，在丛书里都是一视同仁。我们坚信我们是忠实于自己的艺术理想、艺术原则和艺术良心的，但我们并不认为自己的角度和标准是唯一的，我们期待并尊重各种各样的观察角度和文学判断。

当然，编选和出版“中国小说 100 强”（1978—2022）这套大型丛书，除了上述对文学史、小说史成就的整体呈现这一追求之外，我们还有更深远、更宏大的学术目标，那就是全力推进中国当代文学“经典化”的历程和“全民阅读·书香中国”建设。

从 1949 年发端的中国当代文学已经有了 70 多年的发展历程，但对这 70 多年文学的评价一直存在巨大的分歧，“极端的否定”与“极端的肯定”常常让我们看不到当代文学的真相。有人认为中国当代文学达到了前所未有的高度和水平。王蒙先生在法兰克福书展上就说：中国当代文学现在是有史以来最繁荣的时期。余秋雨、刘再复甚至认为中国当代文学的成就远远超过了现代文学。也有人极端否定中国当代文学，认为中国当代文学都是垃圾。他们认为现代文学要远远超过当代文学，中国当代文学连与现代文学比较的资格都没有。比如说，相对于鲁（迅）、郭（沫若）、茅（盾）、巴（金）、老（舍）、曹（禺）这样大师级的人物，中国当代作家都是渺小的侏儒，根本不能相提并论，两者比较就是对大师的亵渎。应该说，与对中国当代文学的肯定之声相比，对当代文学的否定和轻视显然更成气候、更为普遍也更有市场。尽管否定者各自的角度和出发点不同，但中国当代作家、作品与中外文学大师、文学经典之间不可比拟的巨大距离却是唱衰中国当代文学者的主要论据。这种判断通常沿着两个逻辑展开：一是对中外文学大师精神价值、道德价值和人格价值的夸大与拔高，对文学大师的不证自明的宗教化、神性化的崇拜。二是对文学经典的神秘化、神圣化、绝对化、空洞化的理解与阐释。在此，我们看到了一个非常有趣的悖论：当谈论经典作家和文学大师时我们总是仰视而崇拜，他们的局限我们要么视而不见要么宽容原谅，但当我们谈论身边作家和身边作品时，我们总是专注于其弱点和局限，反而对其优点视而不见。问题还不在于这种姿态本身的厚此薄彼与伦理偏见，而是这种姿态背后所蕴含的“当代虚无主义”。这种“虚无主义”的最大后果就是对当代作家作品“经典化”的阻滞，对当代文学经典化历程的阻隔与拖延。一方面，我们视当下作家作品为“无物”，拒绝对其进行“经典化”的工作，另一方面又以早就完全“经典化”了的大师和经典来作为贬低当下泥沙俱下的文学现实的依据。这种不在同一个层面上的比较，不仅毫无意义，而且只能使得文学评价上的不公正以及各种偏激的怪论愈演愈烈。

其实，说中国当代文学如何不堪或如何优秀都没有说服力。关键是要进行“经典化”的工作，只有“经典化”的工作完成了才有可能比较客观地对当代的作家作品形成文学史的判断。对当代的“经典化”不是对过往经典、大师的否定，也不是对当代文学唱赞歌，而是要建立一个既立足文学史又与时俱进并与当代文学发展同步的认识评价体系和筛选体系。当然，我们也要承认，“经典化”问题是一个非常复杂的问题，并不是凭热情和冲动一下子就能完成的，但我们至少应该完成认识论上的“转变”并真正启动这样一个“过程”。

现在媒体上流行一些对于中国当代文学经典化冷嘲热讽的稀奇古怪的言论，其核心一是否定中国当代文学有经典、有大师，其二是否定批评界、学术界有关“经典化”的主张，认为在一个无经典的时代，“经典”是怎么“化”也“化”不出来的，“经典化”是一个实实在在的“伪命题”。其实，对于文学，每个人有不同的判断、不同的理解这很正常，每一种观点也都值得尊重。但是，在“经典”和“经典化”这个问题上，我却不能不说，上述观点存在对“经典”和“经典化”的双重误解，因而具有严重的误导性和危害性。

首先，就“经典”而言，否定中国当代文学早就不是什么新鲜事，对当代文学的虚无主义态度在很多人那里早已根深蒂固。我不想争论这背后的是与非，也不想分析这种观点背后的社会基础与人性基础。我只想指出，这种观点单从学理层面上看就已陷入了三个巨大误区：

第一个误区，是对经典的神圣化和神秘化的误区。很多人把经典想象为一个绝对的、神圣的、遥远的文学存在，觉得文学经典就是一个绝对的、乌托邦化的、十全十美的、所有人都喜欢的东西。这其实是为了阻隔当代文学和“经典”这个词发生关系。因为经典既然是绝对的、神圣的、乌托邦的、十全十美的，那我们今天哪一部作品会有这样的特性呢？如果回顾一下人类文学史，有这样特性的作品好像也没有。事实上，没有一部作品可以十全十美，也没有一部作品能让所有人喜欢。在这个问题上，我们应该明确的是，“经典”不是十全十美、无可挑剔的代名词，在人类文学史上似乎并不存在毫无缺点并能被任何人所认同的“经典”。因此，对每一个时代来说，“经典”并不是指那些高不可攀的神圣的、神秘的存在，只不过是那些比较优秀、能被比较多的人喜爱的作品而已。从这个意义上说，当今中国文坛谈论“经典”时那种神圣化、莫测高深的乌托邦姿态，不过是遮蔽和否定当代文学的一种不自觉的方式，他们假定了一种遥远、神秘、绝对、完美的“经典形象”，并以对此一本正经的信仰、崇拜和无限拔高，建立了一整套关于中国当代文学的伦理话语体系与道德话语体系，从而充满正义感地宣判着中国当代文学的死刑。

第二个误区，是经典会自动呈现的误区。很多人会说，是金子总是会发光的。但对文学来说，文学经典的产生有着特殊性，即，它不是一个“标签”，它一定是在阅读的意义上才会产生意义和价值的，也只有在阅读的意义上才能够实现价值，没有被阅读的作品没有被发现的作品就没有价值，就不会发光。而且经典的价值本身也不是固定不变的。如果一个作品的价值一开始就是固定不变的，那这个作品的价值就一定是有限的。经典一定会在不同的时代面对不同的读者呈现出完全不同的价值。这也是所谓文学永恒性的来源。也就是说，文学的永恒性不是指它的某一个意义、某一个价值的永恒，而是指它具有意义、价值的永恒再生性，它可以不断地延伸价值，可以不断地被创造、不断地被发现，这才是经典价值的根本。所以说，经典不但不会自动呈现，而且一定要在读者的阅读或者阐释、评价中才会呈现其价值。

第三个误区，是经典命名权的误区。很多人把经典的命名视为一种特殊权力。这有两个层面的问题：一，是现代人还是后代人具有命名权；二，是权威还是普通人具有命名权。说一个时代的作品是经典，是当代人说了算还是后代人说了算？从理论上来说当然是后代人说了算。我们宁愿把一切交给时间。但是，时间本身是不可信的，它不是客观的，是意识形态化的。某种意义上，时间确会消除文学的很多污染包括意识形态的污染，时间会让我们更清楚地看清模糊的、被掩盖的真相，但是时间同时也会使文学的现场感和鲜活性受到磨损与侵蚀，甚至时间本身也难逃意识形态的污染。此外，如果把一切交给时间，还有一个前提，那就是对后代的读者要有足够的信任，要相信他们能够完成对我们这个时代文学的经典化使命。但我们对后代的读者，其实是没有信心的。我们今天已经陷入了严重的阅读危机，我们怎么能寄希望后代人有更大的阅读热情呢？幻想后代的人用考古的方式对我们这个时代的文学进行经典命名，这现实吗？我不相信后人对我们身处时代“考古”式的阐释会比我们亲历的“经验”更可靠，也不相信，后人对我们身处时代文学的理解会比我们亲历者更准确。我觉得，一部被后代命名为“经典”的作品，在它所处的时代也一定会是被认可为“经典”的作品，我不相信，在当代默默无闻的作品在后代会被“考古”挖掘为“经典”。也许有人会举张爱玲、钱钟书、沈从文的例子，但我要说的是，他们的文学价值早在他们生活的时代就已被认可了，只不过很长时间由于意识形态的原因我们的文学史不谈及他们罢了。此外，在经典命名的问题上，我们还要回答的是当代作家究竟为谁写作的问题。当代作家是为同代人写作还是为后代人写作？幻想同代人不阅读、不接受的作品后代人会接受，这本身就是非常乌托邦的。更何况，当代作家所表现的经验以及对世界的认识，是当代人更能理解还是后代人更能理解？当然是当代人更能理解当代作家所表达的生活和经验，更能够产生共鸣。因此，从这个角度来说，当代人对一个时代经典的命名显然比后代人更重要。第二个层面，就是普通人、普通读者和权威的关系。理论上，我们都相信文学权威对一个时代文学经典命名的重要性，权威当然更有价值。但我们又不能够迷信文学权威。如果把一个时代文学经典的命名权仅仅交给几个权威，那也是非常危险的。这个危险表现在什么地方呢？就是几个人的错误会放大为整个时代的错误，几个人的偏见会放大为整个时代的偏见。我们有很多这样的文学史教训。在这个问题上，我们既要相信权威又不能迷信权威，我们要追求文学经典评价的民主化、民主性。对一个时代文学的判断应该是全体阅读者共同参与的民主化的过程，各种文学声音都应该能够有效地发出。这个时代的文学阅读，最理想的状态应该是一种互补性的阅读。为什么叫“互补性的阅读”？因为一个批评家再敬业，再劳动模范，一个人也读不过来所有的作品。举个例子：现在我们一年有 5000 部以上的长篇小说，一个批评家如果很敬业，每天在家读二十四小时，他能读多少部？一天读一部，一年也只能读三百部。但他一个人读不完，不等于我们整个时代的读者都读不完。这就需要互补性阅读。所有的读者互补性地读完所有作品。在所有作品都被阅读过的情况下，所有的声音都能发出来的情况下，各种声音的碰撞、妥协、对话，就会形成对这个时代文学比较客观、科学的判断。因此，文学的经典不是由某一个“权威”命名的，而是由一个时代所有的阅读者共同命名的，可以说，每一个阅读者都是一个命名者，他都有对经典进行命名的使命、责任和“权力”。而作为一个文学研究者或一个文学出版者，参与当代文学的进程，参与当代文学经典的筛选、淘洗和确立过程，更是一种义不容辞的责任和使命。说到底，“经典”是主观的，“经典”的确立是一个持续不断的“过程”，“经典”的价值是逐步呈现的，对于一部经典作品来说，它的当代认可、当代评价是不可或缺的。尽管这种认可和评价也许有偏颇，但是没有这种认可和评价，它就无法从浩如烟海的文本世界中突围而出，它就会永久地被埋没。从这个意义上说，在当代任何一部能够被阅读、谈论的文本都是幸运的，这是它变成“经典”的必要洗礼和必然路径。

总之，我们所提倡的“经典化”不是要简单地呈现一种结果，不是要简单地对一个时代的文学作品排座次，不是要武断地指出某部作品是“经典”，某部作品不是“经典”，不是要颁发一个“谁是经典”的荣誉证书，而是要进入一个发现文学价值、感受文学价值、呈现文学价值的过程。所谓“经典化”的“化”实际上就是文学价值影响人的精神生活的过程，就是通过文学阅读发现和呈现文学价值的过程。可以说，文学的经典化过程，既是一个历史化的过程，更是一个当代化的过程。文学的经典化时时刻刻都在进行着，它需要当代人的积极参与和实践。因此，哪怕你是一个对当代文学的虚无主义者，你可以不承认当代文学有经典，但只要你还承认有文学，你还需要和相信文学，还承认当代文学对人的精神生活具有影响力，你就不应该否定当代文学经典化的重要性。没有这个“经典化”，当代文学就不会进入和影响当代人的生活，就失去了存在的意义。每一个人，哪怕你是权威，你也不能以自己的好恶剥夺他人阅读文学和享受文学的权利。

从这个意义上说，当代文学的经典化当然是一个真命题而不是一个伪命题。在一个资讯泛滥的时代，给读者以经典的指引是文学界、出版界共同的责任，而这也是我们编辑出版这套书的意义所在。

最后，感谢张明和张英先生为本套书付出的辛劳，感谢北京立丰天文化传播有限公司、北京金圣典文化有限公司的资金支持，感谢全体编委和北京联合出版公司各位编辑，感谢所有对本套丛书的出版给予大力支持的作家和他们的家人。

是为序。

吴义勤

2022 年冬于北京

目 录

Contents

阿喜上学

清末，金山（早年华侨对北美洛基山一带的统称）唐人街几乎清一色的男人群里，开始出现了少数几个年轻女子。她们漂洋过海来到金山，或为人妻，或为人婢，后来由于各样的因缘际遇，进入了当地的公立学堂，与白人的孩子们一起接受教育。在大英帝国体制下的教育系统里，她们遭遇了另外一种窘迫——那是与她们生来就熟稔的贫穷不完全相似的窘迫。她们被众多的敌人包围，诸如肤色，诸如性别，诸如年龄。她们的故事，与同时代许多惊天动地的历史事件相比，实在微不足道。所以，她们就轻而易举地被人淡忘了。连她们的后代回忆起她们时，也是一脸茫然。我的主人公阿喜，便是那几个少女中的一个。

阿喜搬了一张小板凳，坐到窗前那一块太阳光斑里锁扣眼。阿喜手里的这件衣裳极小，摊开来只有她两个手掌大。三个扣眼，个个小得像米粒。广东巷尾李记杂货铺的阿昌叔新添了一个男仔，这个月十一号喝满月酒，这衣裳就是阿妈备下的礼。阿妈新近着急上火得了烂眼病，两个眼睛肿得如同面团上戳出的两个窟窿，锁扣眼的活就理所当然地落到了阿喜手里。

窗外嘎地一声响，把阿喜惊得颤了一颤，针险些扎了手指。阿喜抬头看了一眼，是一只红肚皮的鸟，踮着脚尖站在树枝上探头探脑地朝屋里张望。花已经落尽了，有花的时候，鸟藏在花里是看不见的。墙上的黄历被阿爸翻到了三月初四那一页。三月初四在天底下哪个角落都该是春天，春天里哪里都有花儿树儿和鸟儿。只是咸水埠（早年华侨对温哥华的俗称）的花儿鸟儿和开平乡下的不一样。咸水埠的鸟儿好看倒是好看，却叫得鸭公似的，仿佛被人掐了脖子，实在是难听。咸水埠的花儿一串串一团团，云雾似的，只是不禁开，一阵风过就没了。阿弟告诉她，这洋花儿有个名字，叫樱花，是东洋人带过来的树种。开平乡下的花都是日常的名字，鸡蛋花，牵牛花，芭蕉，狗尾，没那么粉嫩，倒是结结实实地开个一年半载的。

“阿喜，去阁楼把剃头剪子拿下来。”阿妈说。

阿妈正坐在屋角的那张藤椅上换裹脚布。阿妈的那个角落很暗。阿妈五岁就裹了脚，阿妈闭着眼睛也能把那些长长的布条一个结也不缠地解下来，裹回去。阿妈换下来的裹脚布在地上死蛇似的盘成一团，空气里飞腾起一股汗酸味。阿喜抽了抽鼻子，放下手里的衣裳，朝阁楼走去。

阿喜来咸水埠才半个月，还来不及跟家里的每一个角落都熟稔起来。她只知道家里有上下两层楼，上层住着自家的人，下层分成前后两片，前面是阿爸的中药铺，后面空出一个房间，搭了三张格子铺，住了六个房客。在楼上阿爸阿妈的那个房间里，沿着那个折了一条腿的梯子爬上去，可以爬到屋顶上一个鸽子笼似的阁楼。她想问阿妈剃头剪子放在阁楼的什么地方，可是她不敢。她知道阿妈会飞给她一个什么样的眼神。阿妈的那些眼神从最暗的角落里飞出来，也像磨得雪亮的劏猪刀，扎得她浑身都是洞眼。她知道她活该。她只有用沉默做成一件厚棉袄，牢牢地裹在身上，才不叫那刀子伤着。

阿喜刚刚爬了一级梯子，就听见有人在楼下咚咚地敲门。今天阿爸盘货备货，药铺关半天门。敲门声很响亮，手掌拍在门板上发出嗡嗡的回响。阿爸的药碾子吱的一声停了下来。

“耳朵塞了狗屎了？”

虽然屋里住了十一口人，五个家人，六个房客，阿喜却明白，阿爸的这句话，是单单讲给她一个人听的。她爬下楼梯，瞬间把剃头剪子的事忘得一干二净，慌慌地跑下楼去开门。

就在那艘载着她漂洋过海的“日本天皇号”轮船抵埠的第二天，阿妈把她从睡梦中叫醒，告诉她阿久死了。当时她便猜到，她在金山的日子，大抵就是这个样子了。

她和阿久定亲的事，阿人（开平方言：祖母）是到了接聘礼那天才告诉她的。那阵子林家的大儿子阿久的大哥阿元从金山回来，常到家里看阿人。回回都不是空手来的，有时是一只鹅，有时是一块花洋布，有时是一挑狗肉。林家住在上河村，阿喜家住在下河村，中间隔了一条河。阿喜不认识林家的人，只听村里人说林家的两个儿子，阿元和阿久，都在咸水埠搵钱。阿元回乡，是来接大儿子去金山的。阿喜见阿元来自己家里，关起门来和阿人叽叽咕咕地说话，只当是金山的阿爸阿妈托阿元捎信来，直到有一天四个脚夫抬了两个沉甸甸的蒙了红布的箩筐来到家中，才知道家里已经把自己许给了阿久。

阿喜虽然没见过阿久，却见过阿久的照片。阿久的照片是在咸水埠唐人街的照相铺里照的。照片里阿久坐在一张当作道具的梨木太师椅上，穿着一件带着折痕的仿绸长袍，高颧骨，矮鼻梁，粗粝的脸上带着一丝急切而隐忍的微笑。阿喜不敢多看，只匆匆扫过一眼，觉得说不出是好看还是难看。不过阿喜用不着说——没人问过阿喜的看法。

直到上了去金山的轮船，阿喜还不知道，阿久那件仿绸长袍覆盖着的两条腿中，有一条是一根木棍——阿久年轻时在菲沙河谷修铁路的时候，被炸药炸飞了一条腿。阿喜也不知道，阿久今年四十一，比自己大了整整二十七岁。

阿喜不知道，阿妈却是知道的。阿妈什么都知道。

半年前，阿久那条断腿收口的地方，突然长了一个疖子，就到阿爸的药铺买药饼。阿久在等阿爸调药饼的空隙里，和阿爸说起他想讨一房女人。唐人街的男人，谁不想讨一房女人？阿爸一只耳朵进一只耳朵出，并没当一回事。阿妈坐在阿爸旁边补阿弟的裤子，阿妈的心里却咚地落进了一块石子——阿妈动了心。

阿妈动心，是因为阿妈已经九年没见着阿喜了。阿妈去金山跟阿爸团圆的时候，阿喜才五岁。阿妈在咸水埠住了九年了，生了两个弟弟，一个八岁，一个六岁，都在见风就长的年纪上。夜晚睡上一觉，早上起床就比昨天长高了一截。见风长的不仅是弟弟，还有官府的过埠人头税，先是五十个洋元，后来长到了一百。等阿爸终于攒足了一百个洋元，准备接阿喜过埠的时候，它却又长到了五百。五百洋元，那得阿爸一小秤一小秤地秤出多少帖药，才能攒够啊。阿爸没了指望，就不攒了，说一个女仔，反正是要嫁人的，来不来金山都是别家的人，算了。

阿爸没见过阿喜。阿爸回乡娶阿妈，阿妈怀着阿喜的时候，阿爸就坐船走了。阿爸走得急，是因为阿爸要快点回金山搵钱，好给阿妈攒过埠的税银。五年后阿妈来了金山，阿爸偶尔也会想起留在开平乡下的阿喜。想归想，阿爸的想跟阿妈的想是不一样的。阿妈是用奶水把阿喜喂大的。阿妈的奶汁喂进了阿喜的小嘴，在阿喜的肚皮里化成了一根看不见的细绳子，一牵一牵地总扯着阿妈的心。

所以那天，当阿久抓了药饼走后，阿妈就对阿爸说："要不，托李记的阿昌去林家说个媒，把咱家阿喜娶过来？阿久的哥阿元下月回开平，正好下定。"

起先阿爸是不情愿的，阿爸嫌阿久比自己还大一岁。可是阿爸经不起阿妈三番五次地磨，阿爸就松了口。

阿妈的话不是随口说的。就在阿久跟阿爸讨药饼的时候，阿妈已经飞快地把这件事想过了几个来回。阿久虽然缺条腿，阿久的脑子一点也不缺。阿久跟他阿哥在城西城东开了两家肉铺子，尽管只有几年光景，生意却比阿爸开了十几年的药铺强了许多。唐人街的男人想女人时，只能去番摊馆（赌馆）隔壁那间蒙了一块厚窗帘的黑屋子里，花三五个毫子跟那种女人寻一盏茶工夫的快活。可是阿久想女人，却是要正正经经地讨一房妻室的。阿久兄弟两个，兜里是踏踏实实地藏了一沓子钱的——那是两笔五百个洋元啊，一笔是让阿元回去接儿子过埠的，另一笔是叫阿久风风光光地娶个女人的。阿久若肯替阿喜付这笔过埠税，阿妈就能见着分别九年的女儿了。

阿妈的算盘算得再精，也没能算得过天意。谁能想到一个疖子，竟能要了阿久的命呢？不知贴了多少副药饼，喝了多少剂汤药，阿久腿上的疖子迟迟不愈，最后烂遍了全身。阿久死的时候，身上没有一块好肉。

阿喜从阁楼跑下来，看见阿爸正从药碾子上跳下。

阿爸的药碾子是个大铁臼，中间那个坑是放药材的。阿爸碾药的时候，双手套在从梁上挂下来的吊环上，两只脚踩在一个铁滚子上，来回推碾着滚子走，身子荡来荡去，荡得像面饼阿公手里的软面团。药材在石滚子底下哼哼唧唧地碎裂了，一屋都是辛苦味。

阿爸扯下绕在脖子上的辫子，满地找鞋，一脸是汗，远远看过去，额头脑门上像抹了一层青晃晃的猪油。阿喜想打一盆水给阿爸擦脸，阿爸顾不上。阿爸的眉心蹙成一个乱线团，光着脚匆匆地往楼上跑去。一边跑，一边叮嘱阿喜："要是他，就说我没在。"

阿喜知道阿爸嘴里的那个他，是阿久的大哥阿元。

阿喜抵埠的头几天，林家没来人——都在忙着办阿久的丧事。阿久一落土，阿元就来了。

阿爸早就知道阿元会来。阿爸已经备下了好酒好烟。阿爸平日自己抽烟，是用鸡蛋和集市上的红番（印第安人）换来的土烟卷，可是阿爸却买了五包三五牌洋烟，专门给阿元抽。阿元来的时候，阿爸脸上堆满了笑，说话的声气里仿佛给抽走了筋骨，只剩了一滩水似的烂肉。阿爸的笑脸是用来抵挡阿元的丑话的。阿爸的笑脸是棉花，阿元的丑话是钉子。再厚的棉花，也挡不住一颗哪怕秃了头的钉子。

果真，两根洋烟之后，阿元的丑话终于说出来了。

"你家那个女仔，命怎么这么硬，生生把我家阿久尅走了。"

阿爸没有说话。阿爸的笑潮水似的落了下去，露出底下一片荒滩。

阿妈停下手里的针线，哼了一声，说你家阿久还没到我家问名（提亲）的时候，就得病了，怨不得别人。

阿爸重重地咳了一声，喝道："男人说话，没有女人插嘴的地方。"

阿妈不吭声了。可是阿妈没说完的话还在肚子里翻腾着，满屋都是咕咕的声响。

“聘礼和买舟的钱就不说了，谁叫阿久命衰呢？可是过埠费，那是我兄弟两个一个毫子一个毫子捏出水来才攒下的，总得还吧？”

阿爸吸了半根的烟卷在阿爸的指间一动不动地待了很久，一坨烟灰落到地上，把地砸了个坑。

“你就是扒了我黄永寿的皮拿到圩上去卖，也卖不了五百个洋元。”阿爸说。

“你别和我哭穷，你好歹有这个药铺，还有房租呢。”

阿妈听了这话，像被雷公掴了一掌，身子晃了一晃，要跌跤，却没跌，撑着椅背站住了。

“阿元你乌贼膏子蒙了心，算计我一家人这口饭食。我们找会馆（指当地的中华会馆）的人做个中直判一判，阿喜是你们林家要带过来的，不关我们黄家的事。没叫你们林家养她一辈子就算便宜你了，还敢问我们要过埠费？”

这次阿爸就没有呵斥阿妈住嘴。阿爸的嘴唇抖了好久，也没抖出一句话来。

阿元不看阿爸，也不看阿妈，直直地走出了门。走到门口，又丢下一句话：

“十天，我宽限你十天。”

阿元走后，阿爸蹲在地上，一根接一根地抽了很久的烟，脸上泥菩萨似的没有一丝动静。阿妈端了一杯茶，送到阿爸嘴边叫阿爸喝。阿爸抓过杯子一把朝阿妈掼去。

“我什么命呢，听了你的衰话。”

阿妈的脸上烫出了一条红虫子。阿妈捂着虫子一声不吭。阿喜知道阿妈在哭。这是阿妈的哭法，阿妈哭起来就是这样一声不吭。

今天就是第十天。

敲门声一下接一下，越来越响。

阿喜走到门口的时候，脚步突然慢了下来。阿喜实在不情愿开门。躲一刻是一刻。那回她躲在“日本天皇号”船舱里，不就把阿久躲过去了吗？

“踩着雷公大佬的春古蛋（睾丸）了？”在鱼厂做夜班的房客刚睡着就被吵醒了，扯着嗓门大吼起来。

阿喜躲不过去，只好去开门。

门才开了一条缝，缝里就塞进了一只莱克亨母鸡，通身雪白，尾翼上稍稍有几片杂毛，鸡脚上捆着一根红绳。鸡躺在地上扇着翅膀，发出咯咯地傻笑。

“给你阿爸。一个月下二十五六个蛋，是只聚宝盆呢。”

门缝里跨进了一只脚。阿喜不用抬头，就知道来的果真是那个阿元。前次他来，穿的就是这双鞋子。黑猪皮，两接头，鞋尖上蹭掉了一块皮。

“我阿爸后院养了三笼鸡，什么种没有？用不着你送。”

阿喜是想这么说的，可是阿喜却没有说出口。阿喜只是嗯了一声，算是回答。

阿元进屋，自己坐下了，点了一根烟，不着急说话。阿喜只觉得身上一阵刺痒，就知道阿元在打量她。阿喜今天换了件衣裳，是阿妈的。阿喜自己的衣裳穿脏了，洗了晒在院里的竹竿上。阿妈的衣裳是件半新的斜襟布褂，石青色的，襟上袖口包了一圈灰色的滚边，老是老气了些，腰身却剪裁得很是细瘦。阿喜这几个月长了些身个，竟把阿妈的布褂撑满了。

“想睇戏吗？”

阿喜愣了一愣，半晌才明白过来阿元在问她。想是想的。从前在乡下的时候，镇里演琼花戏，阿人和她走几十里路都是要去的。可是她不能告诉阿元她想。

于是她摇了摇头。

“星洲（新加坡）来的红玉剧团，南洋红领衔主演的白娘子，你不想看？”

阿喜依旧摇了摇头。

“你阿爸呢？”

“出去了。”

“去哪里？”

“不晓得。”

“什么时候返来？”

“不晓得。”

阿元踢了踢阿爸留在药碾子旁边的鞋子，嘿嘿地笑了起来。

“我知道他哪儿也没去，就在楼上。你叫他下来，告诉他我不是来问他要钱的，我另外有事找他。是好事。”

阿元说“好事”的时候，很深地看了阿喜一眼。

阿喜迟迟疑疑地朝楼上走去，迎面撞上了阿妈。阿妈指了指楼梯，阿喜知道阿妈不想让她听大人讲话。阿喜顺着阿妈手指的方向上了楼，却又没有完全上楼。阿喜在楼梯口铺了块手绢坐了下来，两只耳朵却像风地里的兔子，支棱得尖尖的。

阿元的声音很低沉，阿喜隐隐听见一句“我家”。阿妈的声音尖，阿喜就听得真切些。

“……五代以前，也有中举做官的……黄家……不做小……”

阿元鸡公似的笑了起来，嗓音就大了起来。

“皇上的龙椅都坐不稳了，还说什么举人。我指了明路给你，走不走由你。再说金山隔紫禁城千里万里，就是皇上亲自赶过来，怕也救不得你这一刻的急。”

阿妈没回话，阿喜只听见一阵声嘶力竭的叽呱声响——是阿妈把那只莱克亨母鸡扔到了路上。

“下个月这个时候，我问你男人取钱。你找会馆问问，人不给银子也不还，天底下有没有这样的道理。五百洋元，短一个毫子，我拆了你祖宗灵牌。”

阿元忿忿地走了。

阿妈咚的一声瘫倒在地上。天塌下来了，把阿妈压成了一片肉饼。

阿喜赶紧下来扶阿妈，却被阿妈一把搡开：“逼死你老母了。明年清明你就来给我扫墓吧，反正是死，早死早托生。”

阿妈这回哭出了声音。

阿喜也想哭，可是阿喜却哭不得。家里这场飞来横祸，都是她阿喜带来的。阿妈哭，是抱怨命。阿喜哭，是抱怨阿妈。所以阿喜哭不得。阿喜把眼泪忍了又忍，阿喜的脑门忍出了一个包。

她知道，她只要说出一句话，压在一家人头顶上的那爿天就开了。可是她不能说。她宁愿被天压死，也不能被那句话压死。

那句话是：“要不，我就去阿元家做小吧。”

天刚刚亮，阿妈就把阿文阿武两个轰起来剃头。

阿文阿武是阿喜的两个阿弟，子字辈，大名叫黄子文黄子武。

先剃阿武。

阿妈找了一件阿爸穿旧了的褂子，反过来围在阿武身上，绕着脖子打了个结。阿武才六岁，坐不住，两只脚在凳子上踢来蹬去的。阿妈把手指勾成个菱角，在阿武脑壳上敲了一记，说你再动我剪了你耳朵。

阿妈剃头，是为两件事。一是去阿昌叔家喝满月酒，二是阿文阿武明天要去拜先生。这两件事中，第二件事才是最紧要的，第一件事不过是给第二件事做个陪衬罢了。片打东街上新近来了一位开平老先生，在家教授学生。其实阿文阿武都已经上了番佬（洋人）的学堂，可是阿妈信不过番佬的学堂。番佬的学堂不教墨笔字也不教算盘，不会这两样还算什么学堂呢？所以明天起，一周三次，阿文阿武下午三点一刻钟从番佬的学堂放学之后，就要上先生家里听先生讲课。先生一个月收好几个洋元，阿妈舍得。

阿妈不仅给阿文阿武剃头，阿妈还给阿文阿武做了新衣。阿妈的新衣是两件对襟蓝细布大褂，袖口很长，卷了两卷正好落在腕上。阿爸原先是叫阿妈做两套西式衬衫的，说在金山上学堂就要学金山男仔的打扮，阿妈不肯。阿妈说去番佬的学堂就穿番佬的衣裳，拜唐人（中国人）先生就该穿唐人的衣装。阿爸拧不过阿妈，就随了她。

阿妈不仅给阿文阿武做了唐人的衣装，阿妈还要给阿文阿武剃一个唐人的头。阿妈把阿武周遭的头发都剃了，剃出青青的一个卵蛋，只留出脑门前的一绺——那是乡里过年时男仔的发式。

阿文在旁边看着，对阿武说：“You look really funny。”

阿妈用剃头剪子指了指阿文，说在家说人话。

阿喜正提着扫帚扫地上的头发，忍不住扑哧一声笑了，对阿武说不要紧，过两天就长好了。

阿文吃了一惊，说阿姐你听得懂英文？

阿喜偷偷看了一眼阿妈，见阿妈脸色还算平和，才说有个天主教的嬷嬷在上河村办了个学堂，听一堂课送一碗粥吃。我跟隔壁的阿云去过几回，少少学了几句英文。

阿武剃完头，轮到阿文。阿喜端了一盆水，给阿武洗头。水有些凉，阿武咝咝地抽着气。阿喜问番佬的学堂好吗？阿武的脸泡在水里，说不得话，头却在阿喜手里动了一动——看不出是点头还是摇头。阿喜又问番佬的学堂里有女仔吗？阿武的头在水里又动了一动，这回阿喜看出来了，是点头。

这时后屋有一阵丝弦响了起来，是房客起床了。今天是周日，房客都不上工。房客不上工的时候，只有两样消遣，不是围了一桌打麻将，便是胡乱地奏个曲子取乐。肥仔从家里带出了一把胡琴，琴弦调得不怎么准，拉起来吱呜吱呜地割着人耳朵。四眼佬有一杆竹笙，吹得还在调子上，就把胡琴给压住了些。老蔫茄什么都不会，只会拿把尺子在床沿上敲着节拍。虾球捏着鼻子咿咿地学着女声，唱的是悲悲切切的嫁女调。

阿妈给唱得酸了牙，就呶呶嘴对阿喜说你把东西端上来。阿喜知道是吃早饭的时辰了，就去厨房搬出凳子，拿了七副碗碟筷子，舀了七碗粥，在个人的碟子里放了两块发糕，一个鸡蛋。咸菜是昨天吃剩的，阿喜从坛子里又夹了些出来添在上头，就算是一餐了——房客住在家里，也包在家里吃。

阿喜把桌子都摆置完了，又从锅里拿出一个鸡蛋，放在右手边的一个碗里。那是四眼佬的座位。四眼佬刚刚得过寒热症，身子还虚，阿妈叮嘱多给一个鸡蛋。六个房客里，阿妈只看得上四眼佬。阿妈不许阿喜和房客在一个桌子上吃饭，也不许阿喜随便跟房客搭腔。阿妈说这些人都是粗人，早上挣一个毫子，等不到晚上就花出去了，是一辈子也攒不下一个铜板的蠢货。阿妈自己也是粗人，从前在乡下的时候水里田里的活都做过，可是阿妈却不喜欢粗人。

四眼佬是个例外。

四眼佬的学名叫梁伟豪，可是除了他自己，谁也不记得这个名字。所有认识他的人，都叫他四眼佬，因为他戴了一副眼镜。四眼佬的眼镜有一回脱下来放在床上，被肥仔坐裂了。四眼佬戴着裂了一条缝的眼镜，看上去像脸上爬了一条虫。四眼佬是读过几年私塾，认得几个字的。有人说四眼佬入了革命党，被皇上的兵丁通缉才跑到金山来的。阿爸拿这事问过四眼佬，四眼佬只是不认。

阿喜从窗户里探出头来，看见阿爸正在院里喂鸡。阿爸在后院养了三大笼的鸡，最多的时候有八十几头。阿爸除了卖药，也卖鸡。鸡下的蛋，阿爸留着一家人吃。吃不了的，就腌成咸蛋。咸蛋吃不了的时候，阿爸才卖。阿爸卖鸡卖蛋，都不拿到集市上卖。阿爸只卖给熟人。阿爸有各路的熟人，各路的熟人要各路的鸡，阿爸都在心里记得清清楚楚。莱克亨是留给犹太拉比的，拉比守安息日，从不在星期天来取鸡。唐人街的人家都爱买当地的土鸡，新鸡养着下蛋，老鸡杀了炖汤。红番部落的人喜好的是大花公鸡，吃完鸡肉，还能把红绿鸡毛钉在帽子上做摆设。唐人买鸡，新鸡是活着带走，老鸡是要杀完了褪毛留鸡血的；红番买鸡是要放血褪毛，包起鸡毛带走的；而犹太拉比不要血也不要毛，只要洗干净了剁成块拿走。

阿爸喂鸡用的是阿妈洗米洗菜的水，加上一家吃剩的菜渣饭渣鱼骨头肉骨头，拌几碗糠麸，再少少放几把米。

阿爸喂完了鸡，把鸡放到院子里叽叽咕咕地四下走动，自己就在台阶上坐下，卷了一根土烟抽起来。阿爸这几天烟抽得很凶，一根剩个尾巴，就直接揿在下一根的头上，连火柴都省了。阿喜觉得阿爸坐着抽烟的样子，比那天到轮船码头接她的时候矮了许多。她想说阿爸我要是不来金山就好了，可是话溜到喉咙口的时候突然拐了个弯，变成阿爸，来吃饭吧。

等阿爸和房客坐上了饭桌，阿妈也给阿文阿武剃完了头。阿喜把洗头的脏水端出去倒了，回来就看见阿文阿武端着碗坐在矮凳上喝粥，两人的粥里都埋了一个咸蛋一根香肠。阿武把香肠捞起来，顶在鼻尖上伸出黄黄的一截舌头来舔，阿妈拿筷子蠹地敲了一下阿武的光脑壳，才老实了。阿妈见阿喜呆呆地站着，才指了指窗台——窗台上还有一碗粥。阿喜没凳子，就靠着窗台站着喝粥。筷子有点沉，一拨，拨着了一根香肠。刚咬了一口，突然想起剃头剪子放在外边没收回来，撂了碗就跑出去了。一看剪子还在，才定了心。

再端起碗，筷子轻了。阿妈在厨房里给男人们添第二碗粥，阿文和阿武都把头埋在碗里，呼呼地舔着碗底的最后几粒米。可是阿喜知道他们的眼睛都贴在碗边上看她——他们在等着她问出那句“香肠呢”的话。可是她没有。她只是一声不响地接着喝她碗里的粥。没糖没盐的粥很难喝，只有原先香肠短暂地停留过的那个地方，浮着一丝极淡的油腥。

阿喜一粒不剩地喝完了。

阿喜放下饭碗，就上楼去收阿文阿武换下来的脏衣服。阿妈已经泡好了洋皂水，等着阿喜把衣服浸下。中华会馆近日发了通告，叫各家大人给自家细佬仔（小孩）勤换衣裳勤洗头——有番佬告状告到教育局，说唐人的学堂生身上有臭味。

阿喜走到楼梯拐角的地方，天就一下子暗了下去。其实不是天暗，而是外头有一棵遮天蔽日的大树，把一扇窗子挡得严严实实的不透亮。阿喜看见黑暗中有两个隐隐的红点，知道是两炷香火——那里摆了一樽观世音菩萨的塑像。在开平乡下的堂屋里，阿人请了很多樽神像，有关公，土地爷，灶王爷，龙王，观世音，还有一些阿喜叫不上名字的。咸水埠的家里却只有一樽小小的观音，那还是阿妈过埠的那年从乡下带出来的，一路漂洋过海在阿妈的箱笼里藏了一两个月，上岸时才发现肩膀上给碰掉了一块漆。阿妈说观世音菩萨心肠最软，别的神求不下来的事，观音兴许就应承了。阿妈一早就把供果和香火备下了，待阿文阿武穿戴整齐，阿妈就要领他们上来拜菩萨。阿妈跟菩萨求的是阿文阿武听先生的话，跟先生把学问学得通透。

阿喜的眼睛渐渐适应了黑暗，就看清了菩萨捏成一朵莲花的手指。那根高翘的手指在阿喜的心里捅了一捅，捅出了一个小坑，从那坑里汩汩地涌上一团东西，在喉咙口堵成一块哽咽。

“大慈大悲……我不做大，也不做小……我不要香肠，天天煮饭，洗衣……我只要跟阿文阿武一样……去学堂。嬷嬷说过，金山的女仔和男仔一样，都上学堂……”

阿喜在那两团香火跟前跪了下来。

阿爸从阁楼上找出纸卷，在茶几上铺开来，叫四眼佬写家书。阿爸识的字只够阿爸写自己和阿爷的名字，还有几样常用的中药名，阿爸写起信来很吃力，便都叫四眼佬代劳。

阿喜拿着一个鸡毛掸，在掸阿爸药柜上的灰土。阿爸的药柜很高，阿喜站在凳子上刚刚够着了柜顶。柜子里有无数个小抽屉匣子。匣子上没有写字，可是阿爸根本不用看字，阿爸知道每一个角落每一个匣子里存的是什么药。阿爸伸手一抓，就能抓着阿爸要的药。放在小秤上一称，分量也是八九不离十。阿爸祖上没有人做过郎中，阿爸只是小时候跟着一个在安徽犯了事逃到岭南来的郎中跑了几年腿，暗地里学了几个招数。没想到阿爸学的这几招，到了金山竟派上了大用场——一家人的饭食，都在这些个小抽屉匣子里收着。匣子开得越勤，碗里的米饭就盛得越满。

阿喜其实这会儿用不着掸灰，阿喜还有更紧要的事情要做。后院鸡笼里垫的稻草，阿妈昨天就交代一定得换了，鸡屎已经厚得把隔夜下的蛋都埋得看不见了。还有，昨天下大雨，阿文阿武的鞋子漏进了水，鞋垫子得掏出来洗干净了，放在太阳底下晒干。可是阿喜只想在屋里多待一会儿——阿喜喜欢看人写字。从前在开平乡下有个开字铺的老先生，专门给人写春联喜联寿幛家书，阿喜有事没事就爱在人家的铺面里转。

“你这手捣药捣惯了，使劲太过，墨磨得粗。你叫阿喜过来，女仔手劲小，墨碾得最匀。”四眼佬对阿爸说。

阿喜站在凳子上，等着阿爸发话。阿爸什么也没说，只是嗯了一声。阿喜就下来了，在杯子里备好了水，轻轻地把墨碾匀了，又在砚台边上润尖了狼毫，递给四眼佬。四眼佬看了就笑，说阿喜你像是做过这事的。

阿喜一热，就知道自己脸红了。阿喜十四年在田里水里被日头晒出的黧黑，就在漂洋过海来金山的路上褪尽了，那一点潮红落在白净的脸上，犹如宣纸上的丹朱，一点一点弥漫开来，人就成了画。

“从前，在字铺里，帮先生磨过墨。”阿喜嚅嚅地说。

“那你识得字不？”四眼佬问。

“不多……”阿喜的丹朱，已经润到了脖子根。

“那好，你来写。”四眼佬把墨笔塞到了阿喜手中。

“胡闹么，你。”阿爸说四眼佬。

“怕什么，她不会的，我来填就是了。”

阿喜推来推去，推不过，只好接了笔。那笔被四眼佬捏过，微微地有些鱼腥味。四眼佬和肥仔老蔫茄几个都在鱼厂干活，有时白班，有时夜班，一天十几个小时洗鱼刮鳞破肚去鳔，回到家来，洗一百遍手也洗不去那鱼腥味。阿喜想起了村尾芭蕉林旁边的那个鱼塘。天要下雨的时候走过水边，闻到的就是这个味道。

阿爸抽了整整一根烟卷，也没开口。一直到阿喜笔上的墨水都快干了，阿爸才叹了一口气，说："母亲大人敬禀：孩儿在金山遇上大事，急需银两。请速将后进的三间屋子典当出去，容孩儿明后年攒足钱后再赎回，否则孩儿的药铺就要归他姓之人，一家衣食无着。下月初降龙村的马三宝返金山，求阿母尽快将银两凑足叫阿宝带来。"

阿喜写了"母亲大人"四个字，就停住了。阿喜认的字少，写不全这样一封信。可是阿喜不写的理由，不完全是因为这个。阿喜只是觉得这杆笔重，压得她手腕的骨头嘎嘎地响。脸上的潮红退了，涌上的是一团一团的黑云。一张小脸盛不下那么多的黑云，就从眉尖眼目里冒出来，遮得一个人都乌了。

四眼佬把笔从阿喜手里拔下来，咚的一声扔到水杯里，说阿寿你是糊涂了，就让这鸡屎大的事给难倒了。你不知道金山官府鼓励唐人细仔上学堂，凡报了名，上满一年学的，就退返过埠税银？阿元要的是钱，你还以为他真稀罕你这个破药铺？他不懂医术，拿去了也是一样废物。你这个女仔有灵气，写的那几个字，四四方方，若是上了学堂学了番佬的学问，将来大事小事都帮得了你。

阿爸将烟头狠狠地掐在茶缸里，拍着脑袋说我急糊涂了，怎么就忘了这事——也是的，就没想到金山女仔也读书。可是，一年，那个狗阿元怎么肯等一年呢？

四眼佬想了半天，才说："叫大家凑一凑，能凑多少是多少，再让你老婆手松一松，卖几样首饰。凡借了钱的，无论是毫是厘，都写个契，画上押，叫会馆的人做个证，明年这个时候一定还。"

阿爸连连点头，四眼佬哼了一声，说下回别光叫人吃剩饭了，出门不靠朋友，行得了路吗？

阿爸说了句“我老婆，咳”，脸上就有了几分尴尬。

阿喜膝盖一软，差点瘫坐在地上。

“大慈大悲，观世音菩萨……”

阿喜拿了一把牛角梳在阿妈的屋角梳头。

阿喜得等阿妈用完了镜子才能梳头——家里只有一面镜子，在阿妈的梳妆台上。梳妆台和镜子都很旧了，看上去像落了一层百年老灰。阿喜今天等阿妈等了很久。阿妈把平日舍不得用的荷兰头油抹上了，脸上扑了一层薄薄的白粉。蓝布褂也换了，穿上了一件墨绿绣金花的夹袄，衣襟里掖了一条新手绢。阿喜怔怔地盯着阿妈说不得话。阿妈拿指头点了点阿喜的额头，说睇什么？阿喜忍不住笑了，说阿妈今天真好看。阿妈蹙着眉说你个衰女调笑你老母——声气里却没有恼意。李记杂货铺的老板阿昌的儿子今天满月，阿昌四十五岁得子，在家里雇了两个厨子摆四桌酒请客，阿妈叫全家都换了新衣，就等着李家来接人。

阿妈走到楼梯脚，又回头对阿喜招手。阿喜下来，阿妈从衣兜里窸窸窣窣地掏出一个纸包，塞到阿喜手里，说金山的女仔，都穿这个东西。

阿喜把纸包拿到阿妈的屋里，拆了，是一块轻轻的叠成几叠的透明料子，肉色的，比布薄些，比纱又略略硬些。抖开来，是两个长条，细网的织眼里透过些金沙似的光来。阿喜知道那是玻璃丝袜，从前在乡里她看见从金山回来的女人穿过。阿喜闩了房门，将窗帘放下，脱下裤子，来试那样东西。笨手笨脚的终于穿上了，对着镜子看，那两条腿像上了一层釉子似的发亮，左一看像是肥了，右一看又像是瘦了，只看得她心仿佛要从喉咙口蹿出来。虽然从来没有人告诉过她，阿喜却知道自己长得好看。九岁的时候，家里就有媒婆走动了。阿人不告诉她是来提媒的，可是从那些黏在她脊背上的眼光里，她就明白那些人是做什么的。

这时她听见了外头街上轟轟的声响，她知道那是李家的人到了。李家这回做足了排场，不仅雇了厨子，还雇了一辆马车，专门来接吃满月酒的客人。阿喜来不及换衣服了，阿喜抻了抻青花布袄的大襟，就匆匆地跑下了楼。其实阿喜想换也没有衣裳可换。箱里倒是有几套新布衫，那是她来金山之前，阿人在家里熬了好几个夜赶出来的。一件是大红的，一件是桃红的，还有一件是翠绿的，绣的是各样的花。大红的那件绣的是牡丹，桃红的那件绣的是茶花，翠绿的那件绣的是文竹。阿人会做衣裳，阿人却不会绣花。阿人做了衣裳，又专门请人来绣了花——是为让她做新嫁娘的时候穿的。可是这些衣裳，现在她却穿不上了，只能压在那只她漂洋过海带过来的籐箱里，不知压到哪年哪月才能见天日。

阿喜跑出门来，阿爸阿文和阿武都已经上了马车，阿妈是个小脚，颠颠颤颤地爬不上去，阿爸便叫阿文伸手来拉阿妈。阿妈回头看见阿喜，一愣，说不是叫你把缸里的咸蛋挖出来洗了？再腌下去就老了。阿喜说我早就洗干净了放在筛子里晾着呢。阿妈叹了一口气，说你就别去了，人家那里喜庆……

阿喜怔了一怔，才明白阿妈原来根本就没想叫她去喝酒的。

她是一个还没过门就死了男人的人；一个不配在别人的快乐里有份的人；一个遇上了别人的喜事就要回避的人。从今往后她只能穿着青布衫，低眉敛目地等待着一个住在远方不忌讳阿久的事又愿意娶她做大婆的男人，把她从阿妈身边领走。否则，她将永远是阿爸装气话的篓子，阿妈擦眼泪的帕子，阿文阿武上茅房拉屎垫脚的石头。

十四的阿喜仿佛已经把自己的一辈子一眼看到底了。

阿喜听着马蹄在石子路上踩出滴滴答答的脆响，两个阿弟的尖笑惊得树杈上的鸟雀哗啦哗啦地飞，身子像一朵开过季的花一样，干萎在了门框上。

阿喜趴在门上哭了起来。家里没人，她终于可以，放心大胆地哭了。她终于可以，想怎么哭就怎么哭，想哭多久就哭多久了。

“再哭，天就叫你哭塌了。”有人在黑影里说。

阿喜撞着了鬼似的跳了起来，回头一看，是四眼佬。

“你，你怎么，没上工？”阿喜问。

“鱼厂买了台剖鱼机，可以顶三十八个人工，就把我和老蔫茄打发回家了。”

阿喜惊魂定了，才想起脸上的泪。摸了摸兜里，手绢不知哪儿去了，就撩起一角袖子擦眼。

“你，哭什么？”

阿喜的眼泪原本忍回去了，叫这一问，又给勾了出来，越擦越多，竟怎么也擦不干净了。

“命，我的命。”阿喜哽咽着说。

四眼佬也不劝，由着阿喜呜呜咽咽地哭完了，才摸出自己的手帕递给阿喜。阿喜接了捂在眼睛上，眼皮给轻轻地割了一割——是一片干得卷起角来的鱼鳞。

“那不是你一个人的命，一个大清国的人都没好命。”

阿喜说我命苦，跟大清国有什么干系。四眼佬说干系大了，一朝昏君，一国庸政，才害得南北百姓都苦。百姓里头，你这样的女子最苦。阿喜听了这话，就害怕，说阿叔别说了，传到皇上那里，要杀头的。四眼佬却哈哈地笑，说谁不晓得满清要亡了，还不知是谁杀谁的头呢。

“就是这样的昏庸国制，才叫你这样的女子不得自由进学堂读书，不得自由嫁个自己欢喜的男人。”

阿喜的脸腾地热了，没擦干的泪水在颊上烤得嗤嗤生响。

四眼佬叹了一口气，说阿喜等你上了夷人的学堂，学了夷人的学识，就知道夷制的好处了。你可要，好好读书。

下个周一，阿喜就要和两个阿弟一样，上学堂了。她竟然忘记了，她那个似乎一眼可以望到底的人生窄巷中，原来还是有一样期盼的。阿喜脸上的黑云裂了，开出一朵小小的太阳花。

“阿叔，你替我写封信，给阿人。”阿喜说。

“你自己写，不会的字我教你。从今往后，你在夷人的学堂里学夷人的字，在家里我教你学中国字，一天学一个，一年就是三百六十五个。两年三年，你算算，该是多少？”四眼佬说。

马车刚刚拐进广东巷，阿爸就听见李记杂货铺里涌出一波一波的声浪。阿昌穿了一件崭新的丝葛长袍，戴着一顶乌光铮亮的瓜皮帽，站在门口迎候客人。

阿爸刚跳下马车，阿昌老远就给阿爸作揖。阿爸说猢狲穿了人衣裳，也有几分人样哩。阿昌只是笑，递过来一根烟。阿爸看是三五牌的，舍不得抽，闻了一闻就塞到了耳背上。阿爸问船票退了？阿昌点了点头。阿爸问真不回去了？阿昌还是点了点头。阿爸擂了阿昌一拳，说你还会不会说话了，乐癫了？阿昌还是嘿嘿地笑，脸上的皱纹像下在滚水里的面条似的四下飞散开来，捞也捞不住。

阿昌的女人额头上包了一块手巾，坐在藤椅上，抱着儿子让剃头师傅剃头。这是乡下的规矩，男仔满月那天要剃胎毛。请客喝酒，不叫满月酒，却叫剃头酒。孩子极小，躺在女人手臂里像只兔子，哭声却是大，仿佛要把屋顶捅出个洞来。阿昌便竖了眉毛骂女人："又不是杀猪，你抓那么紧做什么？"女人斜了阿昌一眼，眉目里却都是笑意。

这个女人不是阿昌的原配。阿昌的大婆在开平乡下，给阿昌生过五个女儿，都出嫁了。阿昌早早就有了外孙，却迟迟没有儿子，便在金山又娶了这个女人。女人是从坚禄镇来的，据说是个茶楼女子。后来生了病，不能在茶楼做了，阿昌在坚禄镇有个表兄，就把这女子接出来，带到咸水埠，以五十个洋元卖给阿昌做了妾伺。女人生仔，就跟鸡生蛋似的，一个接一个，四年里生了三个——都是女仔。这回怀上了，阿昌不做指望，七个月身孕时就买好了船票，若这女人再生个女仔，他立马就搭船回乡，再娶一房妾伺。谁知这一回，在八个女仔之后，他阿昌竟然真得了一个儿子。阿昌立即将船票退了，把买舟和回乡娶妾的钱都省了下来，却阔阔气气地摆了一回剃头酒。

阿文阿武进了屋，被阿爸押着给屋里的大人行过了礼，便随着几个客人带来的孩子，一溜烟钻进了后院。后院支起了几口大锅，阿昌请来的两个厨子，一个正在就着热水煺鹅毛，一个在用青红萝卜切凉盘上的花饰。阿文捞出水桶里的鹅毛，学红番的样式，一根一根地往头上贴。阿武捡了一根青萝卜尾巴，刚咬了一口，就叫阿文抢走了。阿武眼尖，看见墙角竖着一根鸡毛掸，抓了来当作大刀去追阿文。阿文随手捡了一块抹桌布挡在脑勺上做盾牌。一群孩子跟在阿文阿武身后分成了两拨，一拨追，一拨逃，只闹得一院鸡飞狗跳。阿妈探出头来，狠狠地吆喝了一声天塌了你才歇啊——才住了手。

屋里男客多，女客少——唐人街本女人就少。男人们分成了几拨搓麻将，一屋的烟雾熏得张张脸青面獠牙。女客们避开男人，关起门来，围着阿昌的女人说话。阿昌的儿子剃过头洗过脸，换了一件红袄子，戴了一顶老虎帽，哭累了，在他娘的怀里昏昏欲睡。阿妈见人少了，才拿出那件新做的衣裳来，递给阿昌的女人。进门的时候阿妈没有立即送上这份礼，是因为今天人人都是包了利是封（红包）来喝酒的，而阿妈没有。阿妈没有包利是封，不是因为阿妈没有钱。阿爸的药铺虽然是一份小生意，但家里这几年还是攒下了几个闲钱的。可是阿妈现在一个毫子也不敢动，阿妈要把每一个毫子捏出水来，替阿喜还阿元家的债。阿妈没有送利是封，声气就先矮了一截，垂着头也没敢看阿昌女人的脸。幸好阿昌的女人一门心思在看衣服上绣的花，没顾得看阿妈的神情。

衣服也是寻常的一件衣服，白细布小袄，连着一件开裆小裤，只是那衣襟上绣了一只鸡——那鸡却不是寻常的鸡。那鸡两只眼睛如金豆，一身毛羽如金丝，尾巴翘得天一样高，精神头十分威武，仿佛要从布上蹦下，跳到人掌心来。阿昌的儿子属鸡，阿昌的女人见了这样活灵活现的一只鸡，端地十分欢喜，就问阿妈这是你绣的？阿妈原本想说我哪有这个手艺，那是我家那个衰女仔绣的。却突然想起阿喜是刚死了男人的，怕阿昌女人嫌晦气，便把说了半截的话咽了回去，哼哈了两声算是认了。旁边的女人们都啧啧称奇，问哪来的样子？下回剪过来我们也学学。阿妈心想给了你们样子也是白搭。我阿喜不用样子，绣出来的倒比有样子的还像呢——嘴上却只是含混地答应着。

阿昌女人斜眼瞅了瞅阿妈，问又有了？阿妈吃了一惊，说你怎么知道的？阿昌女人说你一进门我就看出来了。阿妈说你的眼也太尖了，我身上才晚来了半个月，还不知道是不是呢。阿昌女人扯了扯嘴角，说："你们家的没给你号出喜脉来？我跟你说，你走路的那个样子，两脚犁耙似的，要不是真有了你来取我的头。这回是男是女呢？”阿妈说：“这得问菩萨喜欢哪样。”阿昌女人说：“你命好，有了两个男仔了，再生什么都好。不像我，这回生的若不是男仔，不等我满月，他就要再娶呢。”

阿昌女人说这话的时候，眼圈就红了。阿妈说：“我命好什么？你没见我生的这个衰女仔，养到十四岁出嫁，都说功德圆满了，却出来这个事。我就是把一个毫子掰成三个，也还不了她这个债啊。”

阿妈说这个话，原本是为了安慰阿昌的女人的，没想到一说就说偏了，砸到了自己心疼处，眼圈也红了上来。兴兴头头的一张脸，顿时飞来一片黑云。阿昌女人就问阿妈凑了多少钱了？阿妈说：“把家里的锅底都刮干净了，也凑不足一半的数呢。那一半还不知道在哪里呢。”

屋里的几个女人也都听说了阿喜的事，见阿妈眉心蹙成一团乱线的样子，有个叫阿丽的女客就劝：“凑不齐这个数，也不能不过日子啊，不如就叫阿喜过去那边算了。阿元虽然是有大婆的，可是大婆天高皇帝远，管不了金山这边的事。阿喜年轻，将来生个男仔，还不把阿元抓得牢牢的？大婆不大婆，不就是一个名吗？做不得吃，也做不得穿。”

阿妈想说我们黄家的女仔养大了送人做小，还不如剁成块扔河里喂鳖。阿妈的话还没出口，突然想起了阿丽和阿昌的女人都不是正室，就把那溜到了舌尖的话又咽了回去。

这时两个厨子把饭菜端上了桌。男客坐满了三桌，女客和细仔坐在了一桌。这回的剃头酒摆得果真排场，四张桌上都有烤乳猪，烧鹅，熏鸡和清蒸游水石斑。阿文阿武疯玩了半晌，很是饿了，搛起一块乳猪放进嘴里，没来得及咬，怕一会儿没了，又搛了一块放在碗里留着。

阿妈拧了一下阿文的腿，贴在阿文耳边说："就不知道藏下一块给你阿姐？"阿文百般不情愿地将碗里的那块乳猪偷偷包在手帕里，塞进了裤兜。

男人吃饭就没有女人这般斯文了，夹了几筷子菜，不过为垫个底子好喝酒。酒也不是漫无目地胡乱喝的，酒都是冲着阿昌喝的。先有人端了一杯酒问阿昌："你睡了两个老婆多少年，怎么睡来睡去才睡出一个男仔？是不是你的那个水不够浓啊？"阿昌今天就是快活，说什么话也惹不恼，只是嘿嘿地笑，说："浓不浓也总算生了一个男仔，还有一个都生不出的呢。"众人说错了错了，该罚酒——原来一屋的男客里，除了未娶过亲的，个个都生得了男仔。阿昌也不推托，果真一仰脸就喝得一滴不剩。

又有人说阿昌你的外孙仔都上学堂了，你儿子见了你外孙仔，该叫叔还是叫哥啊？阿昌说屁话，自然是叫哥了。众人笑得前仰后翻，说你个衰人乐糊涂了，辈分都颠倒了，哪是什么哥，该叫大外甥的。阿昌知道又说错了话，也不等人罚，自己满满斟了一杯，又是一仰脸，一滴不剩地干了。

如此三番之后，阿昌的面皮就红得像块南乳（红皮豆腐乳），舌头大得塞不进嘴里了。阿爸见状，就把阿昌的酒杯夺下来，叫众人别诳阿昌喝酒了，再喝他就醉了。谁知阿昌反倒和阿爸抢起了酒杯，说我阿昌今天不喝还等什么时候喝？你阿寿有烦心的事，我没有。阿爸被阿昌说中了心事，神情就有几分尴尬。那阿昌也不识相，依旧嘿嘿地傻笑，指着阿爸说阿寿你也真是，生了女仔就是嫁人的，若都不肯做小，你今天也就没得这剃头酒吃了。阿爸的面皮一下子青紫了，把酒杯往地上一掼，说喝不喝由你，喝成只鳖也跟我无关。

哗啦一声，杯子碎成了好几片。众人面面相觑，阿昌的酒也醒了。

阿昌拿了把扫帚，将地上的玻璃碴子都扫干净了。又将众人的酒杯一一斟满了，脱了鞋站在凳子上，对众人说："你们都讲一讲，这里有谁没上阿寿家的药铺抓过药的？"

众人不知阿昌在唱哪出戏，只见他脸色突然凝重起来，便都不敢吱声。

阿昌拿筷子指了阿松的鼻子，说："阿松你前年骑马摔下来，胳膊脱了臼，是不是阿寿帮你推回去的？"阿松点了点头。

阿昌又说："冬瓜你别以为不说话就躲过去了。你个衰仔那年在域多利（维多利亚）找野老婆，得了那个衰病，是吃了谁的汤药才断根的？"冬瓜说阿昌你喝多了。阿昌说："你老母才喝多了。唐人街要是没有阿寿这爿药铺，你我头疼脑热大病小病就得去看番佬的郎中。那番佬的郎中收银子贵先不说，动不动就脱你衣裳剪你皮肉哩。唐人的病还得唐人的药治。阿寿的铺子要是关了，你我都没个好死。你们个个都得过阿寿的好处，如今阿寿有难处，不能都不管吧？"

众人这才渐渐明白了阿昌的意思，就说阿昌你别唱高调，你老婆的腰疼症，还不是阿寿拔了多少回火罐才好的？阿寿收没收你钱我们不知道，要说帮忙，你比我们有钱，你理当领个先。

阿昌叫众人一激，趁着酒兴，果真有些癫狂起来，说我阿昌什么时候说过大话？今天收的利是封，我都拿出来借给阿寿了，一厘利息也不要。你们也给阿寿凑几个钱，多少不拘，算不算利也随你。

阿喜躺在床上，两眼炯炯地盯着天花板。夜原本是严严实实的一块黑布，却叫她渐渐地看出了一些破绽。床底下有些窸窣的声响，是老鼠在搬家。阿喜的床其实算不上是床，不过是一块搭在两只旧木箱上的旧门板。阿妈搭了一张这么简单的铺，原以为阿喜在这个家里睡不上几夜就要出嫁的——没想到阿喜竟真在这块门板上长睡下来了。

门板底下堆满了东西，老鼠夜夜在找寻可食之物。左边堆的是阿妈给人剪裁衣裳时藏下来的布头，右边堆的是阿爸暂时还没用上的药材。阿喜不怕药材。老鼠至多把麻袋咬破一个洞,老鼠不爱吃药材——除了甘草之外。阿喜怕的是布头。阿喜用拳头在铺板上咚咚擂了几声，底下就安静了。阿喜知道这安静也不过是片刻的。她盼望自己能在这片刻的安静中重新入睡，可是她却睡不着。

从前在下河村的时候，阿喜是和阿人睡一张床的。阿人睡床头，她睡床尾。她每天闻着阿人裹脚布的馊味，却睡得死沉。到了金山，阿喜一人睡，再也不用闻阿人的脚，也不用和阿人抢被子，可是阿喜却睡得不踏实。

尤其在今天。

阿喜起身拉开竹帘，看了看天上那爿圆了大半的月亮，猜想大概是一更天了。阿爸阿妈带阿文阿武去阿昌叔家喝剃头酒，到现在还没有回来。想到这刻两个阿弟在阿昌叔家吃得满嘴是油，一肚臭屁的样子，阿喜的肠子抽了一抽，发出一阵响亮的鸣叫。

全家人都不在，阿喜今天的晚饭吃得很省事。因为是发饷日，房客也不在。房客拿了饷脚底就痒，都去外头喝酒赌钱找风流去了。就连刚丢了工的老蔫茄，也拿着兜里最后几个毫子走了，家里只剩了四眼阿叔一个人。阿喜给四眼阿叔炒了一碗蛋饭，自己用开水泡了一碗剩饭就着一条咸鱼打发了。吃完饭，四眼阿叔就坐在门口呜呜咽咽地吹起了竹笙。

四眼阿叔吹的是一个阿喜从未听过的调子，却无缘无故地叫阿喜想起家来。阿喜想的，是乡下阿人的那个家。四眼阿叔的竹笙，叫阿喜想起村尾那片叫雷公烧了一半的野芭蕉林，阿人织布机上磨得油光铮亮的梭子，村头那架一早就吱扭吱扭作响的水车，还有隔壁龙婶家那头叫起来能把整个村子翻个身的秃毛狗。

四眼阿叔吹腻了竹笙，看见阿喜蔫蔫地坐在板凳上看天，就问阿喜你想认字不？阿喜的眼神才活泛了起来。

四眼阿叔今晚教阿喜学的是“广东开平龙胆乡下河村”——是从阿喜那里问出来的。

“你要给你阿人写信，总得先学会信皮上的地址。再说，这是你阿人还有阿人的阿人在的地方，你总得认得回家的路，是不是？”

四眼阿叔把这几个字写在了纸上，阿喜上上下下看了几遍，就说我认得三个字，广，开，还有下。四眼阿叔听了就笑，说好，那我再补你三个字吧。你会得写你自己的名字不？阿喜摇摇头，说我会说不会写。阿喜从小就知道自己姓黄，叫阿喜，却不知道自己还有个全名的。乡里的女子，几乎都不太知晓自己的全名。直到提媒的年纪上，家里人才会把全名写在一张红纸上，连同生辰八字一起交给媒婆，所以给女子提媒也叫“问名”。阿喜也是在阿久家来提亲的那阵子，才知道自己的全名叫黄翠喜的。

四眼阿叔把阿喜的名字写在纸上，问谁给取的，这个名字？阿喜说是乡里教私塾的文先生。四眼阿叔说这个名字取得好，又鲜亮，又喜庆，正配你这个人呢。阿喜扁了扁嘴，说阿叔你笑话我哩，我的命怎样，你难道还不知道吗？四眼阿叔呸了一声，说你鼻屎大的一个人，也讲什么命不命的？你的命在你脚底下呢，看你自己怎么走。你走了阳关大道，你就是黄翠喜。你若挑着那阴沟黑道走，你就不翠也不喜了。

阿喜被四眼阿叔逗乐了，再看纸上这三个字，字型果真鲜亮飘逸，跟一幅画似的，就趴在桌子上跟着描。四眼阿叔又说：“阿喜你上了学，跟你两个阿弟一样，也得取一个英文名字。阿文叫 Vincent，阿武叫 Woody，我看你就叫 Tracie，听上去跟翠喜差不多。”

阿喜这一晚学了好几个字，学得入了神，躺在床上，便睡不着。心想这个四眼阿叔，应该是个有大学问的人，不像阿妈说的，只念过几年私塾。阿妈宁可花大钱给不明不白的先生，也不知道鼻子底下就藏着一个学问人呢。不过阿喜是不会跟阿妈说的，阿喜不愿让阿文阿武来跟她分享四眼阿叔的学问——这是她一个人的财产。在金山，除了她箱子里那几件也许永远也穿不上了的红绿衣裳，她只有这么一样财产了。

四眼阿叔这么有学问，怎么会跟老蔫茄他们一起做混世的粗活呢？莫非，他真如众人说的那样，是个革命党，为了逃避朝廷的追捕，才来了金山？

阿喜把小脑袋想得裂了几瓣，也没有想出个答案来，终于迷迷糊糊地睡着了。刚睡着，就做了个梦，梦里她和阿人挎了一篮子鞋面到圩上卖，走到镇口突然看见一棵大树上挂了一颗人头，大约是刚砍下来的，颈子上还淌着些血和肉沫子，像是新镗的猪。阿喜再看一眼，才发觉那两只血窟窿似的眼睛上，还戴着一副裂了一条缝的眼镜。阿喜大叫一声，就把自己惊醒了。坐起来，一身是汗，心跳得要把屋子震塌。便再也睡不着了。

只等到窗外的月亮开始从树梢上往下走的时候，才听见街上远远传来轟轟的声响——是阿昌叔雇的马车送喝剃头酒的人回家了。

阿喜匆匆穿上褂子，趿着鞋子下楼去开灯开门。刚把门打开，外头就滚进来一个蓝色的球——是阿爸。阿爸酒喝得一张脸足有冬瓜大，身上每个毛孔都在嗞嗞地冒着热气。阿喜正想上前搀扶一把，只听得哇的一声，阿爸翻江倒海地吐了一地。阿喜站的有两步远，青花布褂的前襟却已沾上了阿爸嘴里喷出的带着菜末的黄汁，那味道熏得阿喜打了个趔趄。

阿妈从后头一脚高一脚低地跑上来，掏阿爸大褂的口袋。掏出了一张叠成长条的纸，看没湿，才放了心，交到阿喜手里。

“你阿爸都是为了你，才喝成这样的。这纸你收好了，明天一一去给人磕个头。”

阿妈叫阿文阿武搀着阿爸上楼换衣裳，又叫阿喜倒一盆温水端上去，给阿爸擦脸洗手。没容阿喜把毛巾拧干，阿爸已经躺在床上鼾声如雷了。

阿喜回房，拿出阿妈交给她收着的那张纸，上面的字她只认得极少的几个，数目倒是看得懂的，便猜想是个借据。

明天起来，找四眼阿叔问一问。

阿喜终于迷迷糊糊地睡着了。

第二天，四眼阿叔给阿喜念了那张纸条上的话：

立据人黄永寿，广东开平龙胆乡下河村人，今从诸人处借得如下款项，以坎国（加拿大旧称）洋元为计，明年六月底之前，纵倾家荡产，必全数归还，毫厘不差。空口无凭，特立此据为证。

李元昌	五十六元
李元盛（阿昌弟）	五元
谢云龙	五元七毫
林国轩（阿五）	九元
刘亚强（金毛强）	十五元六毫
刘亚武	十三元

黄六国	廿元
李元达（阿昌弟）	十九元
林安宫	廿二元
林昌久	七元九毫
李吴氏（李连生妻）	三元六毫五
黄毛仔（亚明之侄）	八毫五分
林亚松	八元
黄安冬（冬瓜）	十七元五毫
区王氏（亚生之妻）	二元八毫
共计	二百零六元

乙酉年三月十一于金山咸水埠

阿喜昨夜睡得晚，早晨却早早就醒了。阿喜近日的觉很轻，轻得像是一张薄如蝉翼的绵纸，任何一阵风吹草动都能把它捅出一个洞来。

阿喜轻手轻脚地起了床，来到楼下，没想到阿妈比她起得还早。阿妈背向着她，手里端着一个木盆，头埋在盆里，肩胛骨耸得高高的，身子一抽一抽的如同一尾拴在草绳上挣着最后一口气的鱼。过了一会儿，阿喜才明白过来，原来阿妈在呕吐。

阿妈吐的样式和阿爸的不一样，阿妈吐得很吃力。阿妈嗷嗷地干呕着，好像把心呕在了喉咙口，又在那里卡住了。阿喜心想，这个阿昌叔到底请的是什么酒，怎么叫一家人都喝成了这个模样？

阿喜跑到灶房间，摸了摸锅还是凉的——灶还没生上火。只好拧了一条凉毛巾，给阿妈擦脸拍背。阿妈终于吐完了，直起身来，两只眼睛的肿倒是平伏了，眼窝却塌陷进去，像两口枯井，井边上生着一圈深褐色的斑记。

“那堆衣裳你拿去洗了，再不洗就要长蛆了。”阿妈有气无力地指了指楼梯脚的那个木桶。

其实不用阿妈说，阿喜也知道要洗衣裳。不光是阿爸昨晚换下的一身脏衣服，还有她自己的衣裳。那件被阿爸吐脏的青花布褂，还是七八成新的。后天是周一，她就要上学堂了，阿妈是不会给她做新衣的，她只有穿着那件布褂去上她的第一堂课了。今天是个阴天，她得早早地洗了挂出来晾，省得到时候干不透。

阿喜把脏衣服放在清水里泡过一遍，就抹了些洋皂在上面，拿了块搓衣板来搓衣。金山的洋皂真好，稍稍抹过几下，就起这么多的白泡。乡下的皂角，搓得手脱了一层皮，也搓不出几个泡。

阿喜一边搓衣，一边暗暗地在脑子里回想从前和隔壁的阿云跟天主教的嬷嬷学的那几句烂英文。

Good morning

God bless you

See you later

Mother, brother, name ……

但愿这几个英文词能在她上学堂的第一天，稍稍地救一下她的脸面。或许，还有她的性命。

“阿喜，你果真，就这么想上学堂？”

阿喜吃了一惊——她没想到阿妈还坐在那里没走。

“想，阿妈，我做梦都想。”阿喜也被自己的大胆吃了一惊。阿喜敢说这话，是因为阿喜觉出阿妈严厉的声气里裂开了一条缝，那缝里稍稍地漏出些想和她聊天的意思。

“一个女仔，总归是嫁人的，上不上学堂，有什么分别？”

阿喜无语。她知道上不上学堂是有分别的，可是分别在哪里，她却说不出来。要是四眼阿叔这会儿在就好了，四眼阿叔一定能说出一个道理来——四眼阿叔对世上所有的事情都能讲出个道理来。

“你上了学堂，全家的衣服，还得我洗。房客早晚两顿饭，还得我煮。我费多少气力让你过埠，到头来你是一点也帮不上你老母哩。”阿妈叹了一口气。

“阿妈，一家人的衣裳，你留着我洗。学堂三点一刻就下学，我回来洗衣做饭，都赶得及。早上早起半个时辰，连早饭也赶得及做。”阿喜急急地说。阿喜今天的心境如同是一爿开满了太阳花的天空，阿妈的怨气如轻风吹过，只扯来一片薄云，却是遮不阴那爿天的。

“一年，上满一年学堂，等官府退了过埠的税银，你就歇学回家。你阿妈我命衰，把当年做陪嫁的几样首饰都当了，又借了这么多债，还凑不齐你的那个钱。分分毫毫都算上了，还缺三十八元。那个催命的阿元，是一毫也不肯短的。”

阿喜的心咚的一声坠了下去。太阳花谢了，天地漆黑一团。她那条生活的窄巷里，只有一年的日子是光鲜有盼头的。这一年过去了，她还得回到那黑得没有一丝缝隙的境地里去。见过了太阳花，叫她如何再回得去那深不见底的黑巷？再说，就是那短短一年光亮的指望，也还是无根无基地系在这三十八个洋元上的。

阿喜混混沌沌地洗完了衣裳，无心无绪地拿到后院去晾。一推门就看见后院的那棵枫树上拴着一匹马，阿爸起来了，正拿着一个铁桶给马喂水。马是阿爸的客人的。阿爸的鸡养在后院，买鸡的客人常常从后门进来。阿爸今天的客人有两个，一大一小。大的那个和阿爸差不多岁数，小的那个比阿武略小一点。大的站着，小的却是驼在大的肩膀上的。大的戴了顶尖尖的毡帽，穿一件麂皮外套，脚上蹬一双皮靴，身上一左一右地斜挎着两个口袋，左边那个是猪尿脬，装水的。右边那个是牛皮口袋，鼓鼓囊囊的装满了物什，像是干粮。小的穿了一件布衬衫，一条背带裤，却光着脚。两人的额头宽大，面皮赤红，头发被汗水湿成一绺一绺的，像是行了远路——是红番。

大红番捲了一根土烟递给阿爸，又捲了一根塞进自己嘴里，院里就生出一股辛辣的味道来，刀似的割着阿喜的嗓子。阿爸和红番说的话，阿喜一句也听不懂。只见阿爸做了个手势，让那个小的站到地上来。小红番一只脚点了地，另一只脚却死活不肯落地，只虚虚地悬在那里。阿爸拿了张凳子让小红番坐下，卷起他的裤腿来查看那只脚。阿爸捏一下，小红番哼一声，甚是疼痛的样子，阿喜猜想小红番的脚伤着了。

阿爸敲捏了几下，就去屋里捣弄药饼，临进屋又吩咐阿喜去捉一只公鸡出来。阿喜听阿爸说过红番喜欢鲜亮的鸡毛，就开了鸡笼来找花公鸡。鸡还没睡醒，身子软得像剃过了骨头，阿喜一下子就捉到了一只绿尾巴的，拿一根草绳绑了，放到大红番脚边。大红番对她笑笑，说了一句话。阿喜听懂了，红番在说早安——原来红番也会说英文。阿喜也回了一句早安，说完了才想起，这是自己到金山之后说的第一句英文呢。大红番又说了一句话，这回阿喜就听不懂了，只好傻傻地笑。

阿爸的药饼捣弄了约有一顿饭的工夫，才捣弄成了。阿爸配了三副药饼，一副当即敷在小红番的脚踝上，另外两副包在一张油纸里，让大红番带回家去敷。大红番拍拍阿爸的肩膀，解开牛皮口袋，拿出一包东西递给阿爸。来阿爸这里买药的红番，有时没现钱，就带了土产来换。阿爸接了那包东西，看也不看就交给阿喜拿着。大红番把公鸡和药饼都装进腾空了的牛皮口袋里，系紧了袋口，把小红番放到马上，自己跃身上马，两腿一夹，风也似的去了。

阿喜想问阿爸怎么会说红番的话？可是阿喜不敢。阿喜和阿爸还没来得及熟稔起来，阿喜见了阿爸还有些怕。

“这个红番是个头人。仔从树上摔下来，没伤着骨头，只是崴了筋，贴几副药饼就好。”阿爸等红番走远了，才打开阿喜手里的那个包。

包用甜草绳匝了一道又一道，匝得像一只粽子。阿爸是用牙齿把绳咬开的。当阿爸看到包里的东西时，阿爸的两个眼睛睁得大大的，脸上轰的炸开了一团无边无沿的笑。

“阿喜，这几天，你拜过菩萨吗？”阿爸问。

“阿爸，我每天都拜的，早一回，晚一回。”阿喜说。

“你，今天，和你妈备些供果，再多多地烧几炷香——菩萨听了你的话呢。死鬼阿元的钱，总算都凑齐了。”阿爸说。

包里是一张油光闪亮的海豹皮。皮上没有一点瑕疵。枪子是从眼睛进去的——一只眼进，一只眼出，没留下一个洞眼。

“阿弥陀佛。”

阿喜掩着心口轻轻地叫了一声。

阿喜生火把粥煲得八成熟了，才听见阿妈在楼上喊阿文阿武起床。阿妈下楼的样子很倦怠，鞋底在地板上擦出拖拖沓沓的声响。

阿妈进了厨房，指指煲粥的锅，还没把话说出口，就哇的一声吐了。阿妈空着肚子，吐出来的只是一口清水。阿喜赶紧扯出兜里的手帕，给阿妈擦嘴。“阿爸的酒早醒了，阿妈你怎么还不醒呢？”阿喜问。

阿妈看了阿喜一眼，叹了一口气，说：“在乡下你这个岁数早该做阿母了，还是什么都不懂。”

阿妈从瓮里夹出六只咸蛋，放到碗里，想了想，又放回去一只。拿了把菜刀，把每一只咸蛋都切成了四瓣，放在盘子里，红红白白的，也是满满的一盘。又呶了呶嘴，吩咐阿喜在锅里再加点水。阿喜说都加过两回了，阿妈的脸就长了：“叫你加你就加，口水多过茶。现在你阿爸是早上手里挣出来一个毫子，中午就得喂到嘴里。不紧着点过日子，你还想顿顿吃燕窝？”

阿喜说不得话，就往锅里又加了一碗水。

“你上学堂归上学堂，别指望阿母给你学堂的零杂钱，家里是一个闲钱也没有了。”

这时阿文阿武也下楼了，一阵旋风地跑进了厨房。阿文一进来就掀锅盖，看了一眼就嚷了起来：“又是稀粥，到了学堂撒一泡尿就没有了，饿得我眼绿。”

阿妈不说话，只是踮起两只小脚，翻开碗柜里的一只大海碗，找出扣在碗底的一个油纸包。阿妈用一个指头在纸包里掏了个洞，掏出两块东西，往阿文阿武手里各塞了一块。阿喜不用抬眼，就闻出了那是杏仁饼。杏仁的油香如一条虫子，钻进阿喜的鼻孔，一路下去，在阿喜的肠胃里钻出细细一个洞。听着那些黄灿灿的粉末拥挤在阿文阿武的喉咙口，和口水打着斗，发出叽叽咕咕的声响，阿喜觉得五脏六腑都抽搐了起来。连忙舀了一碗刚加了水还没来得及煮滚的粥，站在角落里呼呼地喝了起来——只有那粥烫得死肠胃里的虫子。

阿文阿武吃完早饭，风也似的跑出了门。阿妈追在后头骂："也不知道等一等你阿姐，她哪认得路？" 那两人才慢下了步子等阿喜。

阿喜抻了抻青花布袄的前襟，拽紧手里的书包，走出了家门。书包其实只是用阿妈裁剪剩下的零头布缝的一个口袋，里边瘪瘪的装了一个本子和一支笔——那是四眼阿叔给她买的。四眼阿叔这两天又找了一份工，在一家叫"陈园"的粤菜馆给人洗菜洗碗打下手。

阿文阿武在前头领着路。阿喜走快几步，他俩也走快几步。阿喜慢下来，他俩也慢。她和他俩中间，总是隔着不多不少的三五步路。渐渐的，阿喜就明白了，他俩是不愿意和她走在一道。也难怪，她十四了，没正式读过学堂，只能插在小小班里，和六岁的阿武同班——他俩能不臊吗？

蒙了两日的阴云终于裂了条缝，天微微地亮了些起来。来金山快一个月了，阿喜还是头一回出门。街上苹果花开了又谢了，风一过，便有一坨一坨的红粉在路边滚动。有人赶着马车走过，马身上的铃铛叮啷叮啷的震得阿喜心里发颤。阿喜在开平乡下也是见过马的，只是金山的马气派大得多。岂止是马的气派大，马夫的气派也大呢，高高地坐在马鞍上，穿了一身黑洋装，头上戴着一顶镶着金边的高筒帽。阿人要是见了，一定会问："怎么把打水的桶扣在头上了呢？"

阿喜走到街口，才发现两只手心都是冷汗。她知道她先前的十四年，都过旧了，新日子是从今天开始的。学堂是一扇门，一跨进去，就是那个新日子了。这刻她正走在旧日子和新日子中间的那条窄线上，心慌。

转过一条街，阿喜就看见了一座两层的木头房子，门廊上挂了一面蓝旗子，风一吹，展开来，露出上头一个猩红的米字。房前有一块小草坪，几个番仔正在那里闹哄哄地踢球。阿喜知道，这就是那座好多回进过她梦里的学堂了。

阿文阿武终于停下来等她，三人贴着草坪的边朝着木头房子走去。踢球的番仔也停了下来，定定地看着他们。阿文扯了扯阿喜的衣角说："直走，别看他们。"

阿文的话还没说完，阿喜就听得嘭的一声闷响，仿佛是热天里沤久了的西瓜开炸的那种声响，一阵钝痛从她的腰往颈背爬了上来。过了一会儿，阿喜才明白，她挨了一个球。

一个洋番女人从屋里走出来，叉着腰冲着草坪喊了一句英文。阿喜听不懂，却知道是骂人。女人戴眼镜，穿了一件长得拖到地上的裙子，腰勒得只有青瓜般粗细，嗓门却是大——踢球的番仔哄的一声全散了。阿文对阿喜说："这个是史密斯小姐，教导主任。"

阿喜远远地瞅了女人一眼，心想这么老的女人，在下河村该叫阿婆了，在金山怎么还叫小姐呢？阿喜这个意思还没想完，女人已经擦着草地窸窣地朝自己走了过来。阿喜的心擂得铜鼓似的，女人说的话，她就一句也听不见了，只是慌慌地对着女人欠身行了个礼。

"她，她是……"阿文正想说话，女人看了阿文一眼，阿文立刻就闭了嘴。女人那一眼，如同一根钉子，将阿文牢牢地钉住了，连眼珠子也不敢转。阿喜暗暗惊叹，在学堂里的阿文，如何就跟在家里的阿文全然两样了呢？

"你是 Tracie 吗？"女人的眼睛从眼镜上头探出来，上上下下地扫了阿喜一遍。

阿喜听懂了这句话，便点了点头。

女人又问了一句话。这句话很长，阿喜没听懂。女人瞟了阿文一眼，阿文的嘴才敢动："她问那天来替你报名的人是你阿爸吗？"

阿喜摇了摇头，嗫嚅地说了一声"…… uncle"——阿爸要守着药铺，那日来替她报名的是四眼阿叔。

这时响起了一阵铃声，女人掏出兜里的一个旧怀表看了一眼，就对阿文和阿武挥了挥手。两人如得了大赦令，飞也似的跑了。女人把怀表放回去，对阿喜说跟我来。阿喜把这句听明白了，心里依旧是慌，却不是先头的那种慌了，就跟在女人身后走进了一间屋子。

屋子里只有一张桌子，一把椅子，桌子上堆满了书。墙上挂着大大一幅画，大得几乎把一面墙都遮住了。画上没有人，也没有山水虫鸟，只有一团边角模糊的灰物什，上面爬满了虫蚁似的洋文。若不是那些字，那物件就像是乡里的细佬仔（小孩子）在竹席上留下的尿迹。阿喜歪着头看来看去，也没看出个名目来。

女人取下一根挂在墙上的教鞭，挑起阿喜的辫子，说了一句话。那句话只有两个字，阿喜却一个字也没听懂。女人又说了一遍，阿喜还是没听懂。越听不懂，却着急，只觉得整个脑子就像是一垛捆得严严实实的稻草，竟透不进一丝半点的光亮。

女人说不通话，就没了耐心，从兜里拿出一条手绢捂在嘴上，径直走过来解阿喜的辫子。阿喜吃了一惊，就退了一步。阿喜退一步，女人进一步，没有几步就把阿喜逼到了墙角。阿喜的头发多，除去了那根红头绳，便黑压压地堆了一肩一背。女人的指甲蛇似的爬过阿喜的头发，嗞溜，嗞溜，有些痒，也有些疼。阿喜这才明白过来，女人是在看她长没长虱子。

“我刚洗过头，昨天，滚烫的水。我从来不长虱子，在下河村里也没有，不信你问我阿人。”这是阿喜想说的话。可是阿喜真正说出来的，只是反反复复的“I……not have……”阿喜的话像是一条发了大水的河，而阿喜的英文却像是一堵只有细细几个洞眼的墙。那样的水流到那样的墙跟前，憋屈得恨不能撞个粉身碎骨——阿喜的一张脸，顿时涨成了赤红，个个毛孔里，仿佛都要渗出血珠来。

女人查过了阿喜的头发，便做了个手势叫阿喜把辫子梳回去。没有梳子也没有镜子，阿喜草草地把头发分成三股编辫子，只觉得那根辫子编得如同草绳般毛糙拧巴，背上脖子上给扎得刺刺拉拉的痒。刺痒的还不只是背颈，还有眼睛。阿喜知道那是眼泪要出来了。每回阿喜要哭的时候，眼睛就开始痒，仿佛是在替眼泪鸣锣开道。阿喜把牙咬得生疼，一遍又一遍地对自己说：总比给人做小强。总比给人做小强。

阿喜果真就把眼泪忍了回去。

阿喜在史密斯小姐指定的那个座位上坐了下来。

教室不大，从门口走到最后一排，统共只有几步路，阿喜却感觉比赶了一趟圩还远。每一双眼睛，都从座位上抬起来，看她。那一双双眼睛像在炭火里烧过的针，一针一针地将她的身子戳得满是洞眼，洞眼里往外呲呲地冒着烟。

嗤嗤。嗤嗤。嗤嗤。嗤嗤。

那是老鼠在啮咬阿妈存下的零头布。

不，不是老鼠。是笑声。是那些人的笑声。

他们在笑她。笑她样式古怪的布衫。笑她梳得歪斜毛糙的辫子。笑她的大。笑她的蠢。

终于，青烟渐渐地灭了，笑声也低矮了下来。

终于，她可以抬起头来，偷偷地看一眼周遭了。

从左往右，是三排。从前往后，是五排。

十五张桌子，每张桌子都坐了两个学堂生。只有最后一排正中的那张桌子，空着一个位置——那是她进来之前的事。她进来了，就把那个唯一的空位也坐满了。

阿武就坐在第一排靠左的那个位置上。

她不是现在才看见阿武的。其实进门时，她第一眼就看见了阿武。那时候她的眼睛不知道往哪里放。她的眼睛就像是晾在竹竿上被风刮跑了的布裳，飘在空中虚虚浮浮地找不到一个落脚的地方。要是阿武能接一接就好了。阿喜心想。可是阿武没有。阿武没有看她，阿武只是紧紧地盯着他自已的鼻子，仿佛那上面摆着一块抹过蜜糖的杏仁饼。

教室里的学堂生，年纪都跟阿武差不多，兴许五岁，兴许六岁，最多七岁。她坐在他们中间，大得像是牛行走在鸡群里。阿喜被这个想法逗乐了，刚把嘴角牵了一牵，就醒悟了，这不是一桩好笑的事，便把那个钻出一个角的笑意生生地按捺了回去。

教书先生也是个老小姐，头发和史密斯小姐一样在脑后绾成一个松松的髻子。也戴眼镜，也穿长裙，只是个头略矮一些。先生身后的墙上，也挂着一张看上去像尿迹的画片。先生指着尿迹上的一个小角，说了一串话。那一串话里，阿喜只听懂了一个字。

那个字是“London”。

从前在村里教人读书施舍人粥喝的天主教嬷嬷曾经讲过，伦敦是她的家乡。嬷嬷还把那个字，一个字母一个字母地写在纸上，教阿喜念。只是当时阿喜忘了问嬷嬷，伦敦比下河村大吗？有多少户人家？

先生越讲越快。先生的话像是一阵纷乱的石子，劈头盖脸地朝阿喜飞来，阿喜一块也接不住。渐渐地，阿喜的眼皮就黏了起来。

不能，不能睡啊。这是，学堂的第一天呢。

阿喜隔着裤子，狠狠地掐着自己腿上的肉。手一松，满天满地都昏黑了下来。

过了一会儿，阿喜才明白过来，自己原来已经打过了一个盹。

阿喜猛然惊醒过来，是因为她觉得了疼，就在脚上。仿佛有一块卵石，压住了她的脚趾。

压住她脚的，不是卵石，而是另一只脚，一只穿着黑皮鞋的脚。

隔着薄薄的布鞋面，她清晰地觉出了那只皮鞋底上的棱纹。她抽了一抽，抽不动。她再抽了一抽，就抽出来了——这次她用了狠劲。毕竟，她的脚，比他的脚，大出了许多。

他是她的邻桌。一个教室里，她唯独没有转过脸来打量过他。

当她把她的脚从他那只皮鞋底下抽出来的时候，她趁势扭过脸来看了他一眼。她还没有看清楚他的脸，就先看见了他脸上的那块黑布。那块布有一块洋皂那么大，蒙在他的右眼上，就把他的脸挡了一半——原来他是个独眼仔。

他的丑一下子叫她放了心。她的目光直直的，一个弯也不拐地扫过了他的脸。他比阿武看上去还要小，面皮白得如同阿爸药铺里装枇杷膏的瓷瓶，底下露出一根根青筋。突然，白瓷瓶裂了一条缝。阿喜怔了一怔，才明白是他在笑。

“你的头发，比我妈的还要长。”他说。

这是一句很长的英文，可是她听懂了。其实，她不知道是听懂了还是猜懂了。后来，当阿喜在学堂的日子久了，她渐渐就悟出来一个道理：她不怕的时候，她的脑子就像是一条多头的虫子，哪个头都派得上用场。她一怕，她的脑子就成了缩头的乌龟，懵懵的一团漆黑。

“那你就叫我一声妈。”

这是阿喜在下河村里和小姐妹们玩跳格子跳赢了的时候常说的一句话。阿喜现在也想把这句话丢给这个坐在她身边的独眼仔。可是她不敢。阿喜不敢说，是因为教书先生的长教鞭隔着几个头挥来挥去，似乎随时要挥到她脸上来。还有，她的英文是一滩浅水，盛不住这么大的口气。

先生还在讲尿迹。阿喜还是一个字也没听懂。阿喜怕自己又打盹，就从书包里掏出本子和笔，撕下一张纸来，写字。阿喜写的是“广东开平龙胆乡下河村”——那是那天四眼阿叔教她的。四眼阿叔教她的时候，是用狼毫写在宣纸上的，可是现在她没有狼毫也没有宣纸，她只能用洋笔写在洋纸上。阿喜写了一遍又一遍，很快就把一张纸写满了。

阿喜就想起了下河村。阿喜这会儿想下河村，只想到了一个地方，就是村尾那片小小的芭蕉林。从她记事起，那林子就是一半绿，一半黑的——阿人说是阿妈生她那一年，雷公落到林子里烧的。每趟阿人带阿喜去赶圩，都得经过那片林子。林子大约很多年数了，败叶在地上铺成厚厚一层毯子，踩上去，就像踩在棉花上，能把人的脚步声给吃没了。走的趟数多了，阿喜渐渐就记熟了每棵芭蕉树。从路上拐进去，右手边的第一棵树上有一个野蜂窝，阿人总是拉着她绕开那棵树行路。左手边有一棵矮壮些的，就在那下面她被蛇咬过一口。阿人请郎中来挤了一碗血——幸好没有毒。再往左数两棵，身上有一条粗粗的凹痕——那是土匪朱四来村里抢劫的时候，在树上留下的刀痕。叶子长了一茬又一茬，果子结了一季又一季，那疤痕却一直没有平复。下雨天的时候，村里人还看见树身上往外渗血。

阿喜一边想着，一边不由自主地翻过那张写满了字的纸，画起画来。阿喜从来没有画过画，可是那天阿喜心里仿佛有一根绳子，木偶艺人似的牵着阿喜手里的笔，弯弯曲曲地在纸上行走了起来。走了半天，阿喜才发现纸上出现的是芭蕉——是那棵身上留着一条大疤痕的芭蕉。阿喜画完一棵，又画了一棵。一棵又一棵的，就把整个芭蕉林都画在了纸上。又想起林子边上有一个池塘，她和隔壁的阿云阿珠，都去池塘里摸过鱼。阿喜还想把池塘也画进去，可是阿喜的纸不够了。

阿喜就弯下腰来，在书包里摸出那个本子，想再撕一张下来。刚撕了一个口子，突然想起阿妈是不会给她钱买新本子的，她得省着点用纸，就把本子放回了书包。再直起身子，就找不见桌子上那张写满了字也画满了画的纸了。阿喜掏了掏兜，兜里没有。阿喜看了看地，地上没有。阿喜翻了翻书包，书包里也没有。还想找，却看见先生的眼睛刀子似的朝自己飞过来，便慌慌地坐直了，不敢再弄出响动来。

这上学堂的新日子，跟从前想的，还真是不一样呢。阿喜对自己说。

终于懵懵懂懂地熬过了两堂课，就到了回家吃午饭的时辰。阿喜混混沌沌地走出学堂，就看见阿文站在学堂门口等着。阿喜这时见到阿文，竟有些久别重逢的感觉。可是阿文没有理她——原来阿文等的不是她，是阿武。

兄弟两个等齐了，径自朝前走了，留下阿喜一个人，远远地跟在后面。

很快阿喜就发觉她不是一个人了，因为她听见了身后嘈杂的脚步声。

> Chinkee Chinkee Chinaman sitting on a fence,
> Try to make a dollar out of ten cents
> （中国佬坐篱笆，一毫当成一元花）

阿喜听不懂这些人嘴里喊的是什么，她甚至不知道这些话跟她有什么关联，她只是感觉到那些脚步声离她越来越近了。后来她颤了一颤，因为他们的脚踩上了她的影子。还没容她转过身来，她的头皮就紧了一紧——有人扯住了她的辫子。

等阿文阿武听见响动转过身来时，阿喜的辫子已经被揪散了。阿喜站在当街，被一群番仔围着，头发叫风吹得如同一株荒野里的蒲公英。阿文认得那几个番仔，都是高读班的。

阿文撇下阿武跑了过来，可是阿文跑了一半就蹲下了，因为阿文的脚踝上挨了一块石子。阿文喊了一声阿姐啊，脸就扭成了一团麻花。

阿喜的眼眶挣裂了，眼白流了出来。阿喜缓慢地弯下了身子。围着她的番仔们以为她在哭，就把包围圈缩得更小了——他们想看她的脸。可是他们还没来得及看清她的脸，就发出了一声惊叫——阿喜那个弯成一个圆团的身子底下，突然扫出了一条腿。那条腿是横空出世，猝不及防的，紧跟前的那个番仔木桩子似的倒在了地上。阿喜的两只手蟹钳一样牢牢地钳住了那人的脖子，那张脸在阿喜手里渐渐地由白变成了红，又由红变成了青，眼珠子鼓得如同两个蓝气泡。

周遭突然静了下来，没有人说一句话，没有人扭动一下身子。一天一地，只听见阿喜牛一样的喘气声。

“阿，阿姐，要出人命了。”阿武的声音裂成了许多条缝，阿喜猛然醒了，才松了手。

阿喜扶着阿武站起来，围着看她的人呼的一声散了，散得如同风扫过的谷子地一样清爽干净。

“你，你的。”

阿喜身后有一个声音，颤颤地说。阿喜转过头来，原来是那个独眼仔，手里拿着她的头绳。头绳被许多只脚踩过，脏了，红得不再端正。

阿喜站在街上梳头，身子依旧在簌簌地发着抖，怎么也系不紧那根头绳。

“但愿，今天，是最后一次梳头了。”阿喜对自己说。

阿文一瘸一瘸地走过来，姐弟三人牵着手，缓缓地朝家里走去。日头在天正中，影子变得很小。手心是汗，说不清是谁的。

走过了一条街，阿武才扯了扯阿喜的手，问：“阿姐，你的功夫，是哪里学的？”

没等阿喜回话，阿文就嚷了起来：“是咏春拳吗？阿爸说咏春的腿脚功夫最厉害了。”

阿喜忍不住扑哧一声笑了：“人打架不会，鸡打架总看过吧？你到下河村看看，你这么大的男仔，谁不会两下的？你们在金山城里待着，都成斯文仔了，哪见过这个？”

又走了些路，阿喜就问阿武：“那个和阿姐同桌的仔，叫什么名字？怎么成了独眼的？”阿武说他叫威利，他阿爸带他去林子里打猎，从马上摔下来摔瞎了一只眼。谁都不肯和他同桌的。阿喜哦了一声，说可怜见的。

三人拐进街口，远远就看见阿妈用手在额上搭了个凉棚，朝街上张望。“今天下学怎么晚了？饭都热了两遍了。”

阿喜进屋，脱下阿妈身上的围裙，围到自己身上，就到厨房去端饭菜。中午房客都不在家，吃得简便，就是一锅老火汤，两条咸鱼，还有一大盘蛋炒饭。一家人坐下来，各人扒着碗里的饭。阿妈瞅瞅阿文，又瞅瞅阿武，就奇怪：“今天怎么了，都成了封口的沙瓮，没话啦？”阿武说阿姐她今天……话刚说了半截，就觉得有人在桌子底下踩了他一脚。阿武哼了一声，后半截的话就咽了回去。阿妈狐疑地看了阿喜一眼，忽然大叫了起来：“你这衣裳，怎么了？”阿喜低头一看，才发觉自己的青花布衫领口到前襟的地方，撕了一个口子。

“早上赶路赶得急，在树上刮的。”阿喜说。阿喜说这话的时候，心虚得紧，谁也没敢看，只敢看着碗里的饭。

幸好，阿妈的心思在别的事情上，阿妈没看阿喜，阿妈只是把碗里的饭粒拨得满处乱飞。

“别指望我再给你做新衣裳，你把家底都掏空了。”

阿爸叹了一口气，拿筷子指了阿妈，说你这个婆娘能让人安心吃口饭不？

众人便又都闷头吃饭。

“学堂，怎样？”阿爸放下饭碗，一边拿筷子尖撮着牙花，一边问。

阿爸这句话问得没头也没脑，可是阿喜知道，一桌子的人里，阿爸这句话是单单扔给她的。

“……还好。”阿喜说，依旧看着碗里。

转眼间阿喜就在学堂读了两三个月的书了。

刚开始时先生讲的课，就跟一堵厚实的石头墙，任凭阿喜把眼睛睁得天一样大，耳朵竖得刀一样尖，也穿不过去一条细缝。后来那石头墙就有了些小洞眼，那眼里就透过些稀疏的光亮来。渐渐的，那洞眼越来越大，把那石头墙穿得千疮百孔，阿喜坐在教室里，便满眼是大光亮了。

阿喜现在知道了，先生身后那张尿迹一样的图，叫地图。世界上大大小小的城市，都收在这小小一张图里。阿喜也明白了，金山其实不叫金山，金山有个洋名叫加拿大。咸水埠也不叫咸水埠，咸水埠正经的名字叫温哥华。伦敦比下河村大多了，是大不列颠帝国的京都，跟大清国的京城一个意思。那里也住着一个皇帝，叫爱德华七世，他不仅管着大不列颠帝国，也管着一洋之隔的加拿大。

阿喜回家来，就把学堂里学到的事讲给四眼阿叔听，四眼阿叔听了就说我们阿喜成大学问人了。四眼阿叔问阿喜知不知道爱德华七世前头的那个皇帝是谁？阿喜歪头想了半天，才说该是他阿爸爱德华六世吧？四眼阿叔哈哈大笑，对阿爸说阿寿啊你这个女仔脑瓜子灵呢。不过爱德华七世前头的那个皇帝不是他阿爸，是他阿妈，叫维多利亚。全世界这么多地方，都是她派兵去征服的，插一杆米字旗，就成大不列颠的地盘了。

阿喜就惊奇，说女人也当皇上吗？四眼阿叔说那得看在什么国家。夷人的国家里，女人也能当皇上。不列颠历史上最有名的两个皇上，都是女人，一个叫伊丽莎白，一个就是维多利亚。阿喜就叹气，说四眼阿叔你什么都知道，我什么时候能学到你这么多的学问呢？四眼阿叔学阿喜的样子也叹了一口气，说鼻屎大一个仔，怎么有这么多的气要叹？你在学堂里，先生天天教你学问，那是骑马在行路。阿叔我没得学堂上，是自己教自己学问，那叫赤脚走路。你说哪个行得快？阿喜憋不住笑了。

四眼阿叔在餐馆，一周做六天工，只得周一一天歇工。平日阿喜上学时，四眼阿叔还在睡觉。四眼阿叔下工回家，已是半夜，阿喜已经睡下了。所以阿喜只有在周一的晚上，才能见着四眼阿叔，跟他学几个字。阿喜现在一边照着描红本练字，一边跟四眼阿叔学《六言杂字》。四眼阿叔说等阿喜把字粗粗地认全了，就要教阿喜看报纸。四眼阿叔说报纸最有用，不出门就知道天下事。那些史呀经呀，都是最没用的腐书，不读也罢。

日子一天天过去，阿妈的肚子也一天一天地鼓胀起来。阿妈从前生了三胎，胎胎简便得跟莱克亨下只蛋似的，可是到了这第四胎，却开始腻歪起来。闻不得油腥，端起碗就恶心；吹不得风，一挨着风就头晕；见不得日头，一见日头就流眼泪；走不得路，多走几步就腰沉腿软。于是家里的事，都落到了阿喜身上。

每天早上院里的鸡叫第一声的时候，阿喜就起床了。轻手轻脚地下楼，生火煮粥，准备一家人的早饭。等把院里几十只鸡都放出去喂完了，打扫完鸡窝捡拾完隔夜下的蛋，才出门上学堂。

下午下学回家，帮阿妈洗完头天泡下的脏衣物，就生火煮晚上的饭食和房客第二天带的午饭。伺候一家人吃完晚饭，收拾完了碗筷锅灶，把鸡都轰进了窝，阿喜就坐下来，缝阿妈肚里的细仔要穿的奶衣。等一家人都睡下了，阿喜才放下手里的针线，开始做先生留的功课——有洋学堂的先生，也有四眼阿叔的。

阿喜床头的灯是极小的一盏，屋里的物件被那灯舔过一遍，就都舔成了灰黄色。阿喜的鼻子紧紧地贴在书上，仿佛要把那些字眼一个一个地吃进肚子里。书里讲的那些地方，阿喜一处也没去过。阿喜没去过的，只是脚。阿喜的心早就去过了。阿喜的脚昼夜不停，也只能行几十里路。可是书里的这些字眼，就像是神龙骏马，载着阿喜的心日行万里，想去哪里就去哪里。阿喜的心在神龙骏马身上颠啊荡啊，到了入神处，就忍不住笑出声来。可是阿喜的笑还没来得及完全展开，就如冬虫那样僵死在了嘴角上。

因为阿喜想起了一桩事情。

神龙和骏马跑得再快再远，总有一天，是要撞在一座翻不过去的山崖上的。

那座山崖，就是那个期限——阿妈给她定下的一年期限。

一年已经过去了好几个月。每一天，阿喜的心都走得更远了一程。每远一程，就离那座山崖近了一程。走进那座山崖，便是不见天日的暗。阿喜已经见过了满天的太阳花，阿喜如何能再走回去那没有一丝破绽的黑穴里？

阿喜的身子，冷不丁颤了一颤。

终于有一天，阿喜想到了一个法子。

阿喜的法子是没有法子的法子，可是没有法子的法子也比没有法子强。

阿喜的法子其实很简单，就是死——到了那一天，她就去死。

阿喜把死想得很透了，透到了每一个步骤，每一个细节。

阿喜明白她不能死在家里。她若死在家里，会吓着阿文阿武，还有阿妈肚子要出世的那个细仔。她若死在家里，阿爸的这间铺子，就再也没人敢来讨方子买药；阿爸的这座房子，就再也找不到一个房客了。

她只能死在外头。

阿喜知道阿爸那个分成许多个格子的药柜顶层，有一个上了锁的小抽屉。阿喜也知道，阿爸把钥匙扔在了碗柜边上的那个小竹篓里。掏出那把钥匙，打开那个抽屉，里边有个黄纸包，包里装的是砒霜——是阿爸配药用的。

她只要匀出小小一点带在身上，就可以出门了。那条河她虽然叫不出名字，往那条河走的路她却是认得的。她走过两回了，第一回是和阿文阿武一起走的，第二回是她独自走的。那条路走到底的时候，就是那条河了。她只要吞下纸包里的东西，再往水里一跳，一切就都了结了。就算有人把她从水里救出来，药性也早发作了。

阿喜的法子很稳妥，像是一扇门上了两道锁，算是万无一失了。

阿喜想到这一步，心突然就定了，便重新把鼻子贴到了书上，一个一个地吃起了字眼。

过了六月，天亮得早了。鸡刚开叫，日头就跳上了树梢。日头一露面就是白晃晃的，将树木街景的颜色都抹没了，只剩下一片割眼的白。鸡一叫，勾得知了也叫。阿爸说这天热得人想扒一层皮，可是阿喜却想天热不热人说了不算，得问知了。下河村的知了叫起来要在人的脑门心钻一个窟窿，而咸水埠的知了叫得有气无力，仿佛是饿了几天肚子——到底还是没热到那个份上。

学堂放暑假，不上课，日子长得只有头，却没有尾。日子再长，阿喜也不得闲。新近阿爸把家里的鸡和蛋都带到了菜肉市场去卖——赶的是药铺开门之前的早市。阿喜是替阿爸叫卖帮阿爸收钱的那个人——阿爸说女仔出门卖货，货就长腿走得快。

"Fresh. Home raised. Good price."（新鲜，家养的，好价钱。）

刚开始的时候，阿喜开不了这个口，一开口就脸红。现在阿喜的脸皮就厚了些起来。阿喜不仅不脸红了，阿喜还学会了还价。阿喜叫卖的是三个毫子一打鸡蛋，人还她两毫五。阿喜不说肯也不说不肯，却从人的篮子里挑出个小的，放进个大的，一味地冲人笑。笑到人心软了，反倒往她手里塞了四个毫子。

阿喜人在集市里，心却不在。看着筐里的鸡蛋渐渐低矮了下去，阿喜就盼着快点，再快点卖完了，好回家去。阿喜急急地要回家，就是想赶在四眼阿叔去餐馆上班之前，再跟他讨教几个字。

如今阿喜已经学完了《六言杂字》，四眼阿叔在教她看报纸。四眼阿叔带给阿喜看的报纸叫《大汉公报》。四眼阿叔说这是洪门的报纸。阿喜问洪门是什么人？四眼阿叔说是支持洪棍打天下的人。阿喜问洪棍是什么物件？四眼阿叔就笑，说洪棍不是物件，是人，姓孙，字逸仙，新入了洪门，也算是个掌门人，将来是要成大事的。阿喜问成什么大事？四眼阿叔说你个女仔怎么有这么多问题？再问下去天也叫你问塌了。

四眼阿叔每日选一两段文章叫阿喜看，阿喜将不认得的字挑出来，跟四眼阿叔讨教。四眼阿叔给阿喜讲完了字，就教阿喜写文章。阿喜认得的字还不够多，四眼阿叔只叫阿喜一周写一篇文章，五十个字。“再过半年，就写八十字一篇的。再往后，就写一百字的。再往后字你全认得了，就好写书了。”四眼阿叔说。

四眼阿叔这周给阿喜定的题目是“女子受教育的意义。”阿喜想了两三个夜晚，才想出了一句话，便再也想不下去了。阿喜想的这句话是：“女子受教育，可以明事理，知礼仪。”

今日鸡和蛋都卖得快，阿爸说是阿喜的英文讲得顺，讲得讨人欢喜。收摊的时候阿喜看见阿爸数毫子数了很久，便知道比前几日的都多。阿爸路过广东巷的时候，从兜里拿出几个毫子，买了两块桂花猪油糕，塞给阿喜。阿喜问阿文阿武也有吗？阿爸说叫你吃你就吃，口水多过茶。

阿喜和阿爸背着空箩筐回家，一拐进街口就听见自己家里传出一阵荒腔走板的音乐声。今天是周日，房客大都歇工，大概又聚在一堆取乐。阿喜耳朵尖，一下子听出吹竹笙的换了个人。

进了门，果真看见肥仔在拉胡琴，老蔫茄在捏着四眼阿叔的竹笙吹。余下的，都拍手跺脚胡乱地打着拍子。今天的调子又急又高，像是骑马行军的曲。阿文和阿武各跨了一条板凳，学武戏里骑马的样式，从屋这头窜到那头，再从那头窜回这头。一屋子人里头，唯独没看着四眼阿叔。阿喜便奇怪——四眼阿叔虽然周日也上工，可这会儿还没到他走的时候呢。

阿爸把身上汗渍渍的布衫脱下来，扔给阿喜拿到后院去洗。阿喜刚在小板凳上坐稳，只听见哗啦一阵水声，一院的鸡惊飞起来，满天都是鸡毛——原来是四眼阿叔在冲凉。四眼阿叔举了一桶水，从头顶淋下来，淋得一身湿透，才拿了一条毛巾搓背。屋里的男人们，天热都打赤膊，只有四眼阿叔从来不脱下他的布衫——这是阿喜头一回看到四眼阿叔赤膊的样子。看见了，就吃了一惊。别看四眼阿叔戴着眼镜文文弱弱的样子，脊背上胳膊上却都是肉呢。肉也不是阿爸那种白白松松的肉，四眼阿叔的肉是紧紧的，一垅一垅的，像犁头刚耕过的田地。四眼阿叔的身子，可比四眼阿叔的脸长得嫩呢。要论身架，四眼阿叔该比阿爸年轻多了。其实，她就是叫他一声阿哥，他也没吃多大的亏。

鸡笼边上的那块石头上，放着四眼阿叔脱下来的褂子和布鞋。四眼阿叔的鞋子旧了，鞋边上毛毛地裂了一条缝。四眼阿叔要是有个女人就好了。阿喜心想。像阿爸有个阿妈那样。阿爸的衣裳，总是补得清清爽爽，阿爸一年里也总有新鞋穿。

四眼阿叔冲完凉，就哈下身子找东西。四眼阿叔找东西不是用眼睛，而是用鼻子，东闻闻，西嗅嗅，像是一只瞎眼的狗。阿喜知道四眼阿叔在找眼镜。四眼阿叔没了眼镜，整个人就木了。

阿喜忍不住笑了，喊道："挂在篱笆上呢，你左手边。"

四眼阿叔摸摸索索地找见了眼镜，戴起来，人看他，他看人，突然都清清亮亮了起来。

四眼阿叔把褂子穿上了，就问阿喜这周的文章作了吗？阿喜说只写了一句话。四眼阿叔问什么话？阿喜就把那句话说了。四眼阿叔说这句话好是好，只是虚浮。女子教育的意义还得落到实处上。你接着再想。阿喜说我实在想不出来了，脑袋瓜子都想破了。阿叔你给我想几句吧。

四眼阿叔就闭了眼睛，脑袋瓜子一晃一晃的，一绺头发支在风里，也跟着晃——四眼阿叔想事的时候，都是这个样子。

过了半盏茶的工夫，四眼阿叔就睁了眼睛，缓缓地说：“未嫁以先，扶携爹娘，经管家居诸般事宜；嫁为人妇，养育儿女，明了天下是非曲直。于国于家，有万利而无一弊。”

“这回是我帮的你，算不得数。下回你得补二十个字。”

阿喜正和四眼阿叔说着话，就听见屋里阿妈扯着嗓子嚷：“就是专门给你找个洗衣娘也不够你使啊，阿寿你也不管管这两个衰仔！”

阿妈扯着耳朵把阿文阿武拎进了后院。阿文阿武的衣裳叫汗湿透了，紧贴在身上，像糊了张油纸。阿妈叫两人把褂子都脱了，扔进阿喜的桶里一并洗了。清晨阿喜跟阿爸出门卖货的时候，阿妈的肚子还没有这么大。隔了一个上午，阿妈的身子好像又笨重了些，两只小脚踩在地上，把地踩出了两个深坑。

阿喜扶着阿妈进屋坐着，回来就用四眼阿叔洗剩的水，给阿文阿武两个擦脸上身上的汗。阿武哪里闲得住？撩了盆里的水来泼阿文。阿文也不让，反过来泼阿武。两人泼过来泼过去，把阿喜的衣裳也弄湿了。阿喜就板下脸来，说你两个再这么皮下去，阿姐就回唐山（旧时华侨对中国的称呼）了。

阿文阿武听了，愣了一愣，就都不吭声了。

过了一会儿，阿文才说：“阿姐你骗人，你哪有钱买回唐山的船票？”

阿武也醒悟过来，说：“阿姐你一个人认不得去码头的路。”

阿喜扑哧一声笑了，从兜里掏出一个油纸包来，拿出早上省下的那块猪油膏，分成两半，给阿文阿武各一份。两人吃得一嘴是油，把指头都舔了——才略略安静了会儿。

阿喜洗完衣裳回到房里，碾了墨，铺开纸，把四眼阿叔的话记在纸上。写到“嫁为人妇”的时候，手里的狼毫突然就沉涩了起来，墨水在纸上洇出一个大大的秤砣。

阿喜一点也不想嫁为人妇。

嫁阿元那样的男人吗？兜里倒是有几个铜板，可是连自己的名字也不会写。别说是做小，做大她也不想嫁。

嫁老蔫茄肥仔那样的男人吗？那就更不行了，非但不认得自己的名字，兜里连一个铜板也存不住。

可是，金山的唐人街里还有别样的男人吗？阿妈能给她寻个什么样的婆家呢？除非……

阿喜的脑子里，像塞进了一团乱麻绳，扯来扯去，也扯不出一根线头来。

也许，她压根等不到嫁人的那一天了。谁也别想把她逼到那个头上，因为她有她自己的头。她的头是一了百了顶到了头的头，没有人能跨得过去她这个头。

阿喜突然放了心。

秋天来了，学堂开学，阿喜穿上那件领口上打了一个补丁的青花布袄，去学堂上学。一个夏天也没舍得穿，一路上只觉得衣裳短了小了，一动身子就牵扯着她的肉，就想金山的水碱性大，怎的就把衣裳洗缩成了这样？

来到学堂，发觉同桌的换了一个人。也是个男仔。这个男仔个头到了她的肩膀，穿了一件挺体面的黑洋装，头发从中间分开一条细缝，光光溜溜的满是梳齿的痕迹。男仔见她怔怔的样子，就笑，说辫子长了，你的。阿喜听声音，才听出还是那个独眼仔威利，只是长高了许多，不戴眼罩了。阿喜再看了一眼，就看出威利右边那只眼睛一动不动，绿绿地闪着光——原来是只玻璃眼。威利见阿喜盯着他，就伸手把假眼抠出来，递给阿喜看。阿喜像见了蛇蝎似的跳了起来，一下把那颗玻璃眼给碰落在地上了。

先生倒真换了一个。不过换和没换也差别不大，都是一模一样的老小姐装扮，连说话的嗓音和样式都像。阿喜看着先生，心想这么好听的学问，怎么就藏在这么难看的人心里，怪可惜的。

先生把教鞭把桌上一拍，一屋乱哄哄的声音顿时就矮了下去。

先生叫大家背主祷文。每天开课前都是要背主祷文的，只是中间隔了一个暑假，心玩得野了，背起来就参差不齐，乱哄哄的像菜肉市场的叫卖声。

先生的脸色就难看了起来，挥了挥教鞭让大家都停了，却点名叫了一个男仔站起来背。男仔结结巴巴把一篇书扯得跟烂布似的，先生听得没了耐心，便又叫起来一个。谁知这个比先前那个还烂。先生一气叫了四个，个个都在扯破布。

叫到威利的时候，他正趴在地上找假眼。先生的教鞭落在威利屁股上，威利慌慌地站了起来。全班的孩子，就在这一刻不约而同地看到了威利脸上那个从前被黑眼罩掩盖着的巨大秘密——一个漆黑的塌陷下去的深坑。

前排的一个小女孩吓得哇的一声哭了出来。

威利的嘴巴扁了一扁。阿喜觉得他也要哭，可是他没有。他的上唇咬住了下唇，他在忍。阿喜知道他忍得苦，因为他的身子在抖，抖得跟风扫过的叶子。抖得桌子也抖，地也抖。

阿喜用眼角的余光，看见了那个青绿色的玻璃球，就在她脚边一尺远近的地方。

阿喜矮下身子，用脚把那物件慢慢地钩过来，捡了，撩起衣襟擦干净了，递给威利。

威利把玻璃球往眼里塞，塞了半天，没塞进去。几十双眼睛火油灯似的照着威利，威利蜡人似的化出了一脸的汗。先生很有耐心地站在威利跟前，看着威利颤颤的，终于把玻璃珠子塞回了那个黑洞里。

“我，我们在，在天上的父……”

威利说完这一句，就僵在了那里，再也想不出下一句了。威利的脑子这时候是一片荒地，连草都没得一根。阿喜看得着急，便悄悄给威利递词。威利接一个，丢两个，怎么也串不成句——倒让先生发现了。

先生拿教鞭指了阿喜的鼻子：“你，来。”

阿喜被先生领到了最前面，满脸赤红地站在了黑板前头。

“有本事，就在这里显示。”先生说。

我们在天上的父，
愿人都尊你的名为圣。
愿你的国降临。
愿你的旨意行在地上，
如同行在天上。
我们日用的饮食，
今日赐给我们。
免我们的债，
如同我们免了人的债。
不叫我们遇见试探，
救我们脱离凶恶。

因为国度、权柄、荣耀，
全是你的，
直到永远，阿们。

阿喜只磕巴了一处。阿喜在该说“地上”的时候，说了“天上”——又赶紧改了口。其实阿喜放暑假的时候一次也没背过主祷文，阿喜只是记性好。阿喜记住的事，若要叫她忘记，那就比先前叫她记的时候还难。

阿喜背一句，先生的脸紧一丝。等阿喜背完了，先生的脸已经紧成了一块灰疙瘩，却没说话，只挥了挥手，叫阿喜回到座位上去，便开始讲课。那五个背不出来的，就依旧站着，一直站了一堂课。

先生今天讲的是圣经课，是诺亚伐木造方舟，叫全家老小搬进去，躲避上帝洪水的故事。这个故事，是上个学期已经讲过的，先生忘了，还讲。先生在讲前头的事，后头的事阿喜早已经知道了，就分了心。阿喜一分心，就开始在本子上画画。

先生讲船，阿喜就画船。诺亚的船是怎样的阿喜不知道，乡下打鱼的船阿喜却是知道的，前面尖，后面圆，中间一个小盖棚。阿喜画完了船，就想画诺亚。诺亚阿喜没见过，下河村的老阿公阿喜是见过的。白胡须，破竹笠，宽裤腿上扎一截绳子。阿公画完了，先生还没把方舟的故事讲完，阿喜便想画诺亚的孩子。阿喜不认得诺亚的儿孙，阿喜却记得唐人街的孩子。阿喜在船上又画了两个男仔。

这时阿喜听见有人扑哧一声笑——原来是独眼威利歪着一条腿在看她的画。

“那不是你弟弟吗？”威利指着船上的男仔说。

下了课，阿喜看见教务主任史密斯小姐从门口走过。教课的先生叫住史密斯小姐，两人站在走道上说了几句话。阿喜出来的时候，史密斯小姐已经走了，教课的先生却站在门口等她。

“史密斯小姐让你去一趟。”先生说。

“什，什么事？”阿喜的声音结巴了起来。

“去了，你就知道。”先生说这话的时候，看了阿喜一眼。这一眼滑溜得像田滩里的泥鳅，叫阿喜抓不住是什么意思。一路往史密斯小姐的办公室走，心就上上下下地打着鼓。

今天的祸，闯大了。不该，不该给威利递词的。上个学期威尔玛给比利递词，就叫先生罚擦了两个星期黑板。先生那时就说了，往后再发现有人递词，就不光是擦黑板了。

观音菩萨，千万别叫阿妈知道……

阿喜的脚越走越沉，走到史密斯小姐办公室门口的时候，脚脖子已经陷进了地里。

阿喜敲门，史密斯小姐说了声进来，却不理她。史密斯小姐在看一本厚厚的书，史密斯小姐的眼睛在书页上扫来扫去，一页，又一页，每一页都像砂纸般打磨着阿喜的神经。

阿喜终于沉不住气了。阿喜咳嗽了两声，咳出了一句话。

“我，我错了。”

哦？史密斯小姐从书里抬起头来，定定地看着阿喜。阿喜觉得身上烫。最烫的地方，在那根绕过脖子放在左边身子上的辫子。

阿喜突然明白了，今天是开学的第一天，史密斯小姐要查看她头发里有没有虱子——就像她第一天进校门时那样。

可是今天跟那一天不一样了，今天阿喜已经有了一肚子的英文，可以跟史密斯小姐说：

“我阿爸，我阿妈，我阿弟，我们家没有一个人头上长过虱子。

我阿人长过一回，那也不怪她——是天旱，煮饭的水都没有，哪舍得用水洗头？你的头发盘得那么紧，你才说不准长虱子了呢。”

可是阿喜今天一个字也不能说。从前是说得，却不会说，今天是会说，却说不得。阿喜只是默默地解开了辫子。

史密斯小姐的脸裂开了，裂出了一朵笑。阿喜从来没看见史密斯小姐笑过，只觉得史密斯小姐笑起来的样子，比生气的时候更难看。

“Tracie，我只想告诉你，你不用来这个班上课了。”史密斯小姐缓缓地说。

日头轰的一声坠到了地上，裂成了许多瓣，到处是火星子在飞溅。阿喜天晕地转。

这么快，她就走到了她的头——在阿妈给她的期限之前。这个头，不是别人逼的，却是她给自己找的。她怨不得阿元，也怨不得阿妈。她甚至怨不得命。这一回，她只有自己好怨。

“错了……不该……怎样罚我，都好……只是……要读书……”

阿喜不知道自己说了些什么，这些英文字仿佛只是借了她的嘴在赶一段路。路很长，也很磕巴，可是它们一旦走出了她的嘴就仿佛跟她毫无关联了，虚虚浮浮地飘在半空，听见了，却听不真。

史密斯小姐这回笑出了声。

“Tracie，我是说，你可以不来小小班上课了。明天起，你到初读班插班——你的英文够用了。”

初读班？小小班上面还有个小班。小班上头才是初读班。史密斯小姐的意思是，她跳了两级？

阿喜恍恍惚惚地回了教室，只觉得一身的骨头都给剔走了，软绵的没有一丝力气。瘫坐下来，半天也没听进去先生讲的是什么。

“明天，我就走了，去别的班。”

趁先生转身在黑板上写字的空当，阿喜对独眼威利说。

威利没有说话。阿喜以为他没听见，便又说了一遍："跳级，到初读班。"

威利还是没有说话。阿喜看见那只不戴玻璃球的眼睛里，慢慢地流出了一滴眼泪。眼泪在眼里攒了半天，很有气力，咚的一声落到地上，溅起一团灰泥。

"我知道，谁也不想和我同桌。"威利说。

阿喜的心扯了一扯，扯出了一丝痛。她想说句什么，能叫威利好受些，可是搜肠刮肚，竟找不到一句话。

"这个，送给你。"阿喜把那张画了船和人的纸，从本子上撕下来递给威利。

"你的画，我有。"威利说。

"你怎么会有？"阿喜吃了一惊。

"偷，偷的。"威利嚅嚅地说。

"明年，你好好读书，也跳级，我还同你坐。"阿喜说。

阿喜放学回家，从阿妈手里接过喜来，用布带绑在背上，就帮阿妈洗菜。阿妈说今天晚上包春卷吃，鸡蛋是现成的，只要洗出芽菜（豆芽）就好。

喜来是阿喜的小阿弟，两个月大。

早年有人给阿爸算过命，说阿爸命弱，必得有三个男仔扛着，才挺得过去。阿妈连生了阿文阿武两个男仔之后，肚子便多年再无动静。这回怀上了，嘴上虽说生男仔女仔都无所谓，心里却是真真盼望生个男仔的——果然就生了，一家人极是欢喜。阿妈说是求观音菩萨心诚，才求来的。阿文说菩萨年年求，为何到了今年才来呢？明明是阿姐带来的。阿爸想想也是，就给这个小儿子起了个名字叫喜来——喜来只是小名，喜来的大名叫黄子庭，跟阿文阿武的“子”字辈。

喜来是个夜哭郎，白天眠，夜里醒，醒了就哭，哭得要掀翻屋顶。阿妈叫阿喜写了张“我家有个夜哭郎，夜夜哭啼不得安。过路君子念一遍，小儿一眠到天光”的纸条，贴在唐人街的柱子上，连贴了七日，也不管用。

喜来哭，只认阿喜抱。阿喜一抱，喜来就不哭。阿喜一放下，喜来就哭。阿喜只好用被子把喜来裹在自己肚子上，坐在藤椅上过夜。又怕真睡着了摔了喜来，便时时警醒着，总不得安眠。

阿文阿武这会儿正趴在桌上玩鸡蛋。今天是春分，农历上说春分这天日夜平分，诸物均衡。阿妈说一年里只有这一天，能把生鸡蛋竖起来不倒。阿文先挑了一个最大的，重头朝下竖着。阿文大气也不敢出，扶了半天才松手。刚一松手，那蛋就咚的一声倒了，跌碎了，稠稠地流了一摊。阿爸正在碾药，站在药碾子上看得清清楚楚，就骂多大的人了也不知道省着过日子，饥荒的时候一个鸡蛋救一条命呢。

阿妈拿过一把勺，把桌上的蛋清蛋黄都刮到了碗里。又拿了一个平底的浅盘，叫阿文阿武在盘子里头竖鸡蛋：“不怕，碎在盘里，正好炒了包春卷——难得一年里才有这一天。”自从生了喜来，阿妈仿佛卸下了肩上的千斤重担，性情就好了起来。

阿武接过手来，竖了四遍，都倒了。阿文抢过去，也没竖成。直到摔碎了五六个鸡蛋，阿妈才叫歇了。

喜来这会儿醒着，叫窗子里透进来的日头舔得像只小狗，眯着两眼，两条腿踢蹬着阿喜的腰，口水淌了阿喜一肩。阿喜掏出手绢将喜来的嘴擦干净了，喜来咬住阿喜的指头不放，没牙的嘴嘬得阿喜指尖生疼，就知道喜来饿了，便解下来递给阿妈喂奶。阿妈接过喜来，斜了阿喜一眼，说你睇睇镜子，都瘦成什么样子了。这个书，不读也罢，白天还能抽空睡一觉。

阿喜知道这句话是迟早要来的。到下个月尾，阿喜就上了一年学堂了。阿喜真想让阿妈忙一些，再忙一些，忙得兴许就忘了这个期限。可是阿妈没有。阿妈非但没有忘记，阿妈还是掐着指头算计着这个日子的。

“官府的纸怎么填，你问问学堂的先生。”阿妈说。

阿妈嘴里的纸，是指上完一年学后跟金山官府申请退回入埠人头税的文件。阿妈日日夜夜惦记着的，就是从官府的牙缝里，把吞进去的银票一元一元地扯回来。旧年借下的债，很快就到期限了，阿妈得一笔一笔地还。

“阿妈，我不瞓。我还想念书。”阿喜说。

“一个女仔，还想念到天上去啊？就是念到天上去，不还是嫁人吗？英文能讲通几句话，叫人拐不走，数得了数，就行了。等税银退回来，你就回家。”

阿妈的话，刚开始的时候，还有点商量的意思。说着说着，就绷紧了，紧得没有一丝缝隙，可以让阿喜插进去一个字。

阿喜洗完芽菜，挤干了水，摊了鸡蛋，就来包春卷。阿喜的春卷包得细细巧巧，像嫩笋，一根一根地放在盘子里，叫人看上一眼就想吃。阿喜刚把春卷放进油锅，捞出第一根，阿武就抢走吃了。再捞一根，阿文抢了。阿妈就笑：“家里要多出几个你这样的，再大的粮仓也得叫你吃瘪了。”

阿喜又捞出一根，阿文刚伸出指头，就叫阿喜敲了一筷子。“给阿爸的。”

阿文夹了来递给阿爸，阿爸坐在药碾子上就着阿文的手吃了。阿爸咬一口，阿文咽一口唾沫。

“阿妈，我还是，想念书。”阿喜轻轻地说。

阿妈吃了一惊——阿妈没想到阿喜还惦记着这件事。阿妈的好脾气用了一下午，到了这刻就用薄了：“我还是不是你阿妈？这事你说了算还是我说了算？”

阿妈的声音很大也很尖，踩在阿爸碾药的声响上，一路扑到屋顶，震得天花板吵吵地落尘土。

阿喜不说话。阿喜脸上的鲜活如水漏了下去，看不出悲，也看不出喜，只剩下死人一般的硬冷——那是阿妈未曾见过的一种表情。阿妈心里有些害怕起来，但是阿妈没有把害怕放在脸上。

一屋谁也没有吱声，空气脆薄得如同三月里的河冰，轻轻一碰就要碎裂，谁也不敢动一下。

半晌，才听见阿文嘟囔了一句话。这句话很轻，轻得如风，却把河冰哗的一声碰碎了。

阿文的那句话是：“阿姐不上学堂，我也不上了。”

阿武也说了一句话。阿武的话骑在阿文的话上，声气就足了一些。

“阿哥不上学堂，我也不上。”

阿妈的眼睛惊讶得飞出了脸外，半天捡不回来。

“你阿姐是要嫁人的。她嫁人，你也嫁人？”

阿武被阿妈这句话噎住了，半天才想出一句回话：“我不嫁，阿姐也不嫁。”

阿妈起身就去了屋角，阿武知道阿妈是去取藤条。阿妈的藤条经常是虚张声势的，举上去的时候多，落下来的时候少。可是阿武却吃不准今天阿妈的藤条是不是要派真用场。阿武撒腿就跑，跑了几步，回头看阿文没跑，便又慢吞吞地走了回来，脸上有些臊。

阿爸呵呵地笑了起来。阿爸刚刚碾完药，阿爸今天碾的是甘草。阿爸从药碾上跳下来，抓过阿妈手里的藤条，来拍掸裤腿上的药末，一屋便都是甘草的香甜味。阿爸很久没这么笑过了，阿爸的笑让一屋的人都怔了一怔。

“她阿妈，这女仔的命是硬，却有菩萨护着她呢——难关都过去了。她要上学堂，就让她去吧。难得这两个百厌仔（调皮捣蛋的孩子）这么听他阿姐的话呢。”

阿喜没吭声。

阿喜这回没吭声，是因为阿喜喉头哽了一块东西。

她知道，今天她又捡回了一条命。

阿喜从放学起，就在等待着这个时刻。一直等到日头西斜了，才终于等到了。阿爸阿妈的脚刚刚迈出门槛，她就迫不及待地朝后院跑去。她要赶在日头还没完全落下之前，做成她要做的事。

今天是元宵节，唐人街有灯市。唐人街今天热闹得很，卡城（卡尔加里市）来了一个十二人的醒狮队，从片打街头一直舞到街尾。片打街两边的店铺，都已经早早备下了喂狮子的红包。旧金山也来了一个戏班，是女全班，演全本的《李后主和小周后》。戏是从早上就开始演的，一直演到夜里，换人不停戏。随进随出，日场是两个毫子，夜场是三个毫子。阿爸今天早早把药铺关了，带全家去逛灯市，夜饭也在外边吃——有的是摆摊的小食铺。连四眼阿叔，也跟着去看热闹——今天是周一，轮到四眼阿叔歇工。

其实阿喜也很想去。阿喜想看灯，想看狮子抬起身子时底下露出来的那些脚，也想吃铺子上那些油汪汪的糕饼——阿喜闭上眼睛，油仿佛已经顺着她的指尖流了下来。她更想看的是戏班演的戏。阿喜从前看过男人演的女人，可是阿喜从来没看过女人演的男人，她不知道娇滴滴的女人演出来的李后主，会是个什么模样。

可是她不能去。她有紧要的事要做。

阿喜跑到后院，去开那间小屋的门。叫它小屋实在是一种夸张，事实上它只是一个几片旧木板搭起来的窝棚而已——那是阿爸存稻草和修理家什的工具，阿妈放过季换下来的鞋子的地方。过年的时候阴阴绵绵地下了几天雨，稻草很是湿潮。阿喜掀起那块当作门用的旧布帘时，一股霉味熏得她打了个喷嚏。阿喜屏住呼吸，在那堆脏鞋子里翻来翻去，终于翻到了那个铁盒子。打开来，还好，没干。

那个铁盒里装的是鞋油。正月初五喜来过周岁生日，阿爸在家里摆了两桌酒。阿爸就是用这盒鞋油，刷了他那双棕色皮鞋的。从那天起，阿喜就盯上了这个盒子。

接下来的那样东西，阿喜就熟门熟路了，不用翻也不用找，就在阿妈腌鸡蛋的瓮子旁边的那个瓦罐里。阿喜打开罐子，舀出一小勺粉放在碟子里，滴上几滴水，那碟子就成了一汪的桃红——那是阿妈的染粉。给喜来摆酒的时候，阿喜就是用这些染粉，帮阿妈染了许多红鸡蛋的。

最后那样东西费事一些。阿喜的书包里有一个纸包，里边是阿喜这几天抽空摘下来的冬青叶子。阿喜把冬青叶子放进阿爸捣药的小石臼里细细地捣碎了，再用篦子篦走碎叶渣子，剩下的便是绿汁。

这三样东西都备齐了，阿喜就去楼上拿出纸笔来。纸是学堂里发的白纸，笔就是那杆平素她跟四眼阿叔学字时用的狼毫。阿喜知道狼毫不是派这个用场的，可是阿喜也顾不得了。

上个学期，阿喜又跳了一级。阿喜如今是高读班的学生了。高读班有一堂艺术课，每两周上一回，教唱歌也教画画。就是在艺术课里阿喜才知晓，洋人的画，和从前乡里字铺的老先生画的松梅竹菊，原来是这般不同。纸不同，笔不同，颜料不同，画出来的景致也自然不同。

前一堂课先生派了作业，让每人回家画一幅画，题目不限，两周内交。阿喜就犯了难：阿喜没有笔也没有颜料。阿喜跟阿妈说过了狠话，是绝不能再问阿妈要一个毫子的。明天就要交作业，阿喜一夜没睡，才想出了这个法子。

叫阿喜犯难的是颜料，不是题目。画什么阿喜老早就有了谱——阿喜要画的是桃花。

金山的桃花这时辰连个影子也还没有。阿喜的桃花在阿喜的心里。下河村家门口那口石井边上，就有一株桃树。那株桃树在阿妈生她之前就已经有了。一季又一季，她看了十四季的花。十四季的花在她心里留下的印记，刀斧都刮不走。阿喜只要闭上眼睛，就能清晰地想起树干上的虫斑和花瓣上的纹理。

阿喜先画的是树枝。鞋油太稠，阿喜用笔杆把油碾薄了，再涂在纸上。涂完了，还湿着，就拿到后院放在风口吹着。风没来，倒先来了一群苍蝇，嘤嘤嗡嗡地叮在纸上，赶都赶不走。过了一会儿，阿喜才明白过来，原来苍蝇是把那一坨坨的鞋油当成了鸡屎——便忍不住笑出了声。

过了一刻钟，等树枝干了，阿喜才拿回屋来画叶子。冬青叶的汁液颜色太淡，阿喜描了几遍，才描出稀疏的几片黄绿，不像新叶，倒像是枯菜皮。

花是最容易的。阿喜把那碟子红水分成了两碟，第一碟不变，第二碟里头多加了几滴水，便有了深浅两样的红。深的是欲开没开的蕾，浅的是盛开怒放的花，层层叠叠的画了满满一纸，倒把那枯黄的叶子压下去了——桃树正开花的时节，叶子本来就不显。

阿喜其实还想画花蕊的，可是阿喜再也没有另一样颜料了，只好作罢。

第二天拿了去交给先生。先生摘下眼镜近着看了，又戴回眼睛放到远处看，半晌才问："跟人学过吗？"阿喜说就跟你学过。先生叹了一口气，却不再说话。

四眼佬的事，是到了第五天才传到家里来的。传话的，是肥仔的一个远房表兄，跟四眼佬一起在"陈园"里帮厨，也是最后一个见过四眼佬的人。

元宵那日，四眼佬虽跟阿爸阿妈一起上街，却没有去睇灯，也没有去睇狮子，更没有去睇戏。四眼佬那天，其实是去参加洪门的聚会的。

洪门的聚会时时都有，并不新鲜，新鲜的是洪门这几天从旧金山来了个掌门人，姓孙，听说一路上都在演讲筹集军饷，准备回去唐山推翻皇上起大事。四眼佬已经一个星期没去"陈园"上工了，天天都跟在那个姓孙的后头听差。元宵节那夜，四眼佬就没有回家过夜。

第二天也没有回来。第三天第四天也没有。

再后来才是肥仔的表兄来传话，说不要等了，铺位租给别人就是了——四眼佬走了，跟着那个姓孙的去了域多利（维多利亚），一路东行，再不回来了。

阿妈骂了一声死鬼四眼，还欠了我一周的屋租呢。众人就笑，说四眼佬教你女仔读书认字呢，也没算学费，两下抵了。

"他，留，留下话了吗？"阿喜颤颤地问。

"话是没有，屎倒留了一泡——去了一趟茅房才走的，伞也没带一把。”那人说。

众人就感叹，说这个四眼佬看起来就不是个寻常之辈，不是寇就是王的命。若是躲过了皇上杀头的罪，将来改朝换代，混个几品官也未可知呢。阿爸听了，脸色煞白，便叫众人住嘴——人多嘴杂，谁知有没有保皇会的密探。

众人的话，阿喜一句也没有听见。阿喜只是怔怔地往楼上走去。楼梯一级一级的，阿喜好像没了脚，身子一浮一浮地往上飘。到了屋里坐下来了，阿喜才知道，自己不是没了脚，而是没了心。原先长心的地方，如今是一个洞。这洞大得就是把天砸碎了往里填，也填不满。

阿喜把枕头芯子拆开了，拿出里头藏的一双布鞋。鞋是旧年入冬的时候就做下的。她没有问他要过鞋样。她用不着。她的眼睛已经在他的脚上走过许多遭，她毫厘不差地知道他的尺寸。她早就知道他的尺寸，等了那么久才做成鞋子，是因为她在等阿妈存下黑直贡呢的鞋面布。她做完了鞋子，等了这么久也没给他，是因为她脸皮薄。

其实，她是想好了的。她想这回把他派她作的文章交给他的时候，就把鞋子也一并给他。

她把话也想好了，一句话她想了好几个月了。

“阿人叫我给你做的鞋。”她会说。

当然这句话她不能看着他说，看着他说她保不住就会脸红。

用不着了，再也用不着了。

阿喜找出一把剪刀，来剪鞋子。鞋底很厚实，阿喜剪了几刀也剪不透。剪着剪着，鞋底渐渐变了颜色，阿喜才明白是手剪破了。

一九八五年夏天，中国文化部派出一个代表团，参加温哥华的一个城市艺术节。团中有一位七十多岁的老画家，在官方活动的空隙里参观了当地的艺术馆。艺术馆的解说员非常热情地向这位老画家介绍了当时正在展出的著名七人画派画作，可是老画家却置若罔闻——因为他发现了另外一幅并不起眼的画。

那幅画里是一个中国男人，穿了一件对襟的旧布褂和一条宽腿裤，裤脚处用绳子系紧了，露出底下一双裂了线的青布鞋。男人左手臂里挽着一个包袱，右手捏着一把桐油纸伞，衣裳的下摆被风刮起一个角——像是在急急地赶路。男人的衣着打扮是典型的清末华工模样，可是老画家注意到了两件事：第一，男人没有留辫子；第二，男人戴了一副金丝边眼镜，一侧的镜片裂了一条缝。

这幅油画的名字叫“1911年的温哥华”。

老画家摘了眼睛凑在画上找签名。签名很小也很潦草，他看见了，却怎么也看不清。

他就问讲解员这幅画是谁画的。讲解员说这是一幅一直没能找到确切画家的画作，原本是哈德森河谷公司的副总裁威利·亚当逊先生的私人藏品。亚当逊先生辞世后，他的后代才把它捐给了艺术馆。从收藏的年代来看，这大概是一位和艾米莉·卡（加拿大著名女画家）先后时期的艺术家所作。

老画家在那幅画前停留了很久，离开的时候一直在喃喃自语。

“不像啊，不像那个时期的作品。”他说。

沉　茶

茶室是新开张不久的，在城里的黄金地段。门帘上挂了很多风铃，风吹过，满屋脆响。空气被铃声击碎了，带着乍醒的战栗。

天还早，还没到喝茶嗑瓜子聊天的时辰。没有客人，老板娘便靠在柜台上绣花。老板娘绣的是蝴蝶。老板娘已经绣了很多只蝴蝶了，都镶了框挂在墙上，横横竖竖的，只只形状相似，唯一的区别是颜色。老板娘手里的这一只蝴蝶是蛋青色的。蛋青只是一种模糊的说法，其实从白到青，中间还有很多种的颜色。这些细致的色彩过度使得蝴蝶有了立体感，仿佛轻轻一碰，就要从布上飞下来。

老板娘最初是不喜欢绣花的。绣花是医生的嘱咐——老板娘的手不是很好使，试过多种药都不管用。医生说绣花可以锻炼手臂和指头的协调。开始只是一项任务，后来就成了一种习惯，习惯渐渐成了自然，自然里又渐渐地滋生出一些欢喜来，老板娘就一年一年地绣了下去。

门帘一掀，进来了第一个客人。

客人是个四十上下的男子，看上去是外乡人，很可能还是北方人，脸颊上带着些粗粝的潮红，衣着发式都缺乏江南的精致和入时，鞋面上浮着一层形迹可疑的不属于这个城市的泥尘。老板娘的茶室离火车站很近，老板娘的客人大多是奔走在路上的人。所以老板娘站起来，走过去，很自然地问了一声：

“昨晚火车上没睡好吧？”

老板娘的语气很温存，瞬间熨平了旅途的皱折。男人忍不住抬头多看了一眼，就发觉老板娘很是高挑，腿仿佛直接长在了腰上。一头长发如泼墨，在脑后用一个塑料卡子松松地绾起，漏了几根发丝，从额上一路垂挂到脖子。穿了一件黑色紧身薄毛衣，脖子上围了一圈细细的豆花项链，也是黑色的——走近了才看清是文身。男人心想这个城市的女人，果真是很时髦的，尤其是这样别出心裁的文身。他就笑了笑，对老板娘说在不在路上，我都睡不好，习惯了。

老板娘递给男人一份茶点价目单，说喝点什么提提神呢，一天才开始呢。男人看也不看，就搁在桌子上，说我不喝那些劳什子的茶。有茶叶末吗？乡下人带到城里，街头叫卖五毛钱一把的那种，带了些泥尘味的，那才叫真茶。

老板娘捂着嘴哧哧地笑了起来，指着男人说你这位先生真怪，现在谁还喝那个呢，那是从前穷人家喝的。不过我也爱喝那种茶呢，我给你泡一杯我自己的茶，不收你钱。又问男人要些什么小吃不？男人说来一碟油松豆，八成焦的，撒细盐——不要粗盐。再来一碟冰镇杨梅，最好去过核的，也来些细盐，不洒在上面，另装一碟，蘸着吃的。

老板娘暗暗惊诧客人的精道，就去了厨房。再出来，手里就多了一个托盘。将茶点放下了，就静等着那些渣渣滓滓的茶叶末子慢慢地沉到杯底。待客人终于喝起了第一口茶，老板娘就依旧坐回去绣花，两人隔着柜台有一搭没一搭地说着些闲话。

你怎么也知道盐比糖镇酸呢？老板娘问。

男人挑了一颗杨梅，蘸着盐慢慢地咬着，半天才说：

“这是跟我女朋友学的。她那张嘴，才叫那个刁呀。熬粥的米，一定要碾碎了才煮，六分碎的样子，多一分不行，少一分也不行。虾背上的那根筋，剩了一丝也吃得出来。橘子得掰成瓣，把核一粒一粒地掏了，才肯吃。我说她这张刁嘴，除了我谁应付得了。”

老板娘看见男人的两道眉间轻轻地团了一个结，就笑了，说女人嘴刁一些，也不是什么大毛病。我们家那口子，也这样说我。所以我就开了这个店——其实一天有几个客人呢，还不是变着花样填了自己的嘴。

男人被老板娘逗笑了，眉心的那个结如水纹渐渐荡漾开来。

你的那口子，也给你剥橘子吗？男人问。

男人的这句话是用当地方言说的。男人的方言说得基本地道，只是微微地有些缓慢吃力。

你也是我们这个地方的人？老板娘吃了一惊。

男人没有回答。老板娘以为男人没听清，就又重问了一遍。男人依旧没有回答。

男人的回答是过了很久才来的，那时男人杯里的茶只剩了一个底，细碎残缺的叶子，在杯底铺了一层不成形状的黑绿。

十年了，我在青海待了十年。第一次回乡。

老板娘知道这是一个故事的开头。老板娘也知道，最适宜这种故事的听法，就是沉默。她便起身给男人续了水，又将自己的凳子挪得离男人近了一些，也不催，却依旧绣着手里的花。

我是土生土长的本地人，在这里上的小学中学大学。大学毕业了，本来是想到外边看世界的，可是女朋友是独生女，父母舍不得她出远门，我也就走不成了。

女朋友是让父母给惯的，很是娇气。娇是娇些，却不嫌我穷。那时我大学刚毕业，没有钱，也没有本事，有的只是胆气，非要自己开公司。背了山一样的债，谁见了谁怕，可是她不怕。

她虽然不怕，她父母却是怕的。那时候要不是她妈拼了老命阻拦我们结婚，哪还会有后来的事？

老板娘想起自己结婚时，母亲泪流满面扶着轿车门死死不肯松手，很有几分昭君出塞的意思，便忍不住叫起屈来。“这不能怨她妈——她也是为了子女好。天下做妈的，你让她把心挖出来搭救子女，她也是愿意的。”

男人突然不往下说了，却盯着老板娘脖子上的那串文身，问：“很疼吧，文刺的时候？”老板娘摸了摸脖子，说好久以前的事，不记得了。我脖子上有块疤，文了就遮了丑——女人为了好看，什么都肯做，即使是疼。

男人笑了笑，暗想这个女人的可爱之处，就在这些倩巧的诚实上。诚实若失去了倩巧，大约也仅仅是美德而已，天下美德没有几样是可爱的。

那些日子真是苦呢。男人说，没日没夜地工作，连饭也顾不得吃。她下了班，街上买一碗虾仁面带过来，细细地把虾背上的筋挑干净了，再给我吃。有一回我出差，回来时误了车，夜里两点才到家。她捧了一碗虾仁面，蜷在沙发上睡着了，汤洒了一身也不知道，面早浆成了硬硬的一坨——她妈还不知道怎么在家等她呢。那天我就对自己说，这样的女人，我一辈子都得对得起她。

过了三年，我的公司状况渐渐好转，资金也开始流动起来。她妈终于应允了我们的婚事。那天她见到我，冲过来，猴子一样地挂在我脖子上，一遍又一遍地说哥哥哥哥我以后再也不用回家睡觉了——她从来不叫我的名字，人前人后就是哥哥哥哥的，像陕北农村的媳妇，热辣辣的，一点也不害臊。

老板娘却听得脸红心跳起来——不知自己年轻的时候，是否也这样癫狂过呢？

谁会想到，就在婚礼前一个星期，她出了那样的事。

那天我们一起上街去购买新房所需的各样东西。她看见街对面的橱窗里摆设着一幅窗帘样品，丁香花的底，印着各样的蝴蝶。那颜色，那样式，在那个时候就算是很新奇的了。她实在是太喜欢了，扔下我就跑过街去。这时，有一辆货车拐弯过来，没看见她，就把她撞倒了。

她伤得很重，从头到脚，没有一处是完好的。肋骨断了三根，有一根倒插在肝上。抢救了整整一个星期，才总算救了过来。

老板娘松了一口气，悬浮在喉咙口的那颗心，咚的一声落到了实处。“后来，你们结婚了吗？”

男人摇摇头，眉心的两道皱纹，又渐渐团成了紧紧的一个结，像发坏了的面团，再也撑不平了。

她醒过来，却认不得我了，也记不起车祸前后的事了。开始也只是冷淡，到后来，竟一见到我就抱头哭号，谁也劝不住——医生说是车祸那一刻存在她潜意识里的恐惧印象。为了不进一步刺激她，医生建议我最好暂时避开。我问要避多久？医生说也许十年，也许二十年，也许一辈子。她母亲听了，就很郑重地对我说：你要是真喜欢她，就等她十年。

十年了，今天是整整十年。

男人嗫嚅地说。男人似乎被这个数字吓住了，连叹息也变得含混起来。

这时电话响了，是老板娘的丈夫。听见妻子隔着一条电话线的湿潮嗓音，就问怎么啦？老板娘擤了擤鼻子，说没什么，听了一个故事。丈夫就在那头笑，说都快四十岁的人了，看电影也哭，看电视也哭，听故事也哭，哪来这么多眼泪。老板娘有些不好意思，辩解说："这个故事，真的很感人。"

丈夫打电话来，其实是提醒老板娘下班看医生的事。老板娘说知道了知道了，早上出门的时候你不是提醒过了吗？老板娘嘴上有些不耐烦，脸上却都是软软的笑。

老板娘放下电话，发现客人不知什么时候已经走了，桌子上放着一张百元大票。杯子又见了底，茶叶末子在残水里奄奄一息。老板娘匆匆追出去，发现男人已经走远了。男人走路的样子像一只高瘦的鸵鸟，在风里一拱一拱的，渐渐地就成了街景里的一粒粉尘——便猜想男人大概是去找女朋友去了。

但愿一切都顺利呢，这一回。

老板娘捏着那张带着男人体温的钞票，喃喃自语。

男人此刻已经走在闹市区最热闹的那一段了。车流带着陌生的繁华从他身边驶过，太阳高了，树影渐渐地薄了起来，知了在声嘶力竭地唱着一季里最后的曲子。男人掏出手帕揩着额上的汗，身子飘飘的，仿佛没了腿。

十年了，她还记得窗帘上的那些蝴蝶呢。男人想。

都市猫语

茂盛一觉醒来，习惯性地伸手到枕头底下摸出手机，发现屏幕一片漆黑，才猛然想起昨晚收工回家的路上，他用了三年的手机毫无预兆地死了。

这一阵子他生活里发生的事情似乎都是毫无预兆的。比如正月里，他那个向来力壮如牛连医院的门都没进过的爹，头天晚上还在跟人大呼小嚷地喝酒猜拳，第二天到了中午也不肯起床，一摸，已经浑身冰凉。再比如春天里他和哥哥包养的鱼塘，头天鱼还活蹦乱跳的，第二天早上塘面上却是白花花的一片。他还以为是日头反射在水上的光，走近了才看清楚那是死鱼翻起来的肚皮。再比如已经跟他谈了一年恋爱的桔子，五一还在和他谈着聘礼的事，六月里却跟邻村的祥庆订了婚。桔子跟自己什么事情都做过了，而且，他们从来没有吵过嘴。岂止没吵过嘴，连句厉害话也是没说过的。

他只是没想到。

村里年岁最长见过世面最多的杨太公说其实天底下哪样事情都是有兆头的，只是人的眼睛太笨，看不出来底里。茂盛仔细想想也是：树上的芽叶看起来是一天里爆出来的，其实力气已经攒了一冬天；天边的第一声雷劈下来叫人猝不及防，其实风和云已经憋了很久的气；病虫子说不定已经在爹的肚子里住了三五年，只不过借着那顿酒才把疯撒出来而已。他是个凡人，没长天眼，他只能看见皮肉上突然鼓出来一个脓包，却看不见脓在皮肉底下已经行了九百九十九里路。杨太公见他蔫蔫的打不起精神来，就开导他说树挪死人挪活，换个地方说不定就换了运气。正好村里有一个后生去年到了温州打工，说那个地方天气和暖人好活，他就离了家，到温州城里当了一名的哥。

茂盛从被窝里钻出来，拿脚从床底下勾出拖鞋来，套进去，起了床，手里捏着一柄冰冷铁硬的手机，怔怔的，一时不知做什么好。到这时他才意识到，原来手机是他的眼睛耳朵嘴巴，他靠手机才看得见外边世界的动静，听得见外边世界的热闹，他靠手机才能跟外边的那个天地搭得上话。手机岂止是他的眼睛耳朵嘴巴，手机还是他的手脚，他得靠手机才能摸得着路走得了道。手机活着，他就活着。手机死了，他就成了个四面是水的孤岛，连岸的影子都找不到。连着他和世界的那根线突然断了，他便惶惶不知如何是好。

他抓起枕头，想翻出藏在枕芯里的那张存折，手伸到一半又停住了。用不着看，他脑子里记得那个数字，精确到小数点后面的二位。一万六千八百九十二块七毛九，其中有一万块钱是临走时妈妈塞到他包里的。加上支付宝里的三千块钱和微信钱包里的一点零钱，那就是他在这个城市里的全副家产。他完全可以去手机市场买一部新的苹果手机，可是他不能。家里虽然没人张嘴跟他要过钱，可是他知道哥哥要还买鱼苗时借下的债，妈妈要给爷爷做八十大寿，妹妹要交高考补习班的学费……他的钱只有一个来头，却有九十九个去处。这九十九个成员的长队伍里，苹果手机只能排在末尾。

待会儿去南站天桥下边的那个手机市场找个人问一问能不能修。如不能修，只能去买一只华为，便宜的那款。他对自己说。

他推开窗，天亮了，又没有亮透。风钻进他的鼻孔，带着细细一丝声响，有点痒。这可不是家乡的风。这个时节家乡的风早就长了牙齿，能把人咬得遍身都是窟窿。南方的天候就是好啊，秋天长得像没有尽头。家乡早该万木凋零了，可这里门前的那棵金橘树，枝条被果子压得低低的，绿的和黄的颜色上都还挂着油。当初他决定租下这个地方，除了和交接班的司机相近以外，多多少少也是因为这棵树。

那天他来看房子，大老远就看见门前有棵树，在风中抖啊抖啊，抖着满枝的绿和星星点点的黄。走近了，他才看清楚是挂了果的金橘，只觉得眼睛一亮，心里便先有了几分喜欢。这地方在城郊，离市中心有些路，房子是那种在年复一年的拆迁风声中活活等老了的旧平房，颓败得紧，漏风，说不定还会漏雨，地板踩上去惊天动地地叫唤。但他一打开窗户满眼便是那片绿和黄，又听得房主开口说两间房统共月租六百——那个价格在城里刚够租一间厕所。他闭着眼睛还了五十块钱的价，暗想着一定招骂，没想到人家竟爽爽快快地答应了，他就猜那是天意——那棵金橘就是老天爷给他的好彩头。

当然，那时他并不知道这屋里不久前刚死过人，是一个久病的老人，实在捱不下病痛而上吊死的。当茂盛得知真相时，已经是几个月之后的事了，那时他已经和这屋子摩擦出了暖意，竟不知害怕了。

他不知道现在是几点钟。自从有了手机，他就不戴手表了，嫌沉。老黄依旧横卧在床尾，在被子窝出来的一条皱褶里露出半张脸，扑哧扑哧地打着呼噜。他就猜想还没到六点。每天到六点，老黄就会睁开眼睛跳下床来，跑到墙角那个大瓷碗跟前，等着茂盛来喂食。老黄的脑袋瓜子里好像埋了一张磁卡，老黄比日头比钟表比打卡上班的工人都守时。

老黄是一只母猫，皮毛通身灿黄，只在两眼之间有一道棕色的竖纹。老黄身形硕大，四腿颀长，看起来更像是一只经过驯养的迷你虎。在成为茂盛的宠物之前，它曾经是沿街乞食的野猫。有一天茂盛起床，开窗时发现外边的窗台上蹲着一只猫。那猫全然没有街猫惯有的惊恐之态，见人并没有逃跑，而是懒洋洋地翻了一下白眼，若无其事地接茬睡觉。茂盛忍不住喂了它几口前晚吃剩的盒饭，猫吃了，第二天竟在同一时间回来找茂盛。后来干脆自说自话登堂入室，赖在茂盛屋里不走了。茂盛每日下班回到家里冷冷清清，有只猫走动着也算是有点生气，就留下了它，取名老黄，随口喂些剩饭剩菜。幸好老黄有一副与硕健的体格不相匹配的小胃口，费不了茂盛几个饭钱，实属皮实好养。

很快茂盛就发觉老黄是只有脾性的猫。那脾性有点像自卑，又有点像自傲，总而言之有几分硌涩。每日茂盛在哪里，老黄就尾随到哪里。茂盛下班回家，它远远地听见了脚步声，早早就跑到门口等候。待茂盛进了门，它却又后退几步，用那双介于猫和虎之间的灰绿色眼睛，定定地看着茂盛，看得茂盛心里发毛。那眼神很是复杂，有傲慢、好奇、警戒、期待，也有那么一丝半点的哀怨，却绝对没有阿谀。它和茂盛之间隔着的，总是那样不远不近的三步。茂盛进了，它就退；茂盛退了，它就进。就连睡觉，他们也保持着那样的距离，一个在床头，一个在床尾。老黄从不肯轻易接受茂盛的爱抚，茂盛从老黄身上得到的唯一一次接近于亲昵的表示，是有一天夜里他踢了被子，老黄在他赤裸的冒着汗臭的脚板上轻轻地舔了一舔。茂盛几乎有些受宠若惊。那湿漉漉的一舔，以前从未发生过，后来也没有被重复——老黄把亲近的主动权，毫厘不让地攥在了自己的手心，就连最美味的猫食也买不通。茂盛无可奈何。

老黄终于醒了，从被子的皱褶里探出身子，伸了一个长长的懒腰。这是一个架势十足的懒腰，腰和后臀所形成的那条弧线，几乎像一张扯得很满的弓。突然，它的耳朵兔子似的抖了一抖，嘴里发出一声低沉的嘶吼。那声音让人联想起丛林，而不是街道。紧接着，它从床上一跃而起，身子在半空划出一条灿黄的流线，然后轻轻地落到了门口——它赶在茂盛之前听到了，不，感受到了，来人。

敲门声是几秒之后才响起来的，很重，很急，一声压着一声，在这个时辰听起来有几分心惊。茂盛开了门，只见门前站着一个身穿桃红色晴纶棉外套的女人。女人手里拖着一只拉链已经开爆的蓝色拉杆箱，身上背着一个双肩包。双肩包是倒背着的，沉的那头坠在前胸。

“你是叶茂盛？”女人问。

女人说话的声音沙哑粗糙，声带喉咙和舌头像在砂纸上走过了一遭——一听就是个烟鬼。

“我叫赵小芬，是大头介绍来的。”

大头是和茂盛交替着开同一辆的士的司机，茂盛开早班，大头接他的手开晚班。

女人化着很浓的妆，睫毛膏在下眼睑印下一排黑色的污渍，唇膏在牙齿上溢染出一片猩红，一动表情，脸上就扬起一丝细细的粉。

她该叫“小粉”，而不是“小芬”。茂盛暗想。

茂盛觉得嘴角轻轻牵了一牵，就知道那是笑的前兆。他狠狠地咬住嘴唇，扯紧了已经松开的脸肌。

老黄对来人显示出了异乎寻常的兴趣，它彻底打破了先前那个苛严的三步规则，围着女人转了一圈又一圈，不停地闻着女人的腿，鼻子里发出响亮的咻咻声，这一刻老黄的表现更像是一条没见过任何世面的乡野土狗。茂盛只是没弄懂，老黄的兴奋到底是出于愤怒，还是欢喜。

“大头说你要找房客。他给你打了一夜的电话，你都没接，所以我直接来了。”

茂盛这才想起昨天跟大头说过的话。这阵子满街都是载客的车，滴滴、优步、神州……百样千般，的哥的生意清淡了许多。下个月老板要加份子钱，茂盛就跟大头说想找个房客来分担房租。本是一句随口的话，没想到大头上了心。他更没想到，大头介绍来的竟是个女人。

“我知道你不要女房客，可是大头说你上早班，我上的是夜班，我们可以不照面。”

女人似乎看穿了茂盛的心思。

“我不怎么做饭，耗不了多少水电。”

女人把双肩包卸下来，放到地板上。这时老黄的兴趣一下子从女人身上转移到了女人的包上。老黄的喉咙里传出一阵怪异的声响——是声带发出的低频振颤，听起来像是在寻找，又像是在召唤。那声响与其说是耳朵接收到的，倒不如说是皮肤感觉到的。

女人的包突然蠕动了起来，过了一会儿，半松的袋口钻出一个黑乎乎的东西。

女人打开袋口，从里头抱出一只猫来。

“大头说你也养猫，我就把小黑带过来了。”

女人把猫抱在臂弯里，犹犹豫豫地看着虎视眈眈的老黄。

“没事的，它看起来凶狠，其实是个囊种。”茂盛替老黄辩解着。

女人将信将疑地将手里的那只猫放到了地上。猫很小，大概刚断奶不久，皮毛几乎是纯黑的，只是尾巴上有两块白斑。它站在老黄跟前，似乎还没有老黄的一条腿高。它想站，却没站稳，脚一软，似乎要倒。

老黄走过来，用鼻子嗅了一下小黑。小黑向后跌跌撞撞地退了一步，老黄斜过半个身子，堵住了小黑的退路。两只猫睁大眼睛彼此对望着，地球咔嚓一声停止了转动，空气中有一些噼里啪啦的声响——那是两道目光的狭路相逢。老黄和小黑身上的毛突然噌的一声竖了起来，像是两朵结了绒的蒲公英，一朵大，一朵小；一朵黄，一朵黑。

小黑的毛发先矮了下去。它喵的叫了一声，声气孱弱，犹如一根要断没断的线。老黄身上的毛也渐渐平伏了下来。接下来发生的事情，让茂盛吃了一惊。

老黄伸出它那根粉红色的舌头，开始舔小黑。老黄舔小黑的时候，力气是用两，不，是用钱来计量的。它只用了半根舌头，神情极是小心翼翼，仿佛小黑是一件稀世名瓷，多一钱力气就能将它碎成齑粉。

老黄舔了很久很久，一直到把小黑舔成一团湿淋淋的毛线。老黄把平日舍不得花在茂盛身上的口水，像海洋一样慷慨地奉献给了素昧平生的小黑。

“狗东西。”

茂盛暗暗骂了一句。

茂盛就是在那一刻决定留下那个女人的。他一直也没改得了他的脾性，他总会为一些莫名其妙的原因作出一些莫名其妙的决定。比如几个月前，他就是为门前一棵精神抖擞的金橘树，决定租下这个住处的。而今天，他又要为这只老黄见了化成一滩水的小黑猫，决定把房子分租给这个女人。

“六百。”茂盛粗声粗气地说。

他期待着女人还价。就是杀下两百块钱，他依旧合算。

“你这鬼地方，离城里一千里地。除了我，连鬼都不稀罕住。”

女人从一个脏得几乎辨不出颜色的手提包里，扯出三张同样脏得几乎辨不出颜色的纸币，扔到窗台上。

“五百五，多一分也别想。月初给三百，月中给两百五。”女人说。

茂盛心里一阵狂跳。这个女人将替他交付全部的房租，从今天起，他将在这个屋子里白住。他觉得离那个想象中的苹果手机，已经接近了一大步。

茂盛并不知道，女人被房东赶出去，已经在客运站的候机厅过了两个夜晚。她，连同她的猫。

就像先前他不知道这个屋子里死过人一样。

赵小芬说得不错，在她住进来很长一段时间里，他们都没有照过面。他出门上班的时候，她还在睡觉；而他回家的时候，她已经出门。他们周末都不休息，一周七天连轴转。

只是家里多出了一些东西，在提示着他屋里还存在着另外一个人。

比如说浴室里摆放的那些化妆品。

小芬的化妆品不是收在一个化妆包里，而是随意散落在浴室的各个角落。洗手盂旁边立着几支唇膏，肥皂架边上放着两瓶指甲油，洗澡时放干净衣服的凳子上搁着几盒粉底霜和粉饼……每一只瓶子每一个盒子都是脏的，内容涂溢到容器外边，混杂着女人的指痕唾沫和皮屑。茂盛不太懂女人的行头，桔子除了脸霜和口红之外，几乎没使过什么化妆品。桔子的口红是浅红的，接近于唇色，涂和不涂并没有太大的差别。茂盛是在那些散乱的化妆品里，发现了小芬的重口味的。宝蓝色的指甲油，黑色的唇膏，艳红的带闪光颗粒的胭脂……这个浓妆艳抹的女人走在街面上会是一副什么模样？茂盛突然对女人上班的时间和地点产生了一些奇怪的联想。

有一天他上厕所，发现马桶边上的垃圾桶里扔着几团染着血的手纸。他赶紧扯了一片干净的纸盖在了上面。那一整天，那几团纸一直在他的脑子里飞来飞去，像受了伤的蝴蝶，睁眼闭眼都是。

还有一天，他在浴亭的挂钩上看见了一条半湿不干的黑色内裤。其实那都不能叫作内裤，它至多只是一条剪裁成丁字形的窄布，布边上镶着精致的蕾丝，中间的某一个地方缝着一朵小小的红玫瑰。茂盛盯着那朵玫瑰，觉得有块烧得通红的炭火在他心里落了下来，他听见了嗤嗤的声响——那是皮肉烧焦的声音。他只觉得这个叫赵小芬的女人在这个屋子里埋下了无数块这样的炭火，他走到哪里都有被烧焦的危险，他简直防不胜防。

于是他在冰箱上贴了一张字条。

请收好卫生间里的东西，卫生间不是你一个人的。

第二天他下班回家，发现缝着蕾丝和玫瑰花的内裤消失了，化妆品装进了一个有锁边的大塑料口袋，垃圾桶也清空了。冰箱上却出现了一张字条，就在头天他写的那张纸条之下。

穿过的袜子不要丢在沙发上，沙发是公共场所。

女人的字迹像是被一巴掌拍扁了的昆虫，模糊潦草，却还保持着一点恣意横行的意思。

当时他还不知道，这是他们漫长的隐身对话的开始。

后来冰箱上还持续不断地出现过许多张纸条。

> 不要喂猫吃剩饭。下班带包猫食回来，一样的牌子。上次是我买的。
>
> 别光说猫食，上次的猫砂是我付的钱。
>
> 下班回家轻点，有人要起早。
>
> 上班关门别那么大声，有人还在睡觉。
>
> 提醒：明天是十五号。
>
> 房租塞你门缝底下了，丢了别赖我。

很快那些纸条就排成了长长一支队伍，很奇怪，谁也没想起来把过期的那些揭下扔掉。

有时茂盛没事，端着一碗泡面站在冰箱跟前，一张一张地看着那些越排越长的纸条，心里竟有点想笑。这是两个人躲在错位的时间之后的喊话。不，是顶嘴。他说的每一句话，女人都会顶回来，不仅是内容，而且在句式，甚至到词语，很有点两国交兵寸土不让的意思。

而他们的猫，却每时每刻寸步不离地腻在一起。

小黑渐渐长大了些，就很是淘气起来，窗外每一阵风吹过，屋里每一声细微的响动，窗口射进来的每一块光斑，都是它信手拈来的玩具。实在没有东西可以牵绊住它的注意力时，它就会抓着自己的尾巴转，一圈又一圈。老黄蹲在小黑身边，看着它永动机似的片刻不停地跑来跑去，满眼都是慈祥和溺爱。老黄到茂盛家不过才几个月，茂盛还没见过老黄发情时的模样，也不知道老黄从前在街上生没生过崽。看它现在的样子，老黄似乎跳过了恋爱生子的阶段，直接成了祖母。

有时小黑玩腻了，就过来招惹老黄。小黑用糍粑一样大小的爪子，拍打着老黄的脸。老黄从不气恼，通常只是轻轻地摇一摇头，像轰苍蝇似的躲着小黑的爪子。有时实在烦了，就用牙齿咬住小黑的耳朵，以示警戒。其实那不是咬，更确切地说，那是含。老黄把小黑的小耳朵轻轻地含在嘴里，怕化了似的，小黑老鼠似的吱呀一声——是撒娇，老黄就松了口，伸出一条肥厚的舌头，开始舔小黑。老黄一天不知要舔小黑多少次，老黄的舌头有七七四十九种功能，是洗洁精、擦脸毛巾、镇静片、安慰剂、安眠药……小黑安然享受着老黄的爱抚，既不推让，也不俯就。

老黄对茂盛的被子已经彻底失去了兴趣。老黄现在在沙发角上睡觉。老黄睡觉时把身子摊得很开，把自己做成世上最柔软舒适的一张床。小黑则把身体蜷成一个小球，尾巴钩成一个黑白相间的圆圈——就像它还在母腹里的样子，枕着老黄的手臂，贴着老黄的肚皮，安然入眠。看着小黑睡觉的样子，茂盛不知怎么的就想起了桔子，却又不知道这两件事中间到底有没有一毛钱的关系。

有一天，茂盛正睡着懒觉，被一阵声响惊醒。开门一看，小芬穿着一身棉睡衣，大马猴似的站在电磁炉跟前炒鸡蛋。热油里落进了水，油花炸得噼里啪啦，音响开得惊天动地，某个黑人歌星正在声嘶力竭地吼着一首谁也听不懂的歌。茂盛咳嗽了好几声，小芬才听见，回过头来看到他，见了鬼似的跳了起来。

“你怎么，没上班，今天？”她问。

“车坏了，老板拿去修了。”他大声喊叫着。

她就把音量调低了些。

“我以为屋里没人。”她说。

茂盛说这响动，你耳朵受得了？

小芬说不吵，一点也不。

小芬关了电磁炉，鸡蛋已经炒老了，焦煳煳的很难看。她从锅里舀出一碗粥来，吃一勺粥，夹一筷子鸡蛋。鸡蛋吃了半口，又把剩下的那半口递给了坐在她脚下的小黑。小黑是吃猫粮长大的，不吃人食，偏过头去不予理睬。她又把那半筷子鸡蛋伸到老黄嘴边。老黄吃过人食也吃过猫粮，却对那鸡蛋兴趣索然，舔了一舔也把脸扭了开去。

"你不是不让喂剩饭吗？"茂盛说，说完就想起这是某张字条上的内容。

"大少爷！"小芬忿忿地骂道——她骂的是猫。

茂盛打开冰箱，拿出一瓶腐乳，递过去给她。

"在家没做过饭吧？连猫都不吃。"茂盛说。

小芬抬头斜了他一眼，说什么样的人就有什么样的猫，都嘴刁。

她毫不客气地打开瓶子，夹了一块腐乳出来，放到碗里，吃一口，喊一声咸。

她刚洗过澡，头发还没干，披散在肩膀上，滴滴答答地淌着水。她还没来得及化妆，洗去了脂粉的脸干净清爽，眉眼开阔，这会儿的她看上去几乎就是个中学生。茂盛忍不住暗自感叹：他娘的这化妆品到底是什么东西做的，怎么那么脏？

这身棉睡衣底下穿着的是那件黑色的缝着蕾丝的内裤吗？那朵玫瑰应该落在身体的哪个部位？茂盛想。挂在衣架上时，它仅仅是件内裤。而当有一个胴体可以落实的时候，感觉突然就不同了。

茂盛的脸有点热。

"其实，你不化妆，挺好。"茂盛听见自己说。

这话没经过脑子就直接跳到了舌头上，说完了，他就后悔。轮得着他说吗，这话？他和她算个什么交情？纵使他们交换过了一万张纸条，他们依旧是两不相干的陌生人。

小芬撇了撇嘴，说不化妆能行吗？谁能找你？人人都把你当孩子。

茂盛这才明白，对于这个叫赵小芬的女人来说，化妆的目的跟世上居多的女人都不一样。别人是想靠化妆来遮掩年纪，她却是想靠化妆来遮掩年轻的。

“你是想问我做什么工作的？是吧？”小芬问。

茂盛的脸又是一热。这个女人像是他肚子里的蛔虫，总能抢先一步猜出他的心思。他其实是问过大头的，大头说不清楚。大头跟小芬并不真熟，是朋友的朋友辗转介绍的。大头只知道她是安徽人，来温州快一年了，换过很多份工作。

“想问你就问。”小芬说。

“我没想问。”茂盛瓮声瓮气地回答。

“不问你别后悔，就这一次机会。”小芬依旧嬉皮笑脸。

“我后悔个屁。”茂盛说完了，又为自己的口吻懊丧。他听上去几乎有些在意。

“哎，我说那个的哥兄弟，你怎么那么闷？懂不懂什么叫玩笑啊？”

小芬从兜里掏出烟盒，点上了一支烟。

闷？

茂盛心里一惊。从前桔子也这么说过他。他一直以为桔子变心是因为他家里穷，可是祥庆的家境也没比他宽松多少。兴许，桔子是因为祥庆爱说爱笑会哄人？

茂盛就想笑一笑。可是刚才那一下绷得太紧，脸还硬着，像没化透的冻肉。要是有镜子，他知道这时的笑容肯定夹生。

“放松点，别太把自己当真。”小芬又抽出一支烟，朝茂盛扔过来。“别告诉我你不会抽。”

茂盛就着小芬的烟头，点着了火。从前他跟着哥哥跑码头贩鱼的时候，就学会了抽烟，只是没上瘾，说不抽就不抽了。这一口烟进了肚子，他以为久违的味道会勾出从前的那些记忆，可是时过境迁，两股烟走的是不同的道，既不相识，也没相遇，彼此只是陌生。

他抽烟的样子很古怪，一气连抽两大口，然后在肚腹里憋着，待到憋足了劲道，才慢慢地从鼻孔里逼出来，逼出一串圆圈。那圆圈刚开始时很紧很圆，后来就渐渐地懈了劲，变成一个个松松扁扁的椭圆，最后在天花板上撞碎了。

这是哥哥教给他的魔术。

小芬见了，忍不住咯咯地笑了起来。

“没想到你也有这一招啊，的哥。”她说。

“好吧，你告诉我，你是做什么的？”茂盛把一根烟抽到了头，终于问。

小芬站起来，把脏碗哗啦哗啦地扔进了水池子。

“晚了。我说话算数，就一次机会。你算是错过了，哥。”

那天之后，又是很长一段时间，他们彼此没有再照过面。后来茂盛发现小芬趁他上班的时候，往家里带过人。

最初的迹象是茶几上出现的一个眼生的金属烟灰缸。

小芬自己有一个烟灰缸，是玻璃的，吹成一朵敞口的花。小芬抽烟的时候，走到哪里，就把那朵花端到哪里。小芬从来不用别的烟灰缸。

又过了几天，茂盛倒垃圾的时候，发现街角收集垃圾的那个塑料桶里，有一只熟悉的垃圾袋。那个袋子上印的是一家超市的名字。这家超市是大头的一个朋友开的，不久前关了张，就把压在库里的购物袋拿出来分送给朋友做垃圾袋使。茂盛手里的垃圾袋撞到那只垃圾袋的时候，发出一声硬硬的声响。茂盛好奇，就打开那只袋口，发现里头是五只空啤酒罐。

还有一天，小芬忘了清空沙发上的那只烟灰缸，茂盛数了数，里头躺着十八只烟蒂，不同的牌子。

从那天起，茂盛就开始留意垃圾袋里的内容。渐渐地，他可以从啤酒罐和烟蒂的牌子和数量上，大致判断出家里来过几拨人，那些人又待了多久。

他开始猜测她在家里会和那些人做些什么事，趁他不在的时候。想着想着，也不知怎么的，脑子就拐上了一条歪路。她和他们一起抽烟，喝酒，或许还有……是在她的床上？还是在沙发上？抑或是地板上，像好莱坞电影里的那些男女那样？那件缝着蕾丝和玫瑰花的丁字裤，是好戏上演之前的最后一块幕布。幕布不是戏，可是戏却总要经过幕布那道关口的。所以她在一切事情上都可以如此潦草漫不经心，却唯独肯花心思挑选了这么一块精致的幕布。

她和她带进家来的那些人开始闯进他的夜梦。她的面目始终是模糊的，他到现在也没能真正记起她的相貌，因为他只见过她两面，而这两面又是彼此打着架、毫无相似之处的，但他却感觉她开始操控他的情绪，她和她那件黑色的绣花内裤。有几次他甚至萌生了趁白天没客的空当，偷偷开车回家把他们逮个正着的想法。有一次他甚至已经把车开到了家门口，最终还是冷静了下来，没有进去。她不是他的婆娘，也不是他的未婚妻。他们甚至不是朋友。他只是她的房东。不，从法律的意义来说，他甚至算不上是她的房东。他不是来抓奸的，他仅仅是要提醒她一个房客应该恪守的规矩。

就在发现茶几上那只陌生烟灰缸里有十八只烟蒂的那一天，茂盛理直气壮地在冰箱上贴出了一张条子。

不要往家里带人。

其实这张条子已经在他脑子里酝酿一阵子了。它最初的版本是：

请不要随便往家里带陌生人。

后来又改为：

请不要随便往家里带人。

再后来又改为：

请不要往家里带人。

等到最终的版本出现在冰箱上时，字数已经比初稿简化了将近一半。

茂盛删去了“请”字，因为这个字会把要求变成请求，而只要是请求，就必须接受遭到拒绝的可能性。“随意”和“陌生人”两个词，也会招致诸如“没有随意”“不是陌生人”之类的反驳。他必须在所有的漏洞还没有成为漏洞的时候预见到漏洞，并把它们一一堵死。读中学的时候，他的数学成绩不错，老师曾夸过他有逻辑思维能力。现在他才知道了逻辑思维是个什么玩意儿，可惜他对读书的兴致始终寥寥。

让茂盛踌躇许久的，还不只是这张字条的内容，而且是该如何应付这张字条可能出现的回应。

假如她的下一张字条是:“你凭什么说我带了人?”他该如何回应?他总不能告诉她:他每天在臭气熏天的垃圾口袋里翻找空啤酒罐，并且用钳子一一夹出烟蒂，以确定它们的准确数目。

而那个陌生烟灰缸里明明白白地躺着的十八只烟蒂，像一根不锈钢的脊梁骨，让他终于可以理直气壮地提出他的要求。

他期待着她的回应，可是她固执地沉默着。他最新的一张纸条之下，第一次出现了长久的空白。

他以为她理屈词穷。他以为他逻辑思维的铁手已经捏住了她的短处，他终于占了上风。他只是不知道，那个他以为理屈词穷了的女人，依旧在做着她时常做的事情，只不过找到了更巧妙的方法，来销毁身后遗留下来的踪迹而已。

后来他还是从垃圾口袋里找到了几个空啤酒罐和烟蒂，但数目已经大幅度下降，和她一个人的消费量基本相吻。

终于懂规矩了。他想。

他就渐渐放松了警惕。

有一天茂盛载了一个客人，下车的地点就在离他住处很近的地方。放下客人之后，茂盛突然感觉睁不开眼睛。那天的午饭吃得太饱，他感觉异常困倦。路上没地方可以停车，他就想回家眯瞪几分钟。

他蹑手蹑脚地开门进了屋。他知道小芬平常是下午四多钟上班，这会儿说不定还在睡懒觉，他不想惊动她。其实，他是不想面对她。自从他贴出那张“不要往家里带人”的字条之后，冰箱的门上再也没有出现过新的字条。她异乎寻常的沉默不知怎的竟然使他感觉忐忑——他宁愿她辩解一句，甚至激烈地反驳。可是她没有。很奇怪，理亏的是她，不安的却是他。

家里很安静，老黄和小黑在沙发上睡午觉。小黑今天换了一个姿势，不再枕着老黄的胳膊，而是爬上了老黄的肚子。老黄的身子依旧摊得很开，小黑的身子依旧蜷得很紧。老黄轻轻地打着呼噜，身子一起一伏像微风里的一汪海水。小黑如同水上的一只小船，随着水波纹一会儿高一会儿低，海和船都很惬意。

茂盛在床上躺下，本来是想睡十五分钟就走的，可是一合眼就睡过了头。脑子在一遍又一遍地催促着身子："起来，赶紧起来吧。"身子却用三倍的力气抵挡着脑子："两分钟，再睡两分钟。"

后来他隐隐约约听见厕所里有些响动——是有人在撒尿。声响很沉，咚咚咚咚的，不像是女人。他的神经触角只张开了几秒钟，又很快缩了回去——困意压倒了一切。

也不知过了多久，他被一阵尖锐的声响惊醒，像是什么物件摔碎了。紧接着，他听见了一个女人的叫喊："变态啊，你这个猪！"女人的叫喊很快被一个男人的吼声盖住了。"这个价码，你还号什么号！"

屋里安静了片刻，女人的声音又响了起来，这次，像是让被子蒙住了嘴，咿咿呜呜的，听见了，却听不真。

茂盛一下子醒利索了，鞋子也没顾得上穿，光着脚踹开了小芬卧室的门。

屋里一片狼藉，劣质烧酒的味道刺鼻，地板上到处撒满了烟蒂和闪闪烁烁的玻璃碴子——是小芬的烟灰缸碎了。一块碎片扎进了墙里，扎得很深。

床上叠着两个人。不，确切地说，是一个男人骑在一个女人身上。男人很肥，肚子上的赘肉一叠一叠的，几乎覆盖住了女人的大半个身子。女人唯一露在外边的，是两条白鱼一样的细腿。

那两人看见他，同时吃了一惊，倏地坐了起来。女人扯过被子捂住了身子，男人滑到床沿上，慌慌张张地套着裤子。

“你是谁？”茂盛大声喝问。

“这个你得问她。”男人指了指床上的女人说。

男人这时已经穿完了裤子。有了遮挡之后，男人的语气里就有了几分镇定，甚至几分油滑。

“滚！”

茂盛喊出这个字，马上知道他的声带撕裂了，因为喉咙里泛上一股隐隐的血腥味。他看见男人的目光落在他的手上，突然蔫软了下去，像猪油见着了火。他这才醒悟过来原来他手里握着一把锤子。他已经想不起来他是在哪里找到这把锤子的。

男人贴着墙从他身边溜了出去。溜到门口的时候，咕咕囔囔地说了一句：“你情我愿的事，爹娘也管不着。”

男人砰地一声带上门走了，屋里安静了下来，静得几乎可以听得见灰尘被搅动起来又渐渐落地的声音。茂盛期待着女人说话。羞愧，感激，道歉，解释，或者哪怕仅仅是哭泣。可是女人没有。女人只是把下巴栽在两个膝盖中间，怔怔地盯着窗户，一动不动地沉默着。窗帘没关严实，正午的阳光从缝隙里钻进来，在地板上投掷下一把白色的长刀。女人脸上的化妆品被汗水扫出一行行的沟壑，像雨淋过的灰土地。

茂盛把锤子咚的一声扔在地板上，转身走了。

“你给我搬出去，马上。我不想再看见你。”茂盛说。

晚上茂盛下班回家，推门进屋，小芬没走，正坐在饭桌旁边等着他。

桌上摆着两菜一汤。菜是清水煮虾和西红柿炒鸡蛋，汤是海米冬瓜汤。鸡蛋这次没有炒煳，黄灿灿的挂着油光。

“我吃过了，这是给你的。”小芬说。

女人的脸洗过了，可是茂盛总觉得那上头依旧留着一道道污渍，白的，红的，黑的……茂盛便知道，有的脏是任多少水也洗不干净的。

“大哥，我能不能，再住一宿？”女人怯怯地问。

“我不是你大哥。”茂盛说。

“茂，茂盛，大哥，晚上我没有地方去，明天我一定走。”女人说。

茂盛没有吱声。

“你吃饭。”女人把筷子塞到他手里。

“我吃过了。”茂盛瓮声瓮气地答道。

女人站起来，默默地收拾了桌子上的饭菜，进了厨房。厨房里响起了锅碗瓢盆的碰擦声，小心翼翼的。接着，茶壶发出了嗡嗡的振颤——女人在烧水。

茂盛倒出猫粮，给老黄和小黑喂食。平常这个时候，小芬应该已经出门上班。从一开始他们就说好了：她管中午这一顿，他管它们的晚饭。

也许她中午忘了喂它们，老黄和小黑看上去都饿。小黑冲了上来，身子横在碗边，挡住了老黄，猫粮的硬颗粒在小黑两排牙齿的挤压下发出尖锐的碎裂声。小黑吃起食来脖子一扭一梗的，仿佛每一口食物都长着一条尾巴，或是一根骨头，它需要舌头牙齿嘴巴和脖子的通力合作。

其实它完全防御不了老黄——老黄的一只爪子就可以轻而易举地把它扫出几尺远。小黑这阵子虽然长了些身个，可是论体积它远不是老黄的对手。也许它一辈子也成不了老黄的对手，可是它不需要。它知道它不需要用体力来征服老黄，它的一个眼神就能把老黄化成一摊黄泥浆，从第一眼起，它就已经把巨兽老黄绕在了自己的指尖上。

老黄蹲在小黑身后，静静地看着它一口一口地吃着饭，两只眼睛眯成两条满足的细缝，只有尾巴暴露了目光里所没有包含的内容。老黄的尾巴在一下一下地拍打着地板——那是来自肠胃的饥饿呼喊，脑子和心都管不住。

小黑终于吃完了，开始用小爪子洗脸。老黄这才起身朝那只碗走去，走到一半的时候它又犹犹豫豫地停住了，回过头来轻轻舔了一下小黑的脊背，仿佛在问："你真的，吃饱了？"见小黑没搭理，它才蹲下巨大的身躯，放心地吃了起来——这时的猫碗已经空了一大半。

"贱货！"茂盛用脚尖轻轻踢了一下老黄。

"明天你就自由了，想什么时候吃就什么时候吃，想吃多少就吃多少。"他对老黄说。

茂盛在沙发上坐下，拿出那个他花了三百块钱修好的手机，开始玩军棋。军长师长旅长团长营长、大官吃小官、工兵排地雷……那是他玩了一整个孩提时代的游戏。大头笑他没断奶，殊不知这却是他开了一天车之后最不耗脑子的休息方式。

女人端着一个木盆从厨房里出来，把盆放到他的脚下——是一盆热气腾腾的水。女人拖过一个板凳坐下，就来扒茂盛的袜子。茂盛吓了一跳。

女人把茂盛的脚按进水里，茂盛不情愿地挣扎了一下，可是水很情愿，漂浮着中药末的水生出一万条温软的舌头，轻柔地舔着茂盛踩了一天油门和刹车的脚。那脚一秒钟前还是一块硬冷的石头，这会儿却跟棉花糖似的化在了水里。接着，腿也跟着化没了。

"你问过我到底是做什么的，我是个洗脚妹。"小芬说。

他早该猜到的。她这样的女人，除了发廊和按摩院，还能干些什么?

“我给你好好洗一次脚，今天，多亏了你。”女人的话论道理应该是感激的意思，可是不知怎的听起来不像。至少不完全像。

“你带多少人，来过这里?”茂盛问完了才意识到，这句话他已经憋了整整半天，从中午到现在。

女人的眉头轻轻地蹙了几下，仿佛在进行一次艰难的心算。

“没数过。”女人终于说。

“那些人，都是你店里的客人?”茂盛追着问。

“都是我洗过脚的，我觉得稳妥的，才敢带回来。”女人说这话的时候，没看他。女人只是看着他的脚。

茂盛的脚在水里颤了一颤。她已经成功地把他变成了一个她洗过脚的男人，就在这一刻。

“今天这个，也算稳妥?”茂盛冷冷一笑。

女人没吱声。女人把他的一只脚从水里捞出来，搁在她的腿上，擦干了，抹上油，开始揉搓。他没想到女人在家里也收藏着全套的洗脚工具。在他不在的时候，她还给多少男人洗过脚?

女人的腿并不丰腴，他的脚隐隐觉出了底下的骨头。他想起了她那两条露在那个猪一样肥壮的男人身下的裸腿。他没看过女人的身份证，他不知道她的确切年龄，兴许她还是个没完全长好的孩子。

可是这一切都将和他毫无关系，这个女人，连同她的年纪，她的蕾丝内裤，还有她全套的洗脚工具。因为再过一夜，她将彻底淡出他的生活，连个水印子都不会留下。

女人的手法一看就是没经过正规培训的，女人丝毫也不在意经络穴位，女人规避了一切可能产生疼痛的途径，女人只求用最少的力气抵达最大的舒适。

可是他感觉受用。

“他是熟客……今天，是我不让他用我的烟灰缸……惹翻了……”

茂盛发现自己的思绪开始断片，女人的五根手指已经把他轻而易举地引入了清醒和睡眠中间的那个灰色地带。

“我弟弟要换肾，医药费二十万……”

茂盛知道，这是一个苦情戏的开场。他希望睡去，因为那是最安全的一种抗拒。可是他的耳朵不肯和他的脑子配合，耳朵竖起，大大地睁着眼睛，他发觉自己在听。

“我妈生了五个女儿，才有了这个弟弟。我爸说他要捐一个肾，剩下二十万医药费，五个姐姐都出去挣，年底各带四万回家。”

“我爸把我们送上火车的时候，交代我们，不用告诉他钱是怎么挣的。”

茂盛怔了一怔。他妈送他到火车站的时候，也留下了话。他妈的话是：“挣不来钱就赶紧回家。”

当然，他没有一个需要换肾的弟弟，也没有一个需要献出一个肾的爸爸，因为他的爸爸已经变成了一坛子灰，埋在村后的一片山坡上。

“那些人，一次给多少钱？”茂盛问。

茂盛其实是想问“给你多少钱”的，话走到舌尖的时候，舌头自作主张扣住了那个“你”字。有那个字和没那个字，意思是大不相同的。有那个字的时候，他打听的是人，而没那个字的时候，他打听的是事。

“最少五十，偶尔一百，就像今天这个。”女人的神情和语气里没有任何波纹和皱褶，仿佛她仅仅是在比较着某种货物在不同超市里的价格。

现在他终于明白了，为什么赵小芬如此着急几乎没有认真还价就同意租下了这个房间：她图的不是便宜，而是他白天不在家。他从她那里收取的房租是五百五十块钱，也就是说，用这个价格，他其实每个月可以和她痛快十一次。隔两天一次。

原来女人的身体竟然如此便宜。

可是她却从来没跟他开过口，连个暗示也没有。她明明可以用十一个急匆匆的夜晚，抵消一整个月的房租的。哪张床上不是睡呢？皮肉大多是不认床的，尤其是她这样的皮肉。

“那酒呢？酒不算钱？”他又追着问。

小芬迟疑了一下，才说：“超市啤酒减价的时候，一块钱三罐。我大姐说男人喝点酒后，能，能痛快些。”

痛快？是给钱的痛快，还是……？茂盛为自己的联想感到无耻。他知道自己在占着她的便宜——占着她的理亏，或许还有，占着她的感激。可是理亏和感激是橡皮筋，弹性再好也有扯断的时候。他不能毫无限制。

女人的表情只是安然。冰箱门上那些字条上表现出来的毫厘不让的斗志，此刻已经荡然无存。

“为什么还要抽烟？不能省一省么？”茂盛说。

“抽了烟，日子好过些。”女人说到“好过”两个字的时候，咧嘴笑了，茂盛发觉她的门牙已经染上了一丝黄渍。

女人终于把他的脚洗完了，每一根脚趾每一寸皮肤都得过了慰抚。脚失去了重量，坠不住身子，他觉得他有些飘浮。

“还短多少，离四万？”他听见自己问女人。

这话听起来像是某种暗示，他一下子警醒了。水是迷魂汤，女人的手指也是，脚一离开水和女人的手，立时就清醒了，他重新落到了地上。他有他的日子，她有她的。她的苦情戏或许很真，可是他不想在里头扮演角色，哪怕是最不起眼的一个。

“还短四千，眼看就到年底了。”女人站起身，锤了锤腰。女人的这个动作叫她一下子从中学生变成了祖母。

“注意点，安全。”茂盛说完这话，急急地就往自己的房间走去。女人的眼神和话语都生着千万根看不见的线，像暗夜里结的蜘蛛网，他一不小心就有可能绊在里边。他得尽快逃离。

“茂盛，大哥。”女人从身后犹犹豫豫地叫住了他。

“我明天搬走，离月底还差六天。月租五百五，算到每天就是十八块三。你能退我一百一十吗？就算顶我今天给你洗脚的费用？”女人说。

女人说这话时声气理直气壮，没有丝毫的扭捏和不安。

蠢猪！

茂盛暗暗地咒骂着自己。女人之所以给你捏脚，不是感激，不是愧疚，不是难堪，甚至也不是解释，而仅仅是为了那一百一十块钱的房租。女人到底给多少人下过这样的套子？又有多少个像他这样的蠢猪，睁着眼睛落进了套中？

茂盛从口袋里数出几张纸币，扔在地上。

“明天，你一定走人。”

茂盛第二天下班回家，不用推那个房间的门，就知道赵小芬已经搬走了，因为他看见冰箱上贴的那些浸泡着各样情绪的字条已经全部不见了。曾经密不透风的冰箱门，一下子赤裸了，看起来有些陌生。他觉得屋子很大，大得似乎可以感受到风。

她在这里住了两个多月，在这期间他总共见过她四面。不，他总共才见过她两面，因为另外那两面她是化着浓妆的，他看见的不是她，而是一堆脂粉。其实平常他下班回家时，她也不在，可是那些字条总在隐隐约约地提示着她的存在，给了他某种错觉，总以为他并不是一个人。

他发现沙发左边的那个扶手上，新盖了一块手帕。那是她留下的，目的是遮掩底下那个被烟头引烧出来的大洞。这个沙发是屋主的旧物，茂盛搬进来时懒得动，就留下了。他，还有后来的她，都对扶手上那个昭著的疤痕熟视无睹，因为他们从来也没有把这里真正当作过家。而在她走的时候，她却突然想起来遮掩这块丑陋，替他。

他拿起那块手帕看了一眼，是一块白色的亚麻织物，应该是新的，还带着未经洗涤的挺括。她对一切都是那样的潦草和漫不经心：被油垢沾成一团的头发，被脂粉修改得面目全非的脸蛋，脏得辨不出颜色的手提包，还有包里那些同样脏得辨不出颜色的纸币……可是，这块干净的，白色的，还带着浆味的亚麻手帕，却在提醒着他：她其实也可以不潦草，或者说，她甚至还可以上心。

他不由自主地联想起那个被摔成了一万块碎片的烟灰缸。大凡是人，大概总得守着一两块干净的地盘，不许别人碰脏的。对有的人来说，那可能是母亲身上的味道；对另外一些人来说，那可能是老家门前的青石板路。对他叶茂盛来说，那可能就是桔子。而对这个叫赵小芬的女人——不，女孩——来说，兴许就是这块帕子，还有那个吹成一朵花样式的敞口玻璃烟灰缸。她可以把身体最隐秘的通道打开来，由着人进进出出，却无法容忍别人和她共用一只烟灰缸。

多么奇怪的洁癖啊。茂盛想。

老黄今天一反常态，没有到门口迎接他，而是蹲在墙角默不作声。茂盛走过去抚弄它，它无精打采地看了他一眼，却没有退后。它任由他把它的毛发揉乱了，再顺平；顺平了，再揉乱。茂盛突然觉得老黄的皮松了一些，他的指头竟能夹起一叠。

早上搁在碗里的猫食，几乎没动过。茂盛又换了半碗新鲜的，送到老黄跟前。老黄闻了一闻，依旧没动。茂盛突然醒悟：从前老黄总是等着小黑吃完了才过来的，老黄的每一顿饭都是由小黑开场。没有了小黑，老黄竟然不知道如何吃饭了。其实在有小黑之前，老黄也是孤单的。只是有过了小黑的孤单，和没有过小黑的孤单，又是很不一样的。

“你总得习惯，一个人吃饭。”茂盛拍了拍老黄的头说。

这天睡到半夜，尿急，茂盛起床上厕所，突然发现老黄蹲在窗台上，仰着头，怔怔地盯着窗外。刚开始茂盛以为它在看路边的树。时已腊冬，树叶早已落尽，露出枝丫间一只乌蓬蓬的鸟巢。老黄爱鸟，从前也时常蹲在窗台上看麻雀从树枝间飞来飞去的。那时的树枝叶茂密，鸟巢藏得很深。这会儿鸟巢裸露着，却不知里头是否有鸟雀栖息。没有风，光秃秃的枝丫和孤零零的鸟巢像纸剪的景致，边角犀利，纹丝不动。

过了一会儿，茂盛才明白过来，老黄不是在看树，而是在看月亮。月已经圆了一大半，澄澈透亮，照到哪里，哪里就像抹了一层清鼻涕。

老黄的眼中也有一层那样的光亮。

那是眼泪。

在接下来的三天里，老黄一直不吃不喝，一动不动地蹲在墙角。茂盛去宠物店买了一个湿肉罐头回来喂它，它只轻轻舔了一口，就作罢了。老黄平日最爱吃湿肉罐头，只是罐头太贵，茂盛没舍得买。

我拿什么来拯救你，你这个大傻瓜？

茂盛无可奈何地叹息着。

茂盛打开电磁炉烧水，正准备煮面，突然发现蹲在墙角的老黄耳朵抖索了一下，喉咙里发出一阵低沉的呜咽声。顺着老黄的目光望过去，茂盛发现在半明不暗的路灯光亮里，外边的窗台上出现了一团模糊的黑影。那团黑影先是圆的，后来就变长了。它把自己拉成细长的一片，紧紧地贴在窗户上。紧接着他听见了一阵刺啦刺啦的声响——是黑影在抓窗。

老黄的身子一下子紧了起来，纵身一跃，嗖地跳到了窗台上。老黄猝然醒了，仿佛刚刚经历了一场漫长的冬眠。几乎是同时，老黄和窗外的那团黑影各自伸出了舌头，疯狂地舔着对方——隔着一层窗玻璃。它们的口涎在沾满灰尘的玻璃上清理出一大一小一里一外两个干净的蒸腾着热气的圆。茂盛终于看清楚了，窗外的黑影是三天前离开的小黑。

茂盛刚把门打开一条缝，小黑就迫不及待地把自己的身体挤了进来。茂盛下意识地看了看小黑身后——路上没有人。

小黑冲进屋时用力过猛，身体一下子失去平衡，滑倒在地上。小黑挣扎着想站立起来，却没能站稳，茂盛这才发现小黑瘸了一条腿。小黑的身上沾满了草杆和泥沙，皮毛脏得起了结子，前爪的肉垫上扎进了几根刺。茂盛拿过一块湿布来，正想擦一擦小黑的身子，老黄咆哮着冲过来，挡住了茂盛的路。老黄的毛发根根竖立如针，茂盛在它的眼神里看见了丛林和火焰。

茂盛明白了，老黄也有自己的地盘。小黑就是老黄死守着的那块干净地儿，容不得别人闯入。清洗和疗伤只能是老黄的事，他插不进去。

等他煮完一碗挂面出来，小黑已经是一个湿淋淋的线团，一路沾染的泥尘已经随着口水吞咽进了老黄的肠胃。小黑簌簌地发着抖，大概是饿，也是冷，一只前爪蜷缩在胸前，正在大口享用猫碗里的湿肉。湿肉放久了，已经结了一片泛白的硬皮。它吃饭的样子依然如故，一梗一梗地扭着脖子甩着头，仿佛湿肉里藏着尾巴，或是骨头。老黄蹲在它身后，静静地看着它，两眼眯成一条细缝，尾巴一下一下地敲着地板，仿佛在为小黑的舞蹈打着节奏。

小黑吃了一半，突然停住了，似乎想起了什么。犹豫了片刻，才一瘸一拐恋恋不舍地离开了猫碗。老黄起身，朝猫碗走去，在它们相互交错的那一刻里，老黄习惯性地停住了，扭头看了一眼小黑，仿佛在问："你真的，吃饱了？"小黑没有回头。老黄这才蹲下来，将自己下半身的重量安然地放置在地板上，开始低头吃饭——这是三天以来老黄第一次进食。

老黄很快吃完了那半碗湿肉，茂盛又添了一碗干食。老黄再一次回头看了一眼小黑——那是呼唤。小黑站起来，慢吞吞地走了过来。小黑坐在碗的那头，老黄坐在碗的这头，老黄没退，小黑也没抢，它们各自吃着各自的饭，猫粮干硬的颗粒在它们的齿间发出尖厉的碎裂声。

终于吃饱了，它们躺在猫碗旁边的地上睡着了。它们都已经精疲力尽，甚至没有力气将身体挪移到沙发上。温暖和饱足像一层丝绵裹着它们的身体，将它们瞬间推入睡眠的深谷。小黑既没有枕在老黄的胳膊上，也没有爬在老黄的身上。小黑不再蜷成一个紧紧的球，它把自己的身体肆无忌惮地摊开了，像老黄那样，露出一片粉红色的肚皮。茂盛惊奇地发现，小黑几乎是一只大猫了。小黑和老黄脸对着脸，鼻子挨着鼻子，四肢相触，搭成一个一头小一头大的圈圈。

茂盛掏出手机，发出一条短信息："小黑在我这里。"

可是他一直没有收到回复。

茂盛下班回家，看见门前坐着一个人，正靠在一只箱子上睡觉。那人的头埋在臂弯里，他看不清脸，衣服和箱子他却是认得的：衣服是一件脏得泛着油光的桃红色晴纶棉外套，箱子是一只拉链已经爆开的蓝色拉杆箱。

是赵小芬。

她睡得很沉，当他把她推醒时，她嘴角上挂着一丝口涎，一副不知身在何处的蠢相。她的脸依旧脏，倒不是化妆品，而是尘土。

他知道她会过来的，只是没想到她会不打电话直接来了。

他打量了一眼她的拉杆箱，不知道该不该让她进屋——她给他下过的套子尚记忆犹新。

她看出了他的犹豫，就笑了，说大哥我不会给你添麻烦的，我已经买好明天早上的动车票回家。

他吃了一惊，问你挣够钱了？

她离开这里才四天。假如她没有在路上踢到一个金元宝，她得洗多少双脚，经手多少个男人，才能挣够那四千块钱？

“我大姐来电话，把我短的那份也挣出来了。”小芬说。

茂盛犹犹豫豫地把女人让进了屋。女人走在他前面，佝着腰，一只手护着肚子，身形有些古怪。他的心抽了一抽，不由自主地产生了一串龌龊的联想：一间光线不足四面透风的屋子里，一个即将失去一只肾子的父亲出来开门。在朦朦胧胧的夜色中，他看见门口站着五个浑身尘土、体态臃肿的女儿。

女人一进屋，躺在沙发上酣睡的小黑突然惊醒了，呼的一声跳下来，呜呜地叫着，叼住了女人的裤腿，尾巴摇得像一阵风。

女人用脚尖勾起小黑，一下一下地晃悠着，嘴里喃喃自语："你这个，你这个，良心叫狗吃了的坏东西。我哪儿都找过了，怎么就没想到你跑这里来了。十站地，十站地啊，你怎么就认得路呢？"

老黄警惕地跟了过来，围着女人绕了一圈又一圈，鼻子里发出响亮的咻声。老黄的神情跟几个月前第一次见到女人时一模一样，可是茂盛知道，老黄的心情却大不相同：那次是狐疑和试探，这次是嫉妒和提防。

女人终于放下了小黑，解开外套，从里头掏出一个内容饱实的塑料袋，放到桌子上。

"我买了两个盒饭，油爆虾，挺香。"

茂盛这才醒悟，女人一直把盒饭捂在身上保暖。

"请你吃的，没毒。"女人见他不动，就把他推到了饭桌跟前。

茂盛想说我吃过了，可是他的肚子却发出了一阵不知廉耻的呼喊。

两人便坐下来，开始吃饭，却都无话。女人的额角一会儿鼓，一会儿瘪，那是女人的话在寻找出路。

"小黑是救了我一命的，因为我不想活了，那个时候。"女人终于开口。

又是一个苦情桥段。茂盛想关闭一切感官的闸门，可是耳朵好像不是脑子养的，耳朵总在寻找任何一个时机悖逆着脑子的教管。

"那一天，我第一回带人回家。完事了，心里闷，就到街上散心……走一步，都疼。"女人断断续续地说。

"走到街口，风一吹，我突然醒了。天，这是我的第一次，我怎么就没给李云九呢？"

"李云久住在我家那条街上，小学中学，我们都同班。他缠了我好多回了，每一次我都说，等你找下了工作，再来找我。到后来，我倒是把自己，给了一个连名字也不晓得的陌生人。”

“我怎么，这么傻呀，这么傻。”女人反反复复地说着同一句话，像是一架年久失修的唱机。

茂盛觉得一只虾卡在了他的喉咙口，往下咽往外吐都扎着喉咙，一样疼。

“那天我不知怎的，就走到了江边，越想越郁闷。这才是第一回啊，还要多少回我才能挣到四万块钱？我怕熬不到头，我不想熬了。我正要往栏杆上爬，突然有个毛烘烘的东西，绊住了我的脚。我低头一看，是只猫。其实它哪是猫啊，看上去也就比一只老鼠大不了多少。我抱起来，它还盖不全我的手掌。我心想哪个心狠的娘，能扔下这么小的崽呢？我要是不救它，它活不过一个晚上。我就把它带回家来了。”

“它太小了，还不会喝奶，我就去药房买了个针筒，往它嘴里推牛奶。后来它就活下来了。我救了它，它也救了我。”

茂盛不知说什么好。他是个的哥，一天到晚在路上走，他不知听过了多少个故事。他的耳膜，早已被各种各样的故事磨出了老茧，他自以为刀枪不入。他已经练就了一样本事：他总能用一两句话，或某种表情，甚至一声哼哈，来应对那些讲故事的客人，叫人觉得他在听，也听进心里了。而只有这个故事，这个叫赵小芬的女人的故事，叫他第一次感觉词穷。

“你这几天，都住在哪里？”半晌，他才换了个话题。

“同事家里挤一挤。”她说。

她说的并不是实情。至少，不是全部的实情。

她在同事家里挤了两夜，后来同事的男友来了，她只好去长途客运站的候车室里过夜。

“今晚你就在这儿睡吧，明天早上，我开车送你去车站。”他说。

她没有推辞。她的嘴唇轻轻地翕动了一下，他看得出来她还有话说。

“茂盛，大哥，你能帮我收养小黑吗？它现在大了，在背包里待不住。他们不让我，带上车。”她迟迟疑疑地说。

茂盛踌躇了片刻，终于点了点头：“反正把它们分开了，两个都得死。”

两人便接着吃饭，又是一阵长久的沉默。

突然，女人扑哧一声笑了。

“大哥，我知道你看过我的内裤。”

茂盛从椅子上跳了起来。他想说的是“胡说八道”，可是话出口的时候，不知怎的，却成了：“你怎么知道的？”

“我晾内裤的时候，都是面朝外的，我妈说这样就不会沾上脏东西。可是那天我回家，发现裤子翻了个个，里朝外了。”

茂盛的面皮涨得赤红，烫得像点了一盏火油灯，汗水流下来，发出滋啦滋啦的响声。

他是一个窃贼，就在手里捏着赃物的时候，被人拿了个正着。他纵然有一百条簧舌，也找不到一个可以逃脱的借口。

“其实也没什么。我大姐夫在广东打工，我大姐常说男人一个人在外边，不好活。”女人说。

茂盛脸上的火油灯渐渐暗了下去，赤红终于退尽。女人就有这样本事，能把最丑的东西摊在光亮底下，不动声色地说了，叫人觉得那不过是一桩每日都有可能发生的寻常小事。和女人身上的那些幽暗的秘密相比，他的秘密算什么？大不了是一粒尘土。

“那你，为什么，没找我？”茂盛突然有了胆气。这句话其实是句老话，在他肚子里已经捂了好几天了，差点捂出了霉味。

女人低着头，一下一下地撕着手指上被中药泡出来的裂皮。撕狠了，流出血来，就把指头含在嘴里咝咝地嘬着。

“因为你是好人。我不找好人。我不想你对不住，日后你要娶的那个女人”。她说。

早晨茂盛开车送小芬去动车站。

“路上多长个眼睛，放点零票在身边就行了，别在人眼前掏钱包。”他叮嘱她。

她说知道了，钱已经缝在贴身口袋里了，钱包里只有五十块钱，应急。

过安检的时候，女人从手提包里拿出一个纸包，塞到他手里。

“一会儿再打开。难熬的时候看一眼，说不定好受些。”女人进了安检门，又回头补了一句：“我没洗。”

茂盛打开纸包，是一条内裤——那条黑色的、缝着蕾丝、钉着一朵红玫瑰的内裤。

茂盛抬起头来，大声喊着女人的名字。

“过完年，你还回来不？”

女人也许听见了，也许没听见，却没有回头。女人拖着那只拉链已经爆开的蓝色拉杆箱，融入了熙熙攘攘急于归家的人流。

空　巢

谨将这个故事献给世上一切空巢的父母和离家远行的儿女

何田田最近两年里连续回了三趟国，趟趟都是为了父亲何淳安。

第一趟回去是为了给父亲请保姆。第二趟多少也是。第三趟虽然不是为了请保姆，却也与保姆有关。

何淳安是个退了休的教书先生，从前在京城一所大学里教授英美文学。妻子李延安也曾在同一所学校的图书馆工作。夫妇俩育有一子一女。儿子何元元远在广州，是一家很出名的合资企业的销售部经理。女儿何田田走得就更远了，五年前移民来到多伦多，现在在加拿大道明银行的商业信贷部供职。何家的两个子女岁数上只相差了十六个月，经历上也有诸多相似之处。元元和田田在大学里学的都是商，后来的工作也多少与商有关。都忙。都结了婚，又都离了婚。都没有子女。现在都在单身和不单身的那个灰色地带生活。

田田是离完了婚才决定出国的——当然是从头过起的意思。田田离婚的过程像一场漫长的高潮迭起的戏剧，整整演了三年。这三年里田田就住在父母身边。娘家成了田田歇脚的窝，睡觉的枕头，揩眼泪的帕子，装气话的竹篓。一场婚离下来，父母就老了。

父母是在田田的眼皮底下老的，田田却浑然不知。犹如一个常住河边看惯了河水的人，是看不出今日之水原来不同于昨日之水的。等田田意识到父母的老时，事情已经进入了一个无法挽回的死圈。

现在回想起来，其实母亲是早就有了迹象的。母亲爱掏父亲的衣服口袋，母亲爱翻父亲的文稿，母亲爱拆父亲的信，母亲爱偷听父亲的电话。年轻时很有些英武豪爽之气的母亲，五十岁过后却渐渐地变得敏感爱猜疑起来。田田一直以为这是母亲对父亲日益上升的社会地位的一种危机感，直到后来在一位加拿大同事家里偶然翻到一本医学杂志，才恍然大悟这其实是老年痴呆症的一些症状。只是从前母亲在操着太多人的心，母亲的这些蛛丝马迹，散落在太多太纷繁的生活内容里，如沙滩底下浅浅地埋着的石子，被人在忙乱之中混混沌沌地错过了。待到元元去了广州，田田出了国，母亲的生活天幕突然变成了一片硕大的空白，她那些反常的举止才日渐清晰地浮到了表层。

父亲也不知道母亲有病，父亲以为母亲只是太寂寞了，于是父亲在过了六十五岁生日之后就刻不容缓地办了退休手续。当时父亲还带着几名研究生，手头还有几篇论文尚未完成。像父亲这样多少算有些贡献的资深教授，其实完全可以延续几年才退的，可是父亲想多在家里陪陪母亲——母亲没有高级职称，退休得早。

然而没有用。

父亲的日日相守，田田隔天一个的越洋电话，元元三个月一次的探亲假，都没有把母亲从那条越走越窄的暗路上扯回来。母亲还是执意地走了那样的极端。

母亲的事，田田是过后一个月才知道的——是元元刻意对她隐瞒了的。后来元元再也瞒不下去了，才百般无奈地打电话来多伦多搬救兵。田田接到元元的电话，第二天就坐上飞机飞回了北京。

田田进了门，一眼就看见客厅正墙上母亲的那张放大照片。照片是母亲略微年轻一些的时候拍的，衣装发式都有些过时。母亲的笑容似乎刚刚展开，就被快门骤然切断，眼角眉梢便有了微微一丝的惊讶神情。照片上的那个黑框如同一张大嘴，将田田一口嘬了进去。田田没顺过气来，身子一矮，就瘫坐在沙发上。喉咙里涌上一团咸涩，吐也吐不出来，咽也咽不回去，哽噎之中，眼泪便汹涌地流了出来。

何淳安看着女儿倾金山倒玉柱地哭，只将两手在膝盖上磨来磨去，干裂的手掌在裤子上嗞啦嗞啦地钩出一条条细丝。

"谁想得到呢？谁想得到呢？"何淳安一遍又一遍地说。每说一遍，气就短了一截。说到后来，那声音便如炎夏午后的蝇子，有气无力嘤嘤嗡嗡地飞撞在田田的耳膜上。

李延安出事的那一天，实在和任何其他的一天没有太大区别。早上起来，何淳安照例去公园练太极拳，李延安照例去小区的菜市场买小菜。等何淳安练完太极拳回家，李延安也正好热完了早餐。两人面对面地坐在厨房的小餐桌上，一边喝豆浆，一边看报纸。何淳安看的是《晨报》，李延安看的是《健康报》。一碗豆浆喝得见了底的时候，报纸也就翻得差不多了。何淳安擦过了嘴，站起来，说要去学校一趟，取几封信。走到门口，听见李延安在厨房里异常响亮地笑了一声，说："眼花儿不来，你就急了吧？"

李延安嘴里的"眼花儿"，泛指的时候，说的是何淳安所有的女同事女学生。特指的时候，说的是何淳安的得意门生颜华。颜华博士毕业后留了校，和何淳安在一个教研室里工作，先前是师生，后来是同事，来往算是比较密切的。平日在家里李延安也时不时地拿“眼花儿”说事，时而泛指，时而特指，何淳安一味地这只耳朵进那只耳朵出，并不计较。那天也不知碰着了哪根筋，心里有一股无名火蹭地蹿上来，便忍不住回了一句：“急了又怎么着？”便夺门而去。

何淳安到了学校，见着了几个多日未见的同事，说了些系里的飞短流长，一时聊得兴起，几个人就在学校的餐厅吃了顿午饭，喝了几盏小酒，回家就晚了。脸红耳热地进了门，一叠声地喊李延安：“晚上早点吃饭，周教授给了两张戏票，小百花越剧团的《碧玉簪》”——早把先前的口角忘得一干二净。

走到卧室门口，觉得脚底有些黏，低头一看，脚上像踩了一泡西红柿浆。冲进屋里，只见满地的猩红，浓浓稠稠半干未干的，在墙角门后流成大团大团的花。床铺看上去却是平平的，不像是有人的样子。何淳安哆哆嗦嗦地掀开被褥来，才看见了一片扁平如纸的身子——那是流完了血缩了型的李延安。李延安用的一把钝刀，腕上的伤痕如锯齿般参差不齐。这个在延安窑洞里出生，在马背上度过最初童年的女子，就这样将她世袭的军人般的刚烈演绎到了极致。

何淳安从屋里跌跌撞撞地跑出来，冲到楼下，蹲在门口的大槐树下，哇地吐了一地。酒和肉的腐臭随着风在街上飞得很远，蝇子在秽物上黑压压地围了一圈。撕心裂肺地吐完了，扶着树身站起来，抬头看天，只见天上一颗鲜血淋漓的太阳，朝着自己正正地飞坠过来。想躲，却没躲过，就被咚的一声砸倒在地上。

等他完全清醒过来，已是三天以后的事了。三天中他的生活里发生了很多事。当他的意识还在沉睡和苏醒中间的那个灰色地带飘浮时，他的妻子李延安已经火化入葬了。他的儿子何元元从广州赶回来，雇人将他的房子彻底地清理打扫了一番，并将家具都重新摆置过了。所有关于李延安的痕迹，都被小心翼翼地掩藏了起来。

何淳安出院回来，像走进了别人的家，惶惶不安，手足无措。他在屋里频繁地进进出出，不停地打开抽屉柜橱的门，仿佛在寻找什么，却又仿佛什么也没有找到。何元元的担心，几乎完全是多余的——何淳安没有问及李延安。一句也没有。

一连几天都是这样。

元元原先准备了多种可能性，都是用来对付父亲的记忆的。元元唯一没有准备到的，是父亲的失忆。记得是一种痛，不记得也是一种痛，只是这两种痛却是无法抵消取代的，都得一一痛过。

元元悄悄去医院咨询过心理医生，医生说经历过这样巨大的刺激之后，暂时失去记忆是一种自我保护的方式，恢复记忆就是痊愈的一个迹象。

两个星期之后，有一天吃晚饭的时候，元元把饭菜都摆上了桌，一边拔筷子，一边貌似无意地说了一句："妈妈做的菜比街上买的好吃多了。"

何淳安很久没有说话。元元转过身来，发现父亲的人中上流着一条清鼻涕，目光死死地定在墙上，仿佛要把墙看出一个洞来。

"工作证。"后来何淳安喃喃地说。

"什么工作证？"元元不解。

"上面的那张照片，你拿了，放大，挂墙上。"

元元这才知道父亲这么多天一直在找母亲的照片，一颗心方稍稍地落到了些实处。

办完母亲的丧事，元元要带父亲去广州住一阵子，也算是换个环境，散散心的意思。何淳安执意不肯，说你妈回来找不着人呢。元元说妈现在是灰是烟，你到哪里她就跟你去哪里。那原本是一句劝解的话，老头听了，却像是受了惊骇，竟泥塑木雕般地呆坐了半天，连饭也不肯吃了。元元无奈，只好说要不你跟田田去加拿大住几个月，反正你听得懂英文。老头连连摇头，说她拖了我这么个老油瓶在身边，更没有人敢娶她了。

请保姆的事就这样提到了议事日程上。

何淳安在家务事上基本算是个低能儿。从买菜做饭到洗衣扫地，从前家里的大事小事都是李延安一手包办的，何淳安甚至连银行密码都懒得去记。李延安骤然一撒手，现在何淳安连洗衣机都不知怎么使，烧茶做水也得从头学起。

可是何淳安坚决不同意请保姆，说家里来个生人不习惯也不安全。其实真正的理由何淳安却没有告诉儿子。妻子是因为一群莫须有的女人而死的。自己虽然是清白的，可是再大的清白在妻子的刚烈里走过了一遭，就像一张搓揉过的纸，多少就有了印记。印记的存留，只在一念之差。而洗刷这个印记的过程，可能就是他的余生了。他行在街上，前胸背后似乎都贴满了芒刺般的眼光。在这样的眼光里，他无论如何也不能安然享受另外一个不是妻子的女人带给他的安逸。六十六岁的退休教授何淳安，已经被这样一个突兀的人生变故吓破了胆了。

元元一转眼就在父亲身边待了一个来月。广州的公司来了最后通牒，说再不回来上班就要另请人顶替他了。何淳安就催儿子走，说你管得了我一时，还能管得了我一世？我终究得学会自己生活的。元元临行前，去超市买了一冰箱的面包饺子速食面，不厌其烦地教导父亲如何烧水煮食。又给父亲系里要好的同事学生一一打了电话，让时时关照父亲。谁知刚回广州三天，就接到了邻居的电话，说父亲将一锅开水打翻在地上，烫伤了脚，住进了医院。元元再也抽不出假期了，只好星夜打电话给远在多伦多的妹妹田田，让火速回来一趟。

诚聘家庭助理，照顾一位知识老人。精通家务，有耐心，初中以上文化水平。月薪绝对高出市价。其他优惠面议。

田田一到家，就起草了一则聘人广告。汲取了元元前次的教训，田田这次采用的是强硬高压手段，何淳安连插嘴的机会都没有，广告就在晨报和晚报上白纸黑字地登了出来。

后来的几天里，倒是陆陆续续地来了好些电话。有几个在电话上听起来就不是那块料的，田田面也不见就给拒了。剩下的几个听起来还算顺耳的，等约来了一见，竟没有一个看上去略微顺眼些的。个个打扮得花枝招展，进门先把家电厨厕设备都巡视了一遍，才肯坐下来说话。每送走一个，田田的眉心就多了个结子。到后来沮丧至极，忍不住感叹善良淳朴的中国劳动妇女都到哪里去了——夜总会招人，来的也不过如此呢。

何淳安坐在沙发上，闭了眼睛冷笑："祥林嫂出国了，四凤经商了，陈白露倒还是有的，只是你老爸敢要吗？"

田田听了啼笑皆非。

后来电话就渐渐稀少了。

田田正打算调整战略目标，朝钟点工的方向转移，有一天早上，突然接到了一通电话，有人找"何老师"。正逢何淳安到医院换药去了，田田以为是爸爸的学生，就问人家要名字电话号码。那人顿了顿，才说自己叫赵春枝，没有电话，是借了公用电话打的，就想问问何老师家里找着人了吗？田田这才明白又是一个找工作的。这么多个人里头，也只有这个女人管父亲叫何老师，田田心里便有了一丝好感。

就问女人是哪里人，女人说是温州藻溪乡人。田田吃了一惊，因为父亲的老家就在浙南那一带。虽然父亲离家五十多年了，老家也早已没有什么亲属，可父亲这几年老了，话语里常有些怀乡的意思。田田心想这说不定是个好彩头呢，就笑，说只听见你们温州人到处找保姆的，哪还有温州人出来给人做保姆的？女人也笑了，说再富的地方也有穷人——各人有各人的命呗。女人的笑声哑哑的，有几分认命的无奈，也有几分不认命的刚倔，田田的心不由得动了一动，当下就决定约女人见面。这次多长了个心眼，没把女人约到家里来。

当天下午，田田约了这个叫赵春枝的女人在离家不远的一家茶室见面。女人准时到了，点了一杯菊花茶，小口小口地喝着。茶渐渐地浅了下去，却死活不肯再添。女人出乎意料地瘦弱纤细，剪了一头齐齐的短发，穿了一件洗了很多水的浅蓝衬衫，一条同样洗了很多水的深蓝裤子，虽是旧了，却异常地干净平整，整个人看起来像是五六十年代黑白照片里的女学生。女人的脸上脖子上到处都是汗，头发在额上湿成一个个小卷——田田猜测女人大概没舍得坐车，是一路走过来的。

就大致问了问女人的情况。

女人三十八岁，念过高中，离了婚，有一个十四岁的女儿，在老家跟着外婆生活。女人在京城做了四年的保姆，前一个东家刚去世，正在找新东家。

为什么离的婚？

田田知道这不是她该问的问题，可是田田知道她给的工资让女人没法拒绝，所以她把目光定定地放在女人脸上，神情自若地问了这个问题。

不学好。女人说。

怎么个不学好?

女人低了头，掏出一块手帕，一下一下地擦着脸上的汗。半晌，才轻轻地说大姐你该操心的事很多，我那点事，不值得你操心。

女人回答得不卑不亢，田田却问不下去了，只好换了个话题，问女人有什么要求。女人说没要求——什么样的老人她都伺候得了。

于是田田就领着女人往家去见父亲。其实这时田田已经拿定了主意要留下这个女人，父亲的过目如同英国女王在国家文件上的签名一样，只是一个必要的形式。

田田将女人带进家，对父亲说:“这是赵春枝。春枝先前工作过的那家，也是老师。”

父亲正在剪指甲。父亲的老花镜度数浅了，父亲剪起指甲来就有些吃力。父亲把手伸得远远的，眼睛眯得细细的，鼻子在眼镜底下蹙成一个皱纹深刻的肉团。父亲看了一眼女人，便又低了头，继续修剪指甲，指甲剪在静默中哔哔哱哱地响得闹心。

“把剪子给我”。女人说。

指甲剪的声音突然安静了下来。父亲把女人的话翻来覆去地咀嚼了几次，才渐渐明白过来那是乡音。父亲抬起头来，呆呆地看着女人。父亲的目光穿过女人，穿过女人身后的墙壁，遥遥地散落在半空中。父亲的眼中，就有了些水汽。

女人趁着空当，拿过父亲手中的指甲剪，帮父亲剪起指甲来。父亲起先有些扭捏，可是女人神情凛凛，把父亲的扭捏瞬间碾灭在萌芽状态。女人正着剪，反着修，先左手，再右手。父亲的十根手指在女人粗粝的掌心走过一遭，如同抛了一次光，就有些平整光洁起来。田田坐在边上看着，眼皮渐渐黏搭起来。走失了多日的睡意，在这个平淡无奇的下午骤然回归——方明白自己的担子大约是可以卸下一些了。

“春枝你今天就住下，剩下的行李我明天找人帮你取回来。”田田吩咐女人。

“谁答应的？我说过家里不住生人。”何淳安突然站了起来，一把拂开女人，指甲剪咚地掉在茶几的铁角上，溅起一片嘤嗡。

女人怔了一怔，不语，却弯下腰来捡剪子。

“熟人也是生人过来的嘛。春枝是同乡，总比完全不知根底的人好。”田田耐着性子，细声细气地劝着父亲。

“她白天可以来帮忙，晚上自己找地方住。这是我开的条件，她接受就来，不接受就走。”何淳安脸朝着田田，话却是对春枝说的。

春枝拿起搁在墙角的背包，头也不回就往门外走去。“你给我付房租，我就住在外边。这是我开的条件，你答应了我就来，你不答应我就走。”

田田追出去，女人已经走远了。女人走路的时候脚紧紧地贴着路边，身上的布衫在风里一鼓一颤的，如同没能飞起来的鹞子。田田跑了半条街才追上了，气喘吁吁地对女人说：“学校的宿舍，我给你找一间。两三个人一起住，明天就来，行不？”

女人停下来，叹了一口气：“大姐，如今上哪儿找你这样的女儿。”

田田也叹了一口气，说你比我大，别大姐大姐的，叫名字就好。人老了，就是孩子，只能哄着些。你这脾气，能行吗？

女人说我们乡下人就这么称呼的，改不过来。大姐你书读得比我多，外边的事也懂得多。可我见的老人却比你多呢。我知道什么时候该哄，什么时候不该哄。

田田觉得女人的话有些道理，就不吭声了，一路送女人去了汽车站。前一班车刚走，后一班车还没来，两人都有些累了，就斜靠在站台柱子上等。红云沉尽了，天渐渐地暗了下来。路灯一盏一盏地点过去，从街头亮到街尾，像一串藏过了年代的老珠子，黄黄地坠在街市的胸脯上。归家的鸽子低低地飞过，暮色里到处是翅膀的划痕。

大姐你孩子多大了？女人问。

田田摇头，说没孩子也没老公——离了。

为什么离的？

田田看着女人，一字一顿地说：

不学好。

两人的眼睛对上了，就忍不住哈哈地笑了起来。女人笑的时候，颊上有两个若隐若现的浅坑。那浅坑一路乱颤着，使得女人的表情瞬间里清朗生动起来。

车终于来了。女人上去了，挑了个窗边的位置坐下，从窗缝里钻出头来，说："何老师我来管，大姐你安心回去，再找一个合适的。"

田田两眼热了一热。搜肠刮肚，想跟女人说一句略微亲近些的话，话没出口，车就启动了。女人渐渐变成了一个小小的蓝点，消失在一街的轻尘里。

这时田田提包里的手机叮叮当当地响了起来。

是秦阳。

"找着合适的人了？"

隔着一汪大洋，秦阳的声音听起来有些疲惫。田田算了算时差，这会儿正是多伦多的凌晨。秦阳午夜才下班，到这时才睡了三四个小时。田田就问怎么这个时候打电话？秦阳笑了笑，说小姐我压根还没上床，拨了几个小时的电话了，线路都不通。田田说你就不会明天再打吗？秦阳说你是想让我一夜不睡呢，还是两夜？田田吃吃地笑了起来——秦阳总是能把话说到人的心尖子上。

“找了一个，看上去还算老实。也只有这一个，是我爸点了头的。”

“老头子，情绪还好吗？”

“好得了吗？整天对着那张照片……”田田说了半截，眼泪就毫无防备地流了下来。这几天一直在忙父亲的事，倒没有时间来好好想一想母亲。此刻关于母亲的记忆突然混混杂杂地涌了上来，按捺不住地堆挤在喉咙和鼻腔中间的那个狭窄空间里。眼泪被夜风瞬间吹干了，可是眼泪爬过的痕迹却久久地刺痒着。

“秦阳，我没，没有娘了。”

那头是一片短暂的沉默。后来秦阳轻轻地咳嗽了一声，说田田，你总还是有我的。

在多伦多田田的朋友圈子里，很多人都不知道秦阳这个名字。可是你若说起田田的“后备役”，几乎人人皆知。甚至连田田自己，也不十分忌讳。确切地说，“后备役”这个名词，其实最早还是田田自己发明的。那天田田第一次带了秦阳去参加一个朋友的生日晚会，众人私下里拉了田田问那个男人是谁？田田怎么都不承认是男朋友，后来逼得紧了，才说是后备役——若到了四十岁还没有着落，再考虑嫁给他。当时美国正在伊拉克开战，报纸电视电台上到处是军事用语。田田随口抓了一句来用，没想到用得如此到位，后来竟流传得如此之广。当这个称呼在朋友圈子里流传过好几圈，又重新流回到田田耳边的时候，田田觉得有些陌生走味了。仿佛她泼出去的原是一杯水，过些时候流回来的，却成了一碗茶。茶原是从水来的，可茶却又不完全是水了。

秦阳是田田办公楼旁边一家咖啡馆的侍应生。田田午休时去那里喝咖啡，听秦阳和顾客讲了两三句蹩脚英文，就听出是同胞，便长驱直入肆无忌惮地和秦阳讲起了中文。田田是一个人过日子，秦阳也是一个人过日子。一个人过日子当然会有许多空闲的时间，尤其在多伦多这样冬季无比寒冷漫长的都市里。于是两人就自然而然地凑在一起，来规划填补那些空闲出来的时间。秦阳中午上班，一直工作到午夜，做两天歇一天，而田田是规规矩矩的朝九晚五。遇到秦阳上班的日子，两人就趁午休的时候在咖啡馆里见面——田田特意把午休安排到下午两点咖啡馆生意清闲一些的时候。在秦阳不上班的日子里，秦阳就在唐人街买好了菜等着田田回家一起做饭吃——两人是极少到外边餐馆吃饭的。田田是个年薪七万的白领丽人，而秦阳的收入却接近于最低工资线。最初田田提出来回家做饭吃，是为了不让秦阳窘迫。到后来成了习惯，却发现在家吃饭有诸多的好处，就再也不愿意出去吃了。

最大的好处是可以喝酒，而不用考虑酒后驾车。

秦阳手脚麻利，做得一手好菜。等菜上了桌，两人跟前各摆了一只酒杯，就开始轻斟浅饮。秦阳从不沾啤酒葡萄酒，只喝白酒，而且是唐人街超市里走私进口的最便宜的北京二锅头。田田渐渐也跟着喝起了白酒。不知不觉间，田田发现自己有了酒量。两人喝得很慢，一杯酒能喝上大半个夜晚。酒是一滴一滴地滚落到肚肠里的，那样的喝法只够溅起颧上一两片惊心动魄的潮红，却是不能掀动心里的大风大浪的。两人喝到身子像卸成无数碎片，脑子还全然一体的时候，就停了。歪在沙发上看几眼电视，便昏昏地睡了过去。再醒来，大概就是半夜了。田田在家穿的是最随意的便装，人在酒里梦里揉过一遭，满嘴生臭，蓬头垢面，状如女鬼——在秦阳面前却没有丝毫羞涩之态。

酒半醒的时候，欲望就生出来了。所有都市男女单独相处时想做该做的事，他们也都做，而且做得甚是凶猛。在婚姻的烂泥淖里走过一遭的田田，自然是轻车熟路，尽管秦阳不是她先前的车先前的路。这一点田田从一开始就知道了。秦阳的路曲里拐弯，每一道弯里都蕴藏着一些无法预测的惊喜，娴熟和温存仿佛出自毕生不懈的练习。

遇到天色和暖一些的时候，两人就下楼，到公寓边上的街心公园坐一坐，听流浪艺人远远地吹些凄凄惶惶的曲子，撕几片面包来喂满地行走的鸽子。然后再步行到唐人街的中国剧院看一部晚场电影，大都是粤语片国语字幕的——秦阳英文不好，看不太懂英文片。然后秦阳就送田田回家，然后秦阳再开车回到他自己的住处。有一天秦阳送田田到了公寓门口，自己钻进了车子，却又探出头来，说田田还是我搬过来住吧，天天赶过来赶回去的，多累啊。秦阳说这话的时候微微有些结巴，田田却没吭声。看着秦阳的二手牛车咣当咣当地撞进一街浓密的夜色里，田田的心情突然复杂了起来。

在那个夜晚之前田田对秦阳的感觉是异常简单的——一种权宜，一些方便，一段过度。秦阳比田田小四岁。秦阳没有上过正式大学。秦阳没有正式移民身份。秦阳在顶着别人的工卡打黑工。秦阳一个月的收入除了房租伙食汽车开销之外，大概只够买几瓶二锅头。秦阳的糟糕不仅在于他的一无所有，而且在于他不具备任何峰回路转的潜质。秦阳的存在，似乎只是为了给田田这类人作注解的。在那些充斥着华埠报章的成功移民故事中，田田是那个套红的标题，而秦阳却是那个衬托标题的参照物。除了年龄以外，秦阳和田田之间没有可比性。而年龄的反差，使得田田对秦阳的想法越发地简单了起来——田田从来没有对秦阳有过第二种想法。

直到那个夜晚，秦阳说出了那句话，田田便想起平日闲聊时，秦阳提起过要开咖啡馆的事情。秦阳这几年在咖啡馆里打工，虽然辛苦，却也学了几个挣钱的绝招。就想自己去开一家——在大办公楼底层，做早餐午餐，客流量大营业时间短的那一种。秦阳对咖啡馆的想法很具体细致。秦阳想到了食品的种类，装修的格调，员工的配置。秦阳甚至把名字都想好了，就叫“龙塔”——龙塔是英文 long time 的谐音，取的是天长地久的意思。秦阳考虑到了塔身塔尖的每一个细节，秦阳却唯独没有提到塔的地基——资金和一张移民纸。没有这两样东西，秦阳的塔设想得再仔细再具体也只能是镜中花水中月。

然而秦阳恰恰就是没有这两样东西。

可是田田有。

田田早已拿到了加拿大公民身份。田田手头可以活动的现款虽然不多，田田却完全可以利用工作之便申请到银行的商用贷款。

如果田田拥有的也能成为秦阳的，那么秦阳的龙塔就可以坚实美丽地竖立起来了。

田田被这样的联想吃了一惊，回过头来看，似乎秦阳的每一道目光每一个举止都铺垫了一层急切。从那天开始，田田就刻意疏远了秦阳。借口开会，借口出差，借口家里有客人，田田和秦阳见面的机会就渐渐少了，田田当然也不再去秦阳工作的那家咖啡馆吃午饭了。

没有秦阳的日子里，时间突然就多得没了章法。下班回家，走进那个空落落的公寓房间，隔宿的寂寞如一张柔软却无所不在的网，将田田兜头罩住。任凭田田拳脚交加，也凿不透一个小小的口子。这时她就想起了秦阳的种种好处。秦阳的温和细致，秦阳的幽默，秦阳对生活的热情和活力，秦阳恰到好处的逢迎。在和秦阳的交往中，他给她的距离始终是合宜的，再近一分就有可能让她感到窒息，再退一分就会让她失去了安全感。无论是进是退，他很少乱过阵脚，失过方寸。于是田田很是怀念起秦阳来，有几次甚至已经拿起了电话，要拨那串熟记在心的数字。然而秦阳的每一个好处也同时让田田惊骇——这些好处似乎是古今中外所有吃软饭的男人都具备的。女人的欢心就是他们的饭碗他们的天。田田虽然愿意被男人哄着捧着，可是田田却从没想过做男人的饭碗男人的天。

于是她最终还是惶乱地放下了电话。

后来田田就找到了别的方法来打发那些过也过不完的长夜。田田开始整宿整宿地在网上和陌生人聊天，田田也开始参加各式各样的交友俱乐部。交过几个男人，心热过一阵，又凉过一阵。期望高高地飞到了云间，却又低低地落到泥里土里。只是热凉起落都是需要耗费心神的，渐渐地，田田发觉自己心里关于秦阳的念想就给磨薄了。

田田和秦阳的故事其实完全可以在此处划上一个干脆利落的句号的，可是偏偏在这个节骨眼上，田田出了一件事。这件事使得这个句号滑了一滑，带出一个小小的尾巴，变成了逗号。于是这个故事像一棵几近枯竭的树又意外地长出了一条新枝。

那一天田田下班回家，把车开进了地下停车场，刚要下车，突然间两耳一阵轰鸣，犹如千百只秋蝉在飞舞碰撞，屋顶上的灯变成流星雨，一阵一阵飞旋着向她洒落下来。她两脚一软，便倒了下去。

醒来时，模模糊糊地看见眼前有一个花圈，花圈上挂着一朵朵花。花很大，花蕊蠕动着，发出各种各样的声音。过了一会儿，眼神渐渐清朗起来，才看出那些花原来都是人头。后来花渐渐都散去了，只剩了一朵，近近地贴在她脸畔。

“算你命大，车开到家才出事。”

那朵花是秦阳。

田田吃了一大惊，问你怎么来了？秦阳看了田田一眼，一字一顿地说：“召之即来。”田田这才隐隐记起来，自己昏过去之前似乎拨过一个手机号码。那个号码大概一直浅浅地埋在潜意识里，只需轻轻一扫，就随时浮到了表层。想起自己这些日子里对秦阳的刻意疏远，脸上不禁就浮起些斑驳的臊意。

“你到底还是把我想起来了。没听人说吗：铁不铁，就看你生病了想的是谁。”

秦阳依旧是没心没肺的，田田听了却是一怔，一时竟是无话。

田田得的是美尼尔综合症。发病时症状凶猛，医生下令暂时吊销驾驶执照半年。田田的住处离公车线有一段距离，早上赶车太急，秦阳就来接田田上班。接了几天，田田说你不如就在这儿住吧，省得天天起得这么早。

第二天秦阳果真就搬了进来。从此就没有再搬回去。

田田临回加拿大之前，在父亲的学校里给赵春枝找了一间房子暂且住下——是学校办外语培训班时给外地学员准备的宿舍。春枝和三个外地女学员一起住。房管处知道何淳安教授家里出了事，多少有些可怜老头子，便睁只眼闭只眼，由着去了。田田又去买了辆女式自行车，作为春枝在校园和家之间的交通工具。等拿着了房门钥匙和自行车钥匙，保姆赵春枝就正式走马上任了。

春枝早上骑车到何淳安教授家里，去小菜场买好一天的菜，准备早中晚三顿饭食，收拾整理房间，清洗被褥衣物。何教授身体基本健康，行动方便，也极少挑口。何家的这一点简单家务，春枝弹琴似的顺过一遍，还没来得及调动所有的指头，就完成了。于是，春枝手里就剩下了大把大把的时间。春枝使用空闲时间的方式只有一种，就是绣花。

春枝不绣寻常的花草鸳鸯，春枝绣的是西洋油画。春枝的绣花绷子很大，大得像一幅画。春枝把印刷品的油画贴在布上，就直接按着画上的颜色上针，深的上深色，浅的上浅色。不过春枝有时也不完全跟着画谱走，比方说，绣到房顶时，春枝用了很多金黄色的丝线。绣到树梢时明明应该用绿色，春枝却偏偏用了粉白。那黄的和白的乍看起来像是半空落下来的鸟屎，出跳而别扭地粘在屋顶和树枝之间。等到一幅画都绣完了，远远地挂在墙上，眯了眼睛细细地去品味，才发现那黄和那白的使得原本幽暗的景致里突然涌现出一片片瀑布似的阳光。

何淳安看了，愣了很久，才轻轻说了一声“没想到”。

春枝把剪子线团咚地一声扔回针线包里，笑了一笑，说没想到什么呢？没想到我们乡下人也有点艺术细胞，是不是？田田在京的那几天，春枝说话还有些顾忌。待田田一走，春枝就露出了真性情，想什么说什么，口无遮拦。何淳安辩解不得，只好呵呵地傻笑。

其实何淳安也有大把大把的空闲时间。何淳安现在极少去学校。何淳安见不得众人那躲躲闪闪半是怜悯半是猜测的目光。那些目光如春日挂在树梢上的一抹飞丝，拿手指头轻轻一挑就断了。断在手上，看是看不见了，却缠缠绕绕总也感觉不甚清爽。

何淳安空闲的时候，就爱看书。何淳安看起书来，全然不是市井闲散之辈的那种看法，何淳安对看书的姿势实在是很挑剔的。首先，茶是必备的。上好的毛尖，二遍茶——第一遍是要过滤倒掉的。其次，老花镜要仔仔细细地呵气擦拭过，不能有一丝一毫的云雾。再者，躺椅的倾斜角度也是一个定数，要调到头颈和身子大致成四十五度角的那个位置。这些姿势排场都做过了，何淳安才能静下心来看书。心是静下来了，书却依旧看不下去。书里的字像是一块块黝黑的岩石，成团结伙地阻拦着何淳安的思绪。何淳安看懂了每一块岩石，何淳安却没有看懂山。何淳安的目光在岩石之间惶乱地走过几遭，就很是疲乏起来，睡意翩然而至，书咚地落到了地上。

春枝捡起书来，撩起衣襟擦了擦何淳安落在书上的口涎，看见封面上有一张照片，照片上是一个眉黑目深的高鼻梁西洋女人。女人的笑意很浅，嘴唇抿得紧紧的，神情有些寥寂。翻了翻书的内容，通篇上下竟没有一个中文字。正惊异间，突然想起老头子就是教英文出身的，才忍不住咕的一声笑出声来。

这一笑，就把何淳安惊醒了。坐起来，一时不知身为何处。懵懵懂懂之间，突然叫了一声“延安”。叫完了，人就完全醒了。愣愣地待了一会儿，才慢慢起身去了厕所。

嗒的一声，门从里边锁上了。一阵窸窣之后，就有了些叮咚的水声。接着就是哗哗的水声。再后来，就是一片长久的凝固不化的静寂。春枝听说过李延安是怎么死的，这时突然有些心悸，忍不住悄悄地走过去，把耳朵贴在门上，屏着气听。谁知人还没有站稳，门却骤然开了，春枝身子一歪，几乎跌到。何淳安扶住了春枝，叹了一口气，说：“她糊涂，我哪能也跟着她一般糊涂。”

春枝的心方咚地落到了实处。也叹了一口气，说：“别人说她糊涂，是不明白她。连你也跟着说。她哪是糊涂呢，她这明明是病。她病得这般苦，你既不能替她受这个苦，还不让她痛快地走。她走了，对你来说是舍不得，那是你的自私。她却是解放了呢。让你试试看，这样的病，苦得没个尽头没个解救的，放在你身上你受得了？”

何淳安却是从没听过别人这样劝解自己的。突然间，黑隧道般阴稠的心里，窄窄地流进了一线光亮。光亮之下，有纤尘细细地扬起。沉实了多日的心，开始有了第一丝的松动。

两人回到客厅，绣花的依旧绣花，看书的依旧看书。春枝将一根线头在嘴里含了半天，才吐出来，朝着何淳安手里的那本书呶了呶，问："何老师，那个沃尔芙，文章写得好吗？"

何淳安吃了一惊，问你看得懂英文？春枝将脸涨红了，说就认得几个字而已。从前做事的那户人家，爱看录像带。有个电影，就是讲这个沃尔芙的，说是个有名的英国作家，投河死的。

"你说的那个电影叫《时光》，说的是沃尔芙死前的那一段。其实人家活着的时候就出大名了，倒是死了，却没怎么着。那年我去伦敦访问，下着大雨撑着把破伞去戈登广场找沃尔芙故居。找着了，连个牌子都没有。旁边那座房子，倒挂了个大牌子，说是某某某，赞助过沃尔芙的。连英国也这样，只记得阔佬，却是不记得秀才的。"

春枝扑哧笑了一声，说怎么不记得？何老师你看的是谁的书呢？阔佬有书留下来么？没听说人阔了就想买学位吗？可见秀才还是比阔佬稀罕些呢。

何淳安被春枝逗乐了，也跟着笑，说是呀是呀，那个沃尔芙，研究外国文学的，人人都得读她的书呀。她倒是很替你们女人说话的。就是她说的，女人想写书，首先得有自己的房间，再得有五百英镑的年收入。她是说女人当自立——那都是女权主义的最初意识呢。

春枝撇了撇嘴，说女不女权的，我是不懂的，我只知道那女人长得倒是挺灵秀的。可是心里冷着呢，一条路黑冷到底，多好的男人都暖她不过来呢。

何淳安没有说话。过了好久，春枝抬起头来，才看见了老头颊上斑驳的泪痕。

李延安心里大约也是那样一条路黑冷到底，再也没有人可以暖她过来，才决定走了那样的极端吧？

可是，李延安年轻的时候，却是一支火把，一盏灯，站在最暗的路口，也能毫不费力地照着自己照着别人的呀。

何淳安认识李延安的时候，已经大学毕业好几年了。他留校在外文系教欧美小说，她才刚刚分配进学校的图书馆做图书管理员。他偶然从别人嘴里听说了她父亲原来是一位赫赫有名的将军，才开始对她有了星点的好奇。在他那个人生阶段里，用“星点”来形容他对她的好奇，实在是恰到好处的。

那时他早已不是一张白纸了。

何淳安从小在教会学校里学的英文，口音里带着一丝牛津校园味，文章更是写得地道典雅。自小就将一应欧美名著看得滚瓜烂熟，倒背如流。时常信手拈来，出口成章——是外文系理所当然的业务尖子。却又没有洋文教授通常有的虚浮轻佻，行事为人很是稳重厚道，自然是讨女孩子欢喜的。在认识李延安之前，他曾有过两次恋爱经历，一次是他的大学同班同学，另一次是他朋友的妹妹。然而到了谈婚论嫁的地步，两个女人都却步了。他是侨乡来的，身世充满了故事，有许多近亲远亲在海外，所以他在系里，无论是提职还是提薪，都是落在最后的。他的两任女朋友都是因为这个原因离开他的。

那两个女人，也绝非浅薄低俗之类，都是人中的尖子，花中的花。她们都很懂得他的优点。可是他的优点仿佛是伞，而他的身世却是雨。伞再好，也只能抵挡一时一刻的雨，却抵挡不了一生一世的雨。所以她们后来都选择了不需要伞的晴天。

这两次恋爱，他都爱得死去活来。到分手时，他觉得已经耗尽了他的心神。在那个凡事讲究简单纯洁的年代里，他的感情经历就算是复杂得有些可疑了。在那之后他再见到适婚的年轻女子，便有了尚未得到就已经害怕失去的焦虑。这份焦虑最初是隐隐约约，似有似无地藏在心中最底里的那个角落的，后来被年岁搅动着，零零星星地浮现上来，积在眼角眉梢鬓角唇边，直到有一天，他在公共浴室的镜子前擦头发时，突然就发现自己已经有了第一缕的落魄和沧桑。

那天是何淳安二十五岁生日。他从学校的澡堂洗完澡出来，拎了一网兜换下来的脏衣服，行走在校园四月的暖春里，湿润的头发被风随意扬起，像一株盛开的蒲公英。而他那天的心境，也恰恰符合了蒲公英的比喻——从盛开到凋零，似乎只需要一阵风。二十五岁仿佛是一道坎，二十五岁之前，他有些木知木觉。过了二十五岁，他突然就感觉到了风的存在。

可是那天的李延安还是一叠白纸。十九页，页页雪白平整，毫无印记折皱。

那时李延安的父母已经结束了多年的戎马生涯，渐渐适应了安定的城市生活。当父母终于意识到子女的存在时，李延安已经像一根石头缝里的小草，自说自话地长成了一棵结实的小树。最好的学校最称职的老师都无济于事，李延安已经无可救药地失去了对读书的兴趣。李延安留了一年级，才勉强初中毕业，却无论如何考不上高中，就在一家工厂里做了几年车床操作工。李延安虽然很早就知道自己不是一块读书的材料，却一直憧憬着在读书人的环境里工作。出于对女儿的内疚，李延安的父亲做了一生中唯一一件利用职权的事——把李延安安排进了大学的图书馆工作。然而李延安父亲的特权只行使到了图书馆门外，门内的一切，却是看李延安自己的造化了。李延安进入图书馆之后，名义上是管理员，很长的时间里其实都在做一个小工的事——搬运存书，清理书架，打扫卫生。数年以后，馆里来了更年轻的新人，她才调到了编目室工作。

那天何淳安洗完澡，就去学校的食堂吃了顿晚饭，又回宿舍翻了几页哈代的小说。终是无心无绪，便决定去图书馆找一本英国湖畔诗人的诗集。在过道上，他被一辆装满了书的手推车撞上了。车轮上的铁片直直地割进了他的脚踝，当时他只觉出了酥麻——疼痛是后来的事。他身子一矮，布袋似的软在了地上，手紧紧地捂住了脚踝。推车的女人连忙停下车来扶他，他却不肯松手。过了一会儿，就有液体从他的指缝里慢慢渗出，将他的袜子染成一幅紫红色的图画。旁边围观的人开始惊叫起来。女人拨开了他的手，一把扯下他的袜子，在他的脚踝上扎了个死死的结，就架着他去了学校的医务室。女人身量不高，他得倾斜着身体才能靠在她的肩上，可是那天他感觉仿佛是靠在一堵矮而结实的砖墙上，他竟放心踏实地在上面放上了自己的重量。

一直到处理完了伤口，他才有机会看了女人一眼。这一看，就看出很多意外来了——他完全没有想到她竟是那样年轻，年轻得几乎还不能称之为女人，衣妆发式眼神身架没有一处不在昭著地显示着未解风情的木然。他问她叫什么名字，以前怎么没在图书馆见过？她说她叫李延安，是新来的，才上了三天班。她回答他的问题时态度很老实，甚至有些怯场，几乎完全没有做任何延伸和说明，和她刚才处理事故的大胆老辣成了一个鲜明的对比。她的脸上有些脏——大约是搬书的缘故，汗水在灰尘中间流出一道道树影一样斑驳的印记，潮湿的鬓发在额角蜷成一个个小小的圆圈。她和他以往见过的所有女人都不同。她使得那些女人显得苍白病态贫瘠做作。

突然间他对她就有了好感。

他问她怎么一点都不怕血？怎么有这么大的力气？这回她只笑了笑，却没有回答。

真正的答案是他渐渐熟知了她的童年之后才得到的。

李延安出生在延安。和当时的大部分延安子女一样，她一出生就被送到了当地老乡家里抚养。断了奶，就进了保育院。父母也许到保育院看过她，也许没有。六岁以前，除了知道父亲姓李，李延安对自己的双亲几乎毫无印象。

保育院常常迁移，李延安很快就适应了在马背上睡去在马背上醒来的生活。有一次她睡得太死，从马背上掉了下来，竟无人发觉。等到第二天她被晨露冻醒，才知道马队早已走远。她沿着若隐若现的马蹄和马粪痕迹，走了整整三天的路，终于追上了大队人马。那天保育院的阿姨去井边打水，看见井边躺了一条脏狗，随脚一踢，踢出声来，才知是人。提了油灯来照，照见是李延安。李延安走丢了一只鞋，那只光脚磨得脓血模糊，脚踝被石头扎破，伤口深得几乎看见了骨头。阿姨来清洗伤口，一根一根地挑脚板上的刺。挑出来的不像是刺，倒像是血针，叮当有声地落了一盘子。阿姨挑着挑着就红了眼圈，李延安却一直没哭，只是反反复复地对阿姨说下次睡着了你就掐我。

那年李延安大约是五岁半——和保育院大部分孩子一样，李延安并不知道自己确切的出生日期。

那之后没多久，李延安就和保育院的其他孩子一样，和他们各自的父母亲团聚了。孩子们对局势的变化是一知半解的，只知道要离开保育院进城了。进城的第二天，李延安被人领着走进一个灰砖大院，院里坐着一男一女两个大人和三个比她更小的孩子。领她进来的那个人拉着她的手，让她管那两个大人叫爸爸妈妈，又让那几个孩子叫她姐姐。她没叫，也没应。那天刮着大风，满天飞着脏雪似的柳絮，太阳仿佛是一只黄土捏就的大碗，蔫蔫地扣在尘土厚重的屋顶上。一个被战争离散了的家庭和四个互不相识的孩子在那个颜色和情绪都很灰暗的下午草草地会和在一起。当时谁也没有想到，磨和的过程却持续了后来的半生。

几年以后，李延安才从大院其他孩子口中得知，那个她称呼为妈妈的女人，其实并不是她的母亲。她的生母走出了雪山，走出了草地，却病死在进城的路上。后来和父亲一起走进城里的，是一个文工团的女兵。

不过这对李延安来说已经不重要了。

李延安的父亲和继母都是从马背上下来就直接走进了办公楼的。城里有太多新奇的事情，他们要学的内容实在太丰富了，他们根本无暇顾及子女。照顾孩子们日常起居的，是一个五十多岁的保姆。在李延安看来，她不过是从一家保育院搬到了另一家保育院。她沿袭了保育院里大孩子照顾小孩子的作风，自然而然地担负起了照顾弟妹的任务。很快，那支只有三个士兵的部队在她的调教之下秩序井然。在这个新秩序里，大人只是若隐若现无关紧要的背景。李延安从来没有童年的感受。婴孩的第一声啼哭过去了，她仿佛就担负起了作为一个成人的职责，照顾着自己也照顾着别人。

这种感觉，如一根筋脉，始终贯穿在她和何淳安的关系中。

她和他认识以后，几乎没有任何交接转换过渡，她立即进入了她惯常的角色。她像一只硕健的母鸡，张开丰肥的翅膀，将他全然覆盖。虽然他比她年长六岁，她却成了他的长姊，他的母亲。她照顾着他的一切需要。他的世界顷刻就小了，小得只有一翼之地。在那一翼之地里，四季只剩了一季，那是恒常的春。在恒常的春里他可以接近于放肆地伸展他的四肢和灵魂，只是，不知不觉中，他对付其他季节的功能却渐渐萎缩退化了。

他们结婚第三年，那场后来成为中国现代史研究专题的风暴铺天盖地刮进了校园。何淳安在外文系里既不是当权派，也不是当权派的红人，个性本来逍遥，树敌也不多，又有老将军岳父这一层遮挡，便相对平安地度过了最初的那个阶段。

后来，系里的头面人物相继下马，成为死老虎。工宣队入驻，新班子逐渐成形。厮杀声安静下来时，众人突然发觉他们已经失去了新的斗争目标。用当今政坛上的时髦用语来解释当时的情形，就是外文系处在了一个缺乏政迹的真空阶段。于是，新班子成员的视线，就渐渐地转向了何淳安。

工宣队找何淳安谈了一次话。

那天晚上李延安回家比平常晚了一些。图书馆的风声也很紧，有人交代了李延安父亲把女儿安插进馆的事，于是李延安毫无准备地被踢到了前台。幸好李延安在馆里只是一名勤杂工人，不占干部的编制。在那个知识分子成堆的环境里，李延安的初中文凭和档案袋里不满一页纸的简单身世，使得批她的人几乎找不到合适的词。草草地训斥了几句之后，李延安就被打发回家了。

李延安进了门，屋里一片漆黑。她以为丈夫还没回家，就开灯准备生火做饭。弯腰量米的时候，突然发现何淳安捧着头泥塑木雕般地坐在地板上，就吃了一大惊。问了，却不说话。再问，才说头疼。

李延安将丈夫扶到床上躺下了，就开始淘米洗菜炒菜。火一热，油锅的味道熏过来，喉咙口就涌上一团酸水。还来不及找个脸盆，就蹲在门槛上哇哇地吐了一地。中午没吃饭，吐出来的只是苦胆。那时李延安已经怀孕七个半月，妊娠反应却一直没有消失。何淳安在床上听见妻子吐得死去活来，只翻来覆去地叹气，说你挑了个什么时候来么，你。李延安知道丈夫在说腹中的这个孩子，便忍不住回了一句：这是我一个人挑的吗？那你说什么时候是个好时候？

两人不声不响地吃了一顿饭，饭和菜都只轻轻地挑了几挑，便都放回了碗橱里。李延安收拾碗筷的时候，听见丈夫在身后又幽幽地叹了一口气，说元元，就叫元元吧，就是一个的意思。李延安听了心里咯噔了一下，半晌，才笑着说：你可别给我定数，高兴了我还能生一打呢，我就喜欢家里人多热闹。却暗暗地长了个心眼，仔细地盯着何淳安的一举一动。

夜里李延安躺下了，却不敢睡。窗外秋虫咬得惊天动地，腹中孩子踢得甚是凶猛，仿佛要将肚子踢出一个洞来。怕吵着何淳安，李延安一直不敢翻身。身子在一个姿势上僵着，每一处关节每一块肉都疼痒难熬。到了后半夜，实在抗不住，才眯糊了过去。糊糊涂涂地做了个梦，梦见何淳安穿了一件雪白的仿绸对襟大褂，一路风吹杨柳似的走过来。她伸出手来抓他，抓来抓去都是空的。他仿佛变了烟变了气在她的指缝里溜过来溜过去。她一急，就醒了。一摸身边是空的，就咚地下了地，赤着脚跌跌撞撞地摸到了外屋。夜正浓，月悬在窗口，照得一屋水似的亮，青砖地上树影如鬼魅窸窣游走。她一把扯亮了灯，只见墙脚站着个人，正慌慌地端了个水杯往嘴里送水。她狼似的扑上去，狠狠地掴过一掌。那人不备，手里的杯子嚯啷一声掉了下来，白色的药丸滚了一地。

这一掌掴得过于凶猛，她身子一歪，就麻袋似的跌坐在地上。胳膊闪了，顿时肿成一个肉球，疼得满眼是泪。他过来扶，她捂着胳膊，却朝他猛踹了一脚。他一个趔趄，撞到了脸盆架。脸盆翻落下来，一路嘤嗡地滚到墙边，才咣地一声停了下来。宿舍楼道的灯啪啪地亮了起来，有人开窗探看。他急急地捂了她的嘴，半架半搡地扶着她回到了床上。

躺是躺下了，睡意却早没了。蒙着被子，她咬牙切齿地对他说："我爸爸一趟雪山草地走过来，丢了一条腿，一个老婆，两个儿子，如今是个什么下场？他没说委屈，你倒委屈起来了？你过过一天苦日子吗，你？"

这一骂，倒把何淳安给骂醒了。仔细想想，竟无一句可回嘴的。渐渐地，心里有了些愧意，就嘿嘿地笑，说老婆你是一盏灯，你往我心里一照，就再也没有黑角落了。李延安呸了一声，说再亮的灯，照了路易十几，也是白照。何淳安没听懂，问什么路易十几的？李延安狠狠地掐了他一把，说就是那个我死了拉倒，洪水滔天也行的，跟你一个德行。何淳安这才明白过来自己平常备课的材料，李延安原来也看的。两人相拥着，不再说话，看着窗外那一轮月亮渐渐地坠落下去，天边隐隐地有了潮红，恍恍然，仿佛已若隔世。

从那以后，何淳安的脸皮就慢慢地厚了起来，由着世界轰轰烈烈地上演着诸般的曲目，有人上台，有人下台，自己却始终只做一个不动声色的观众。先是隔离审查了一阵，后来下放劳动了一阵，再后来又随着大流调回了外文系。心情虽有涨落的时候，却再也不曾生过寻死的心了。

可是李延安这盏灯，是什么时候熄灭的呢？

其实李延安的灯，并不是瞬间熄灭的。从明亮到陨灭，中间经历了一个暗淡的过程。暗淡的过程是渐进的，身在其中的人并没有觉察，所有的迹象都是事后才醒悟的。

文革过后，何淳安是学校里第一批提升为教授，第一批批准带研究生，也是第一批选派国外短期进修的老师。何淳安的生命，经过了一个长长的冬眠期，在中年的时候突然复苏。这一苏醒，就醒出了许多意外的景致。李延安发现何淳安渐渐地不再需要她的照明了，因为他已经成了他自己的灯。他岂止是他自己的灯，他甚至也成了她的灯。他又岂止是她一个人的灯，他的灯还照着许许多多的别人，包括他的同事和他的学生。她多年为他战战兢兢地操持着的心，就渐渐地放松了下来。当然，她当时并不知道，最适合她的一种生存状态，其实就是紧张。在紧张的时刻她是一张满弓，捏在手里是暗暗一把的力气，送出箭来铮然有声，直奔靶心。松弛下来，她就如泼洒在地上的一滩水，随意地顺着地面的缝隙游走。虽然依旧走着，却不再是有目的有劲道的奔走，不过是走到哪里是哪里的认命和无奈了。

在所有的神经都松弛下来的时候，却只有一根神经，突然地绷紧了。李延安的眼睛和耳朵，对一些景物一些声音，异常地敏感了起来。何淳安的学生越来越多，何淳安在系里的职责也越来越重。李延安的目光如雷达漠然地扫过丈夫繁忙的生活天地，大部分的内容都被过滤为无关紧要的背景，荧光屏上剩下的只是几个细点。可是那几个细点却如沙粒，在李延安的眼中磨来磨去，磨得她寝食难安。

那些沙子就是何淳安的女学生女同事。

李延安监听何淳安的电话，闯进何淳安的办公室偷看何淳安的信件，四下打听何淳安在系里的一举一动。渐渐的，外文系的女同事见了何淳安，轻易不敢说笑了。何淳安为了撇清自己，也不敢和女学生单独相处了，更不敢邀请女同事女同学到家里来坐。上帝跟何淳安开了个不大不小的玩笑：上帝打开了何淳安的眼界，让他看到了大千世界的诸般可能性。可是在那个无限广袤的天地里，他可以拥有的，反而是一扇比从前更加狭窄了的窗口。

李延安的视线，已经被沙粒蒙蔽。李延安的灯，也渐渐地昏暗起来，她走失在多年走惯了的路上。开始时，何淳安不停地帮助妻子刷洗着那些沙粒。到后来，何淳安发现他刷洗得越努力，沙粒堆积得越快。

他只好选择了沉默。

李延安终于走进了万劫不复的阴暗之中。没有人可以暖她过来，没有人可以照亮她的路。即使是儿女，即使是丈夫，也只能看着她孤独地，一步一步地渐行渐远。

何田田回到多伦多之后，关于保姆赵春枝在父亲身边的表现，她零零星星地听到了一些不同版本的报告。

第一个报告来自父亲的学生颜华。

李延安的自杀事件像一块石头，在外文系这潭深不见底的水里砸了一个大洞。洞很快平复了，涟漪却持续了很久。流言如树梢的风，看不见，摸不着，却顺着门缝墙缝窗棂格缝溜进来，悄无痕迹地爬到饭桌床头。又带着积攒的灰尘，越滚越大地爬入邻家。何淳安的女学生们，多多少少都知道自己是那些沸沸扬扬的花边新闻中的一段花边。而颜华，更知道自己是师母口中的那个“眼花儿”，是所有花边传闻中镶在最明处的那段花边。也明白我虽未杀伯仁，伯仁却因我而死的道理，所以很是敛声收气了一阵子。过了些时日，待流言略微安静了些，颜华难免想起从前导师对自己的种种关照，便忍不住去了何教授家里探望。

颜华去的那天是个星期六，早上十点左右。她挑了这个时候，是因为何教授应该锻炼完了身体，正是读书看报的时候。颜华抱了一束白色的菊花走过层层楼梯，每一层过道上都有好奇的眼睛。当她最终敲响何淳安教授的门时，她的背已经被重重叠叠的目光压出了汗。

来开门的是赵春枝。

那天赵春枝穿了一件桃红色的毛衣，浅米色的西裤，脖子上系了一条白色的丝巾。虽都是旧衣物，却洗熨得极是干净平整，看上去不像是保姆，倒像是在别人家里做客的女眷。颜华微微吃了一惊，就问何教授在吗？赵春枝点点头，引着颜华进了屋。颜华走过客厅，一眼就看见何淳安卷着衣袖，正坐在一张小板凳上洗衣服。板凳很矮，何淳安的个子高，坐下去，就把凳子盖没了，仿佛坐到了地上。何淳安在笨拙地搓着一件衬衫，搓衣板在他的膝盖之间滑来滑去，脑勺上有一绺没有梳理平伏的头发，顺着身体的走势来回耸动着。颜华的一句“何教授”在舌尖滚了好几个来回，吐出来时已是支离破碎了。何淳安抬起头来，意外地看见了来客，眼神渐渐地混浊了起来——自李延安出事以后，颜华是第一个也是唯一一个来探望自己的女学生。

何淳安擦干手，来到了客厅坐下。颜华问春枝要了一个大水杯，将菊花插上。花是满满一捧的雪白，只有花蕊是一抹一抹若有若无的浅绿，沾了水，立刻得了些生气，衬得一屋洁净生辉。颜华把花放在那张镶着黑框的照片下面，两人久久无语。半晌，何淳安才叹了一口气，说：“其实，你师母脑子清醒的时候，也常夸你。”颜华的眼泪汹涌地流了下来，是委屈，是伤感，也是无奈。为自己，为导师，也为师母。那一念之差中走出去的一步，竟是那样一条永远无法填补的鸿沟。沟这边和沟那边，遥遥相望，已是隔世。

何淳安看着颜华哭，却不知怎么劝，搓了搓手，就进去厨房泡茶。颜华听见厨房里杯盏叮当地响了一阵子，又听见春枝咕咕地笑：“何老师，那么大一个壶，饮驴呐？一个客人，用那个红花小壶就够了。”何淳安也笑，说骂我是驴也罢了，可不许骂我的客人。又问用哪种茶叶？春枝说二层柜子左手边那个铁罐里是茉莉花茶，招待女客正好。何淳安就搬了张凳子爬上去，开了柜子取茶叶罐。颜华听着，只觉得这个保姆嘴有些厉害，手有些懒，听上去不像个下人，倒更像个主子。过了十来分钟，只见何淳安一人颤颤地捧了一壶茶出来——春枝并没有跟出来。何淳安把滚烫的茶壶放下了，颜华赶紧起身自己将茶斟了，先给老师，再给自己。

两人喝着茶，闲闲地说了些学校里系里的事，颜华就忍不住问何教授你怎么自己洗衣服呢？何淳安说不是自己洗，是先将领子袖口的脏处搓一搓，再放洗衣机里洗的。颜华原本问的不是这个意思，就朝厨房撇了撇嘴，放低了声音：怎么不让她洗？何淳安笑笑，说春枝在教我做家务呢，我教她学英文，两下相抵，谁也不亏。

从何家出来，颜华一路忿忿然。心想现在的世界，岂是何教授这样厚道之人应付得了的？这个保姆，本事了得，拿了钱不干活，还白学英文。两下相抵，竟有这样的抵法。恐怕何教授哪天被这个女人骗了，还得帮她数钱呢。

回到家，颜华就给远在多伦多的田田发了一封电子邮件，说了她的担忧。

其实田田平常打电话回家，也是时时问起春枝的情况的。父亲只说人不错，有灵气。如此看来，父亲是不愿意自己担心，而将实情隐瞒了。田田看了颜华的信，立刻就给父亲打了电话。连着打了几次，都是春枝接的——父亲出门去了。春枝一口一个大姐地叫着，声气很是亲热。有了颜华的报告在先，田田就觉得那话语里藏了几分虚假和盘算。于是冷冷地交代了几句好好照顾老人之类的话，就挂了。

又给在广州的哥哥打电话。元元一听也急了，就立刻请了假，飞去了北京。

元元在家住了三天。元元给田田的反馈，和颜华的有相同之处，也有不同之处。元元说父亲现在变了，变得对家务有了兴趣。那个春枝倒也不是完全不做家务的，只要是老头子自己能做的事，春枝就放手让老头子做。老头子做不了的事，春枝做是做了，却是要老头子在旁边看着学的。田田听了忍不住冷笑，说没想到这个女人真不简单呢，竟把老头子给驯化了——从前你见他洗过一双筷子吗？元元就劝，说只要爸高兴，就由他去吧。你没看见老头子教她学英文那个起劲呢，撺弄着她考什么英文几级几级的。原先你不就担心爸和保姆合不来吗？他俩合得来，省你多少心呢。

田田想想也是，就把这事放下了。夜里睡不着，就捅醒了秦阳，问："人老了怎么就这么贱呢？从前连牙膏都得让人挤妥，现在倒好。"秦阳知道田田还在想老爷子的事，就笑，说贱不贱跟老不老有什么相干呢？人要贱，什么时候都能贱。那是你妈没抓住你爸的心，怨不得别人。田田呸了一口，说你几年没刷牙了，开口怎么这么臭呀？这话说的，好像我爸和小保姆怎么着似的。秦阳依旧嬉皮笑脸的，说要没怎么着，人能这么贱吗？我这可是亲身体会呀。田田伸出手来就掏秦阳的肋，秦阳怕痒，身子早笑得缩成一个球，蜷在床尾，怎么也掰不开，只有嘴巴却还是硬。

"你爸你妈结婚的时候很该先问过我的，名字没起好呢，一人一个安，两安相剋，就不安了。这个小保姆，春什么来着？你爸名字里有一汪水，水遇着春，是个什么景象，你想去吧。他能不贱吗？"

田田恼羞成怒，抓起椅子上的衬衫，追着秦阳满屋打。秦阳躲不过，只好逃进了厕所。锁上了门，依旧笑得抖抖的。

"咱俩的名字才是地造天合呢，你是田，我是阳，田得着太阳，就是万物生长。"

田田怔了一怔，半晌，才隔着门，冷冷一笑。

"可惜我的田不是你要的那个田。你打个电话给你的中学语文老师，问问他何田田的田是田的意思吗？"

何淳安那边安然无事地过了三四个月。到了旧历年底，田田突然收到了颜华寄来的一张电子贺年卡。贺年卡只是一个包装，信的真正内容却和贺年没有太大的关联。

颜华是来报急的。

何教授和保姆吵了一大架，把熬汤的砂锅都砸碎了，保姆拿了行李就回老家去了。何教授气得牙床暴肿，连稀饭都喝不下去，已经在床上躺了两天了。眼看要过春节了，元元带着公司的一拨人马在德国培训，家里一样年货都没有置办。这是师母去世后的第一个春节，何教授实在是有些可怜。

田田看了信，头哄的一炸，就炸了一地的碎片，思绪乱得无法捡拾。秦阳见她失魂落魄的样子，就劝她回去一趟。田田听了就急眼，说你以为我是百万富翁呢，飞一趟中国就跟下一趟楼似的。秦阳笑了笑，说："谁让他是你爹呢。"田田连连摇头，说不回去不回去，大不了再托人找个保姆嘛。这个价码，雇个人工智能机器人都够了。赵春枝以为她是谁？乡下人在城里，磨去一千层皮，骨里肉里还是老乡。秦阳又笑，说你连人家为什么吵嘴都没问清楚，就先骂了个狗血喷头的——说不定还是你爹没道理呢。田田呸了一口，说老板永远有理，这是千古不变的道理。说完就扯过一条被单蒙了头，直挺挺地往沙发上一躺。床单底下先是翻来覆去地贴着饼子，过了一会儿，身子才渐渐地平软了下去。

秦阳以为田田睡着了，就自己进了屋。过了一会儿，只觉得脖子上痒痒的，伸手一抹，原来是田田近近地站在身后。田田说要不我还是回去一趟吧，年底了，也不知有没有机票。秦阳扬了扬手里的纸条："大小姐，都给你打听过了，只有大韩航空公司还有一个座位，明天晚上的。要在西海岸停，还要在汉城停。等你转来转去到了家，就是小年夜了。明天一上班，就找老板请假，耸人听闻一点，就说你爸中风，瘫痪，病危。"

田田不说话，却将两手环过去，从背后搂住了秦阳。

田田的飞机出了点小小的故障，在汉城停留了一天。到达北京的时候，已经是第三天的夜晚了。走出机场，街上很是冷清。过了十几分钟，才来了一辆出租车，车上下来一个穿着军大衣的司机，慢吞吞地帮着田田把行李卸进车厢。车剪破一街空旷，驶进清冷的夜风里。司机丝毫没有搭话的意思，一路沉默地抽着烟。烟很呛，田田低低地咳嗽起来，却隐忍了，只专心致志地读着公路两边的广告牌。虽然只隔了几个月的时间，广告牌显而易见已经换过了一茬，上面的内容对田田来说已经有了几分生疏。虽然看懂了每一个字，却没有完全看懂那些字和字中间的联结挑逗和暗示。在熟悉的街景里，田田突然感到了一丝外乡客似的陌生。

突然间，嗖的一声，天上窜起了一束烟花。烟花是淡紫色的，先是极高极孤独的一根，然后渐渐地蓬松肥胖起来，如一把撑开在夜幕里的伞。然后又如细雨丝似的缓缓落下，带着咝咝的声响销陨在地上。司机沉沉地骂了一句“找死呀，不让放的。”田田仰着脖子等待着第二束，第三束。可是它们却始终没有到来。夜空虽然还是黑暗，却因有过了短暂的浮华痕迹，这黑暗便也与先前的黑暗有了些不同。已经五六年不曾在家过年了，田田暗自感叹难道这就是北京的除夕了吗？

出租车在家门口停下，田田付了钱，司机打开后盖取了行李，却没有走的意思，只将两只手笼在袖子里，目光炯炯地看着她。田田突然明白了过来，就打开皮包掏出一张票子，塞进司机的袖笼里。司机伸出两根手指，将票子夹出来，对着路灯看了一眼，认出了那上面的绿颜色，就嘿嘿一笑收了起来，说这年头美元也疲软了，比不得从前了，大姐你新年慢慢地吉祥吧——方慢吞吞地开走了。

田田拖着箱子一层一层地上了楼，每一层楼道里都流淌着从门缝里溢出的喧闹，一式一样的鼓点，一式一样的旋律，一式一样的经过无数次操练的字正腔圆。田田一下子听出了那是春节联欢会的节目。到了自己家门口，却是静静的，并无电视的声响。放下箱子，将一口气喘匀了，才去揿门铃。刚揿了一下，门就开了，父亲仿佛是靠在门上等候着她似的。

父亲从门里软软地走出来，穿了一件银灰色的中式对襟丝绵袄，前襟印着星星点点的菜汁油迹。衣是新的，很是厚实，腋下和胳膊拐弯处绽出条条肥粗的皱纹。在这样厚重的冬衣里，父亲依然看上去很冷，人中上流着一条半干未干的鼻涕，身子抖抖的仿佛憋了一泡找不着去处的急尿。脸肿了半边，鼻孔四周烧着一串燎泡，嘴唇颤颤的，半天才扯出一句小田你，你回来了。田田没想到一向整洁利索的父亲一下子就这样落魄了，心里一酸，嗓子就喑哑了。

屋里四下清冷，只有电视机上那两张印了些洋文的贺年卡，才是这一片灰暗里的唯一颜色——那还是自己和元元分别从加拿大和德国邮寄过来的。田田呵呵地清了清嗓子，说爸我带你出去吃饭吧，我也饿了。父亲摇了摇头，说你可真是洋鬼子了，怎么不知道这是大年夜，除了宾馆大饭店，谁都关门了。田田说那我们就去宾馆吃饭，豁出去大出血一次。父亲说宾馆早一个月就订完位置了，轮不着你我这样的百姓。就去开了冰箱，端出一个大海碗来，说昨天就煨了排骨汤等你的，你没来。咱们不如吃排骨面，再加一点白菜，热腾腾的，也是好吃的。

父亲就开火，放水，下面，热汤。依旧有些笨拙，却已经不是从前的那种不知所措了。田田便知道这几个月里，父亲已经经过了许多的事。忍不住冷冷一笑，说这个赵春枝，倒是把你给培训出来了。花钱雇的是保姆，没想到来的却是一个教练。

父亲的筷子一滑，一根面条落进了炉圈，嗤的一声，燃起细细一股青焰，屋里就有了一丝经久不散的焦味。“她有她的想法，她说她到咱家是救急不救穷——她教我学会自己生活，总不能靠人过一辈子。”

“她若真是这么想的，怎么会说走就走？这份工资，你让她来雇我吧，连我都想当保姆了呢。”

父亲叹了一口气，说她没想走，是我把她赶走的。

“她女儿今年初中毕业。当地的学校质量差，她想把女儿转到北京上高中。她提出和女儿一起搬到家里来住。”

“当然不能答应。你答应了她女儿，下次说不定又来个男朋友了——你又不开旅馆客栈。她是算计好了你这个有房有钱的老头呢”。田田忿忿地说。

父亲微微一笑，半晌才说：“我的女儿，当然是和我一样刻薄的——那天我就是这么骂她的。后来元元从德国打电话过来，也是这么骂她的。”

两人无言，在别家的热闹声中默默地吃着晚饭。面很烫，热气氤氲，额角上都有了些汗。田田看见父亲渐渐地嘴大眼小起来，便知道早已过了他平素上床的时间了。就说爸你放心，等过完了节，我们马上去登广告，也可以直接去保姆市场，就不信找不到一个比她好的。

父亲洗了把脸，就上了床。田田收拾了碗筷，在沙发上坐了下来。多伦多和北京是整整十二个小时的时差，这边是子夜，那边却是正午。田田虽然在旅途中丢失整整一夜的睡眠，精神却极是清醒。刚想打开电视，突然听见街上有人在扔酒瓶子，玻璃的碎裂声夹杂着狂呼声和字句不明的歌声一浪一浪地扑打着窗户，才明白自己已经错过了那个敲钟的时辰。

这时候电话铃尖锐地响了起来，几乎吓了田田一跳。拿起话筒来，那头就断了。三番五次之后，才接通了，线路却极是嘈杂。一个男声断断续续地传过来，带着隔洋的迟缓和模糊。半天田田才听清那头问的是新年礼物试过了吗？田田说什么礼物？那头说打开你的手提包。田田拿过提包，里里外外地找过了，都没有。那头又说是左侧的那个暗兜，你从来不用的。田田摸过去，果真摸到了一个小小的金丝绒盒子。打开来，里头是一枚戒指。细细的银圈，正中镶了一块宝蓝色的石头。银是暗暗淡淡的那种银，蓝也是暗暗淡淡的那种蓝，乍看甚是灰旧，仿佛已在岁月里走过了几遭。再看几眼，便慢慢显出些古朴含蓄的意思来，与市场上那些闪烁之物就有了区分。田田很是喜欢，拿出来套在指头上，左看右看，手也仿佛有了历史，顿时丰润厚重起来。

戴在哪只手上？

左手。

哪个指头？

田田的嘴巴张了一张，突然醒悟了过来，就把那尚未出口的回答吞咽了回去。电话那头是一阵长长的沉默。然后，一声叹息如轻风抚过，田田的耳垂微微地热了一热。

“田田我知道我在一厢情愿呢。挑吧，挑吧，你再慢慢地挑吧，说不定就挑着个比我好的。”

田田想了一万句撇清辩白的话，那些话还没浮到舌尖，她就觉出了它们的虚假。到末了，纵有了那一万句话垫着底，她竟然找不出一句可回的话，只哑哑地说了句秦阳你好好过年吧，就挂了。

放下电话，心里空落落的，旅途的疲倦渐渐地从脚底浮上来，浮上了眼皮。却又不想上床，就在沙发上坐了，撩起一角窗帘，靠在窗台上看夜景。夜到这一刻，才真正地有些像夜了。月色照得满街的树枝臃肿肥胖，仿佛挂满了霜雪。风刮过，地上的废纸和塑料袋如折了翼的鸟雀，低矮地蹒跚行走。守夜的人都困了，窗口的灯一盏一盏地灭去，满街都是狂欢过后的清冷。这个一年里的夜中夜，她还没来得及守，就糊里糊涂地过去了。

这一年里，她遭遇了多少事呢？母亲的死，自己的病，父亲的麻烦。每一样事情来了，她都得拿出肩膀来扛。其实，她也不都是自己扛的，秦阳替她扛了一半。她使唤起秦阳的肩膀来，如同是自己的肩膀那样的随意。在这个晚上之前，她从来没有想过，他只不过是暂时借了他的肩膀给她而已，有朝一日他会抽走他的肩膀，给另一个愿意戴他戒指的女人使用。

这个想法让田田吃了一惊。她发觉自己其实真是有些在乎秦阳的。只是不知道这样一点的在乎，值不值得她放上一生一世的价码——她明白她不可能无限期地免费使用他的肩膀。失却他的肩膀是一种沉重，拥有他的肩膀是另外一种沉重。两样的沉重，不知道她能扛得动哪一样？

正胡思乱想着，就听见身后有人咕地笑了一声。田田以为是父亲，回头一看，父亲屋的门紧关着，黑着灯。心里一惊，突然有些毛骨悚然起来，就默默地叫了一声妈——你的难处，我们原本是不知晓的。若知晓了，怎么会让你这样走了呢？既走了，你就安心吧，总有一天，我们都会在你那儿聚会的，不过是个迟早的事。

田田的话还没说完，屋里又是咕的一声。这会儿的笑声，似乎就在耳边。田田感到了另一个身子贴近过来的温软分量，鼻子里传来一丝极清极淡若有若无的紫丁香味——紫丁香是母亲一生中唯一喜欢的一样花。田田的身体仿佛被切成了两半。一半想伸出手来抓住那一缕温软，死死地坠上自己的重量。另一半却想关闭所有的触觉神经，来死命抵挡那份温软的侵袭。田田成了拔河比赛中的那个绳结，被旗鼓相当势均力敌的两股势力拉过来，扯过去，浑身如遭了魔法似的完全动弹不得。一时大汗淋漓，就使劲睁大了眼睛，定定地看住了墙上圈在黑框中的母亲。母亲被半明不暗的灯光磨蚀得失去了棱角，岁月的痕迹藏在阴影之下，容颜竟有了几分安然柔恬。田田的焦虑在母亲清明的眸子里走过了一遭，如灼热的烙铁落入凉水之中，渐渐就沉静了下去。

这时母亲的嘴唇微微一颤，说了一句话。这句话如一缕烟云从母亲的唇上轻轻抖落，还没来得及成形，就已消散。母亲说的是“你去……”。母亲这句没有终结的话如同一个可以通往许多条道路的岔口，蕴涵了几乎无穷无尽的可能性。后来尘埃落定，当其中的一种可能性渐渐明朗清晰向现实贴近时，田田才明白了这句话的指向。然而在当时，田田只是一遍又一遍地向母亲追讨着答案，一直到自己惊醒，方知道是南柯一梦。

睁开眼睛，父亲披衣站在沙发跟前，问小田你怎么了？哼成这个样子，吓我一跳。田田掏出纸巾，擦了擦额角的冷汗，半晌，才喃喃地说，没什么，做了个怪梦。父亲也没问是什么梦，却在田田身边坐下了，一杯茶在两只手里换过来换过去，却没有走的意思。后来，才迟迟疑疑地说：

“要不小田你过完年去一趟浙南找春枝？那天是我太急了，把话说绝了。”

“不绝怎么办？你答应她们搬过来住？”

“其实，她也是讲道理的人。她说搬过来就好省下在外边租房的钱，再减一半的工资，两项加起来，也算是抵女儿在这里的费用。”

田田一路听，一路冷笑，终于忍无可忍：“老爸，你究竟是老实还是愚蠢？你就没看出她在利用你？”

父亲没有生气，却只是低着头，一下一下地扯着绒衣上的线头。

“小田我想过了，若有人利用我，总好过我完全无用。我这样的老朽，除了她，还能对多少人有用呢？你们到了我这岁数，就有体会了。”

父亲的语气很是平静，是过滤了情绪之后的木然。田田愣了一愣，才按捺下性子，细声细气地说：“过了年，我们再去找一个，背景简单一些，没这么多妖蛾子的。你放心，找不到我就不走。”

父亲的回答也是耐着性子，细声细气的。

“我习惯了春枝，不想找别人了。”

田田转了好几个来回，才找到了春枝的家。

其实田田很早就看见了那幢房子，只是没有想到春枝的家会是这个样子的。

那幢房子说起来，也是江南城乡交接的那些地方常见的模式。方方正正的二层楼房，外墙严严实实地贴了一层马赛克。马赛克是灰色的，那不过是风霜积尘的痕迹。只需一场大雨冲洗，底下就应该是雪白的。这幢楼房和周遭楼房的区别，就在一个大字。敦敦实实的一大块，便先有了一些不容置疑的气势。楼一大，门脸也就大了，不是寻常的一扇铁门，却是大大两开的厚木门。木是层层漆水之后的黑里透红，正中有两个沉重的铜环。那门的颜色质地样式，不由得就叫人觉得这门后应该是藏着故事的。门檐上钉了一个十字架，门上贴着两张艳红的春联，流露着墨汁未干的新喜。上联是“上帝爱人，甚至将他的独生子赐给他们”。下联是“叫一切信他的，不至灭亡，反得永生。”这上下联字数不一，既不对仗，也不押韵，不像是寻常农家的那种喜庆春联，倒像是从圣经上摘下来的。田田便惊异，春枝何时也信了洋教。门大，窗也多。窗是楼的眼睛，本来深邃幽暗，却因贴了许多的窗花，便有了盈盈一丝的笑意。田田走近来，便看见了窗花的功底。都是红纸剪的，也都是鱼，却是各样的姿势。有的恬静，有的喧淘，有的憨厚，有的狡诈。虚是神态，实是细节，栩栩如生，无一雷同——无非是鲤鱼跳龙门年年有余的意思。这幢楼房说新不算新，说旧也不算旧，却把城市的乡村的中式的西洋的各样风格都取了一些，匆匆地揉在了一处。揉得虽有几分生硬，那生硬之处反透出些活活泼泼的生气，俗到了极致，就俗出些别开生面的和谐来。田田暗想拥有这样一处楼房的女人，家境应该算是殷实的，何至于要千里北上给人做保姆呢？

就去敲门。

门没锁，轻轻一推就开了。门厅里坐着一个老太太，正戴着老花镜织毛活。老太太剪了一头短发，齐崭崭油亮亮地带着梳齿的痕迹。上身穿一件雪青色的呢子短大衣，下身穿一件黑布裤子。袖口和裤管里肥肥地露出些毛衣毛裤的卷边——田田猜想大概是春枝的妈。老太太手里的毛活大致成形了，似乎是一件男裤。腰已经完工，老太太正在织大腿分岔处的那个洞。见人来，抬起头，眼镜滑落到鼻尖，手里的线团就滚到了地上。

"何，何老师，出，出事了？"

田田一惊，说你怎么知道我是从何老师那里来的？老太太见田田并无报急的意思，才渐渐松了一口气，捡了地上的线团，掸着上头的灰土，说春枝给我看过你们全家的照片。你们首都的照相技术还不如我们小地方——人可比照相好看呢。就招呼田田坐了，慌慌地进了厨房烧水煮茶。再出来，手里就多了个沉甸甸的木托盘，上面摆了七八个瓷盏，装了金橘橄榄香榧子核桃肉番薯片等等等等，虽都是年节的零嘴，却又比北方的零嘴略微精致些。

老太太挑了一个小巧玲珑的金橘递给田田，问你爸也是我们这个地方的人？田田说我爷爷是矾山人——矾山离藻溪极近，口音也是通的。后来下了南洋，四十岁不到就死在了那边。我爸爸也是在矾山出生的，六七岁就被叔叔带到厦门读书，后来又到了北京，五六十年没回过乡了。老太太就说这回怎么不带你爸来，也好认认乡呢。田田笑笑，却问春枝哪儿去了？老太太说带孩子给班主任老师拜年去了——年年都是初三去的。这孩子，爹娘都不在身边，老师管着，也算是半个父母，很该谢谢的。田田顿了一顿，才问孩子他爸怎么不管？老太太不答，盯了田田一眼，问你找春枝有事？田田慢吞吞地从口袋里掏出一封信，说春枝考英文六级的准考证，寄到我们家来了。我爸劝春枝回去参加考试，补习了这几个月，不考就白费了。

老太太接过信，低了头，喃喃自语起来。田田依稀听见了一句“谢救主恩”，就笑，问春枝也信吗，你这个教？老太太叹了一口气，说她若信了，何至于这个命？好强呀，心里一颗沙子都容不下，怎么能尊主为大？

就叨叨絮絮地说起了春枝的事。

春枝生在乱世。春枝三个月大的时候，春枝的父亲挑了一担藻溪名产细米粉丝去温州城里叫卖，正逢工总司联总司两大派在打巷战，吃了一颗流弹，当场死在了街上。春枝是靠着寡母绣花和编篾席的手艺半饥半饱地长大的。春枝长到十七八岁，一层黑皮猝然蜕去，一夜之间就长成了一个细致的女子。春枝不仅人长得耐看，春枝还绣得一手好花。春枝绣的不是母亲的那些牡丹凤凰，却是藻溪人没有见过的新奇花样。春枝时常去逛镇上的新华书店，不是为了买书，却是为了看书店里新到的西洋印刷画。德意志乡村风情，英格兰教堂街景，法兰西古典肖像，等等等等。春枝一个月的饭钱，都省了去买画。买回来，并不贴在墙上，却拿来做了绣花的蓝本。春枝绣的外国画，藻溪人见了掩了嘴惊叹。就有人花钱买了去，做洞房新居的摆设。再后来，就有人买了用作年节送人的大礼。春枝就是靠这个手艺，才维持自己念完了高中。

春枝岂止是花绣得好，春枝书也读得轻省。从小学到初中到高中，在这么一个师资贫瘠的乡镇里，春枝的成绩也算是鸡群里的那个头了。藻溪乡地处江南，和风细雨的环境里，好看的年轻女子也是常有的。可是脸长得好手也生得巧的，就不多见了。脸长得好，手生得巧，书又读得好的女子，恐怕就是春枝一个了。所以春枝年轻的时候，在乡里是很有点名气的。春枝的家底，原是极薄的，没有人指望这样瘠薄的泥土里，竟能长出这样一朵好花来，于是母亲的腰杆，也就直了些起来。

春枝还在读高中，提亲的人就开始在赵家频繁走动了。春枝正眼也不看一下那些留在饭桌上的照片，只对母亲说要复习考大学。当然真正的原因，母亲是后来才知道的。

春枝的高考成绩本来也勉强够上省城大学的，却为了生活费和就近分配的原因，选择了平阳师范。平阳师范是三年制的学校，春枝念了一年半，就退学回了家。春枝退学，不是因为功课跟不上，而是为了一个男人。

一个叫廖建平的男人。

廖建平是春枝的中学同学，比春枝高一个年级。高中毕业没有考上大学，就应征入伍当了兵。廖建平脑子活泛，手也灵巧，到了部队没多久，就凭着几样小发明，获得全军范围的嘉奖，入了党，提了干。正当仕途一片光明的时候，家里却出了大事——母亲因脑溢血突然半身不遂了。建平家里有一个常年多病的父亲和两个年幼的弟弟，母亲本是家中主事的那个角色，宛如桐油伞中间的那把伞骨。母亲在，伞就撑得起来。母亲一倒，伞就成了一片无用的软纸。建平在军中焦急万分，就写了一封信给春枝。

春枝和建平念高中时都是学生会的干部，两人一起负责学校的广播站。下了课，两人就钻进小小的一间广播室编通讯稿。你开一截头，我续一个尾。你念上一段，我念下一段。春枝的嗓子有些沙哑，像是清晨被露水打蔫了的草叶。建平的嗓子变着音，有些生硬，犹如被大风扯得猎猎生响的一面旗子。两人的声音分开来听其实都有缺欠，合在一起，便将那缺欠的地方补平了，沙哑里渐渐有了娇柔，生硬里也生出了刚阳，叫那念的和听的，都觉出了些韵味。

虽然日日相处，耳鬓厮磨，两人真正私定终身，却是在建平入伍之后的鸿雁传书中完成的。学校的同学，早就将这一档子事，传得沸沸扬扬，唯一蒙在鼓里的，反只有春枝的母亲。

那日春枝接到了建平的信，没和任何人商量一声，就从平阳师范退了学，回到了藻溪，一日三餐地照顾建平的母亲。又把家里的两间旧房腾出一间来，做了个裁缝铺，靠替人裁剪刺绣，支撑着两边家里的费用。春枝的母亲原是一百个不乐意的，母女俩为这件事也不知吵过了多少个回合，后来看见建平往家里寄来的一张张奖状，猜想这人大概算是有几分出息的，也就默许了。

建平在部队里待了几年，提了几级干，提到一个坎上，就上不去了。年限一到，提不上去的，就要转业。建平就转业来到了温州城里，在一家国有企业做了一名行政干部。回乡和春枝结了婚，第二年便有了女儿晓藻。一个小家庭，分在两处住。建平住温州城里，周末年假回藻溪。春枝常年住在藻溪，照顾娘家婆家女儿三头。建平在温州城里坐了几年办公室，看着周遭的人变戏法似的发着财，不甘心满世界的精彩就这样五色生辉地绕着自己流走了，便辞职回到藻溪，办了个小工厂，专做教学用品——大部分都是他自己的创造发明。

刚开始时，不过一间瓦房，三五个兵丁。说是乡镇企业，其实就是一个家庭作坊。建平管产品研制经销，春枝管账，建平的两个弟弟再加上一个弟媳妇，便是企业的全体员工。建平在部队里就广结人缘，全国各地都有战友帮忙建立代销点。研制出来的产品新巧，价格合理，销路很快疏通起来。春枝还没来得及学完速成会计课程，建平公司的账号，就已经大到春枝无法处理的地步了。于是建平专门雇了一个财会班子，打发春枝回家，一心一意地做起了少奶奶。厂房几经扩建之后，公司的总部定在了上海。建平就在上海藻溪两地，过起了飞来飞去的繁忙生活。

建平是个见过世面的人，所以建平和寻常人眼中的乡镇企业家很有些不同。首先建平不像那些人那样满身花花肠子。建平平日不爱喝酒应酬，也极少去歌厅酒吧桑拿吧之类的地方。得了空闲，就带着女儿晓藻坐在藻溪边上钓鱼。是姜太公的钓法，有一搭无一搭的。即使钓着了，也扔回溪里放生去。

建平的与众不同，还在于对老婆的好。建平一年在外边的时候多，怕春枝在家闷，便购买了各样的电影电视剧光盘，一包一包地寄回家给春枝看。建平寄的不是街头小摊上随便一挑，看两下就卡壳，字幕模糊颜色含混的冒牌货。建平挑的片子都是经过秘书小姐推荐的，而且是那种贴了防伪商标的正版片。春枝的四季衣装，也都是建平从广州深圳香港等地亲自选购的。若看上了款式，就能买上一打不同颜色的，让春枝可着心情挑着穿。春枝穿了这样新潮的衣服走在藻溪的路上，总觉得胸前背后到处是眼，便脱了，依旧挂在衣柜里，只等建平回家时，才穿了给建平看。建平在家的日子，除了探访两头的老人，极少出门，一直待在家里陪春枝。有人甚至亲眼看见了建平坐在板凳上给春枝洗脚，春枝双脚在建平怀里乱踹，蹬得一地是水的情景。

建平给两边的老人都雇了保姆。多年照顾娘家婆家的担子，终于从春枝肩上卸了下来。藻溪人都说春枝是有后福的人——为廖家受了这么些年的苦，总算熬出了头。当然这是藻溪人当着春枝和春枝妈的面说的。春枝母女不在场的时候，藻溪人的话就没有这么顺耳了——幸亏春枝听不见。春枝本是劳碌之人，突然闲了下来，便觉得多出了一副手脚，不知如何安置才好，就日日思想着打发日子的方法。

有一年端午节，建平在上海加班没有回藻溪。春枝的一个中学同学的丈夫是开长途汽车的，那人就拉着春枝坐了丈夫的车去苏州无锡玩了一趟。回家的路上，春枝突然心血来潮，改坐了火车去上海看建平。到了上海站给建平打电话，建平没在公司，手机也没开。春枝就自己找去了建平长期租用的宾馆房间，等着建平回来。左等右等，等得天大黑了，才隐隐听见门外有建平的声音。开了门，却见建平手里提着一个篮子，拐进了过道尽头的另一个房间。

建平不是一个人，建平的身边有一个女人。

春枝轻手轻脚地跟过去，只见房门大开着。建平已经把手里的篮子放到了地上，春枝一眼就看见了篮子里是一个婴孩。那孩子一脸折皱，肤色黑红，丑若田鼠——看上去至多一两个月的样子。女人弯下腰把孩子从篮子里抱出来。女人很年轻，面皮白净光滑。一头黑发如泼墨，在脑后用一个塑料卡子松松地绾起，漏了几根发丝，从额上一路垂挂到脖子里——却是春枝没有见过的那种随意。女人个子很高，腿仿佛直接长在了腰上。穿了一件黑色紧身长袖薄毛衣，领口开得极低，女人弯腰下去的时候，就露出了一道深深的乳沟。女人虽然刚刚生产过，腰身却依旧紧瘦，只是胸乳极是饱满，呼之欲出。女人抱孩子的动作稍稍有些笨拙，孩子一下子就醒了，狂哭起来。女人抱着孩子来回晃动着，幅度很大，胸前的那两坨东西心惊肉跳地颤着，仿佛随时要飞出去。建平去洗手间拧了一条湿毛巾出来，给女人擦脸上的汗。擦着擦着，手就探进了女人的领口。女人的身子随着男人的手指扭来扭去，嘴里骂着廖建平你作死呀，眼里却是盈盈的笑意。

春枝软软地靠在门边，恍惚间觉得建平的手指，正丝丝痒痒地抚在自己的胸前。建平多少年没有这副样子了呢？春枝脑子一片空白，只记得那日启程的时候，日是圆的，月是圆的，路程长长的才开了一个头。才过了两天，那照耀她的九十九个太阳和九十九个月亮，突然间一起轰然坠地，世间是一片不分日月的黑暗。她的路，突然就走到了尽头。

"建平，你，你好……"

她听见一个声音轻轻地在墙壁之间飘过来舞过去。那声音仿佛没有经过她的脑子，甚至没有经过她的嘴唇，与她毫无关联地落在空中。突然，建平手里的毛巾落到了地板上。"咚"的一声巨响，地球停止了转动，万籁俱寂。

建平的脸在变换了多种颜色之后，渐渐固定在红与青之间。倒是那个女人比较镇定，拿手臂撞了撞建平，说人家春枝大老远的来看你，要不，你们去那屋聊聊？建平这才醒悟过来，拉着春枝就往他自己的那个房间走去。春枝恍恍惚惚地跟着建平进了屋，坐下了，建平端了杯水过来，问春枝你，你渴了吧？那口气里有失措的殷勤，负疚的客气，却只是无比的陌生。春枝听着，就明白她已是他生活中的客人了。原本存了许多话要问，到了这时，突然悲从中来，便一把摔了杯子，夺门而去。

春枝回到藻溪，就提出离婚。婆家不肯。七十多岁的瘫婆婆让人背着到了赵家，流着眼泪喊皇天，建平这小人咋就生出了六指呢。又拉着春枝的手，说建平和那个女人，都是各有目的的。一个要钱，一个要儿子。春枝你做了绝育手术，不能再生了，建平偌大一份家产，没有儿子，将来传给谁呢？咱们乡下人，再有钱了想的也是乡下人的想法。建平不过是想有个后继的意思。建平和你，才叫真正的结发夫妻呢。这个年头，有钱人包二奶的有的是，建平对你怎样，你心里最清楚，谁也动不了你正宫娘娘的地位。

春枝听了这话，方明白婆婆一家其实早就知道了实情的，却把自己蒙在了鼓里。想起这些年风里雨里伺候婆婆的情景，到头来终究还是血浓于水，心里越发悲哀起来，离婚的信念反而越发坚定了。

春枝自己的娘，自然大骂建平没有良心——当初要做绝育手术，原本也是建平的意思，有了钱，就变了想法。可是骂完了，气也生过了，回过头来还是劝春枝慎重考虑。娘说只要建平改了，和那个女的断了往来，再把春枝接到上海同住，这个婚就不一定要离了——这个年纪，离了一个人过，又能好到哪里去？过惯了安逸日子，难道还要从头来过苦日子吗？春枝听了，只觉得娘这些年已经被建平的钱宠坏了，想的只是日子，而不是女儿，便干脆不再与母亲商量了。

建平从上海回到藻溪，在自己父母家里住下了——春枝不让进家门。找人捎了话给春枝，说婚他是不想离的。事情虽是自己的错，可是做也做下了，这页纸翻是翻不回去的。其实也就是一道坎，眼睛一闭就过去了，就看你愿不愿意。你若愿意，咱们还是跟从前那样一心一意过日子。我就在藻溪专程听你的回话，啥时回话来了啥时走。

春枝冷冷一笑，也让人捎话回去，问咋“一心一意”过日子？和那个女人一块儿过？建平说人家从来没有非分的想法，是你容不得她。春枝听了这话，彻心彻肺地凉了，当下就给了回话：这个坎过不去。

离婚离得有几分辛苦，主要是因为晓藻的抚养权。建平虽对春枝有了二心，却是极爱这个女儿的，死活要带着走。春枝坚决不肯。建平说春枝你给我晓藻，我让你和你妈一辈子衣枕无忧。春枝说我要是给了你晓藻，我一辈子活着还有什么盼头？建平急了，说你若不给晓藻，你休想从我手里得到一分钱的赡养费。春枝当下就在离婚协议书上签了字，放弃建平的所有资产，却留下了晓藻。

就这样，春枝从十年的婚姻里走出来，只带走了女儿和现在住的这幢房子。

春枝中学的一位好友，嫁了个北方丈夫在北京生活了多年。听说了春枝的事，很是替春枝打抱不平，就买了张火车票接春枝到北京散心。春枝原本没打算长住的，却刚巧碰上女友的丈夫的老板托女友给找一个南方保姆，会做江浙口味饭食的，来照顾家里的两个老人。女友就劝春枝去试一试。谁知春枝这一去，一待就是四年，直到送了两个老人的终。那老两口平时有些积蓄，又和春枝投缘，所以身后留下一份详尽的遗嘱里，竟然也有春枝的一份，是两万元。春枝从前风光的时候，两万元也就是揣在兜里的零花。可是再风光，那也是建平的钱，与她隔了一层皮。如今星移斗转，两万元突然就很有了些重量，不仅因为她需要钱，也因为这钱是她自己一分一厘挣来的，有几分撕心扯肉的牵连感。

春枝得了钱，就立马在银行存了个活期户头。这笔钱虽然一分也还没花出去，春枝却早已有了打算的。这一笔钱，再加上这四年省吃俭用的积攒，满打满算刚好是三万七千元。春枝早打听好了，如果把晓藻转到北京来上学，需要四万元的赞助费。再问亲戚借个三千两千的周转一下，晓藻下个学期就可以上北京读书了——如果找得到住处的话。

春枝妈说这话的时候没有抬头看田田，织毛裤的手微微地有些颤抖。裤裆的那个洞已经完工，老太太伸进一个手指探了探洞口的大小，田田几乎被这个动作逗得笑出声来，却终于忍住了。

“我爸是退休教师，固定工资，没有积蓄，也不会有遗产。”田田说。

“我们家的住房，虽然有三个房间，我们兄妹两个常常回家，都是要住的。”

春枝妈没有搭话。一屋的沉默如山石，压得田田双肩生疼，身子便渐渐低矮了下去。半晌，老太太才轻轻地笑了一声，将那山石破开细细一个洞，空气方有些流通起来。

“春枝至今最后悔的一件事，就是当年为了廖建平，没把平阳师范念完。所以死活也得让晓藻读上好学校。晓藻若是个男孩，春枝反不用那么操心。女人的命运不能放在男人的手心上——这是你爸给春枝说的。春枝信你爸。”

这时门咚的一声撞开了，进来一个体态瘦弱的女孩子。女孩将两只手放在嘴里哈着暖，一边蹬鞋，一边说：“外婆，老师今年给了压岁……”女孩说了一半，突然看见了屋里的生客，就把后半截话咽了回去，低了头站在门厅里，脸儿涨得飞红。

后面跟进来的是春枝。春枝看见田田，也是一愣。还没等说话，田田已经从提包里取出一张纸来，铺在饭桌上，慢悠悠地说春枝你来得正好，给我找支笔，最好是黑墨的，我们起草个合同，关于我们家住房的使用条件。

春枝没有动，却对女孩子说晓藻你去南记称两斤鲜枣回来，颜色翠些的，有虫眼的给挑出来。女孩子哎了一声，正要出门，春枝妈站起来，说她哪里知道，还不得我跟着去。老太太出了门，又折回来，说田田小姐你要是明天走，我的毛裤就织完了，正好给你爸带回去。

你爸是读书人，讲究着呢，说穿棉裤太肥，不好看。春枝给买了海马毛的，也暖，也薄，也好看。

婆孙两人走了，屋里的两人一时无话。后来春枝呵呵地清了几回嗓子，才问何老师他，还好吗？田田看了春枝一眼，说你觉得呢？大年夜一个人坐在黑屋子里，孤苦伶仃，连茶也是凉的。

春枝不吱声。田田以为春枝有了愧疚，正想趁势再数落几句，谁知春枝却将头抬了，两眼炯炯地看着田田，说：

大姐是你扔下了何老师，不是我。

关于部门合并裁员的消息，已经在银行传了好几个月了。刚开始传的时候，草木皆兵，人人自危。一通电话，一封电子邮件，一个眼神，都可以随时解释为某种先兆。消息传了几个月之后，势头渐弱，恐惧如沙子慢慢地沉了下去，麻木如油星子渐渐地浮了上来，人们也就习惯了在麻木之中混吃等死的姿势。所以那天当田田接到部门总经理的电话时，她完全没有想到这竟是自己在银行工作的最后一天。

银行保安部的两位工作人员跟着田田去了办公室，监督着田田清理了办公桌上的个人用品。三四年的日子，积累起来，不过小小的一个纸箱子。同事围拢过来，拥抱，握手，情绪复杂。惜别是真实的，庆幸也是真实的——走了一个，留下的人似乎又多了一份保险。保安部的人员一路护送田田出了银行的门——是怕田田带走内部资料和电脑内存文件。虽然早就知道这是银行裁员的老规矩，田田抱着纸箱子走出银行大门的时候，眼泪却忍不住流了下来。

走到街上，才发现今天的天气不错——平常这个时候，田田大多在上班，极少能看到街上的景致。太阳歇息了一个季节，正有力气，晒在身上有几分重量。风不知何时已失却了棱角，变得四平八稳起来。

路上的积雪只剩了一层虚空的架子，车驶过，便瘫软成一团泥泞。靴子踩在地上，已经隐约感觉到了泥泞之下蠢蠢欲动的春意。可是今天田田只是借了这隐隐一点的春意赶路，今天田田管不了春意。

走到街角搭公车的地方，田田看见有人摆了水桶在卖花。卖花的是一个年轻的女孩子，吆喝的声气里带着一丝生疏和羞涩。“新鲜的，给你的瓦伦丁，买一束吧。”田田这才想起今天是情人节。便弯下腰，仔细地挑选了一枝粉红色的玫瑰，又把找头塞回到卖花女的手里。女孩谢了又谢，说愿你和你的瓦伦丁，有一个愉快的夜晚。田田把花插在纸箱的把手上，笑了笑，说：这是我平生的，第一枝花。

田田上了公车，坐了很多站，也没下来转地铁，却一路坐到了末站。

是海德公园站。

公园极是寂静。二月的树林依旧光秃，林荫道失去了枝叶的遮掩，突然就显得开阔笔直起来。一眼望到头，只有一对衣装整洁的老夫妻，牵了一条狗，在慢慢地散步。田田的脚步声很轻，狗却听见了，警醒地竖着耳朵，吠了起来。树林瞬间活了，宁静嘤嗡地散落了一地。

田田原本只是想找一张凳子坐一坐的，却没想到走了很远的路，依旧没有找到凳子，手里的纸箱却渐渐地沉了起来。就找了一块干地，把纸箱搁下，自己坐在了上面。

明天写一份履历，找几家职业介绍所发一发。上一次写履历是四年前的事了，内容早就过时了。推荐人找谁呢？决不找部门经理。自己一直是他手下的干将，替他开发了多少客户，在总部争得了多少风光体面。结果她却成为他手下第一个走的人。那句成语是什么来着：狡兔死，猎犬烹。可是谁是兔谁是犬呢？他递给她那张解雇通知的时候，眼睛都没敢看她——不信他心里没有愧疚。看这点愧疚能走多远。说不定，他会给她介绍另一家银行——他在银行界做了很久了，熟人大约总有几个的。换一行还得从头适应。要不，还是给他打个电话吧。也不全怨他，总部要裁员，名额派下来，总得落到某个人头上。听说右派也是这么评出来的。

明天，明天再说吧。

太阳正高，照着身子如暖雪般酥软。眼皮渐渐沉涩起来，思绪陷入茫茫荒漠，哪条路都是死路。

散步的老夫妻从林荫道尽头折回来，看见一棵硕大的雪杉树下，坐着一个娇小的中国女子。女子仰脸靠在树干上睡着了，头发脸颊上粘了些褐色的树皮。女子的膝盖上放了一枝玫瑰，蔫蔫地垂着头。狗低头闻了闻花，静静地走开了。

田田醒来的时候，天已经黑了，路灯照得林荫道幽黑深远。田田是被手机震醒的。田田的手机是为客户预备的，平时电话多，怕影响别人办公，所以就把铃声设置成了无声的震动。田田慌慌地打开手提包，在钱夹子化妆品手纸梳子笔记本支票本的重围中，找到了活蹦乱跳的手机。抓住了，接起来，习惯性地用英文说：您好，我是道明银行的何田田，有什么事我可以帮到您？说完了，才想起历史已经改写，却懒得更正了。

那头是秦阳。

“田田你在哪里？我快把你熟人都找遍了。银行说你早走了，手机你也不接。”

田田响响地打了一个哈欠，说我在一棵百年老树之下睡着了，做了一场春秋大梦。原以为眼睛一睁，世上已千年，恐龙复活，满街走着外星人。结果还是那么些旧事旧人——你这个电话打得好不扫兴。

秦阳顿了一顿，才说田田你不要动，告诉我你在哪里，我马上过来接。不就是一份工作吗？我们再找就是了。

田田也顿了一顿，说：可不就是一份工作吗？大不了你把我养起来就是了，着什么急呢。

秦阳无话。半晌，才迟迟疑疑地说："其实，央街上的那家咖啡馆，要是真的顶下来，也是不错的。自己做自己的老板，谁也炒不了你的鱿鱼。"

秦阳是在《多伦多星报》上看到那家咖啡馆的广告的，业主得了重病，急待出手。秦阳去看了几次，说生意极好，价格也合适。秦阳回来，就在田田耳边刮风。秦阳刮风的目的很明确，是问田田借钱。田田装糊涂，从不表态。今天不知怎的，却极是烦躁起来："秦阳你别盘算我那几个钱，不够你招摇几天的。要做老板你去做就是了，我给你打工好了——谁还不知道省心呢。"说完就将电话吱地一声揿死了，心里那一股无名火压了很久，才渐渐压了下去。

那天两人回到家来，秦阳早已备下一桌的酒菜——原是过情人节的意思。田田在外边走了一天，饿，也渴。便狂饮了几杯，一时烂醉如泥。半夜醒来，听见秦阳的鼾声如流水细细碎碎地灌满了屋里的每一个角落，竟叫她无处可逃遁。便下了地，摸黑开了抽屉，窸窸窣窣地翻着了一盒烟。烟是陈年的旧货，带着些潮气，点了几回才点着。田田是住在娘家打离婚官司的那一阵子学会抽烟的，当然得背着母亲。不是怕，而是忍受不了唠叨。后来得了一场重感冒，突然就厌烦了那味道，就自然戒了。隔了多年重拾起来，气味熟稔而陌生，说不上喜欢，也说不上不喜欢，只是一种恍若隔世的感觉。蹲在房角，看见月光漏过窗帘缝，黄黄地照着秦阳的脸，朦朦胧胧地仿佛长了一层绒毛，眉眼如婴儿般安详。

一无所有也是一种福气。赤裸裸地行在世上的人，随意抓住一样东西，都是收获。他遇到了她，他紧紧抓住了她。她交着他的房租，他开着她的车。她是他遮雨的屋檐，他舀饭的锅，他行路的脚，他歇息的床。她是他可以安然入睡的原因。可是她呢？她的房子只付了小小的一笔首期，剩下的，是硕大一笔的贷款，需要月月还着。还有水电费，车保险汽油费，物业管理费，当然还有女人买花戴的开销。她的失业保险金比她正常的收入少了一大半。她要管自己，要管他，还要管父亲。父亲的保姆，父亲的部分医疗费用，天长日久的，也是一笔不小的开销。她夜半醒来，突然觉得整个世界都靠在了她的肩膀上，便憎恨起秦阳的安然无虑来。

早上一睁眼，发现秦阳已经起床了。田田看了看手表，已经到了平日上班的时候。就想趁老板刚上班的空闲给他打个电话，让他帮着介绍一份工作。拿起电话，却听见里边有个陌生的女人声音，才明白是秦阳在客厅里用电话。“还要拖多久？总得有个了断……”女人的话她只听了半截，因为秦阳很快就把电话掐断了。过了一会儿，电话铃响了。他不接，她也不接。铃声终于静了下去，却只静了一小会儿，便又惊天动地地响起。她忍不住赤脚跑出去接，那头不说话。她就冷冷一笑，说秦阳你是不是要告诉我点什么呢？秦阳的脸一下子白了，却不回答。

田田一把扯开窗帘，阳光如白水，猛烈汹涌地倾入客厅，满屋飞尘，一片混沌。一个年轻的早晨，还未来得及经历世事，就已经炽烈地熟了，熟得可以随时老去。田田一时万念俱灰，扬了扬手，对秦阳说你，你搬出去，马上。

秦阳嚅嚅地说，其实，刚才……田田抓过桌上的裁纸刀，将刀尖指着自己的心口，大喝一声：“秦阳你再说一句，我就扎给你看。”秦阳吓了一跳，便闭嘴进了卧室。刀从田田手里嚯啷一声掉了下去，田田的身子抖得仿佛随时要散成一地碎片。裹在一片厚重的阳光里，却只觉得冷，从心尖上丝丝缕缕地渗出来的，擦也擦不干的那种阴冷。

秦阳在屋里窸窸窣窣地收拾着自己的物件。几个月的记忆，收拾起来，也就是一大一小两个箱子。锁好了，慢慢地拖过客厅，拖到门口，又返回卧室，拿了一件厚浴袍，递给田田，说你穿上这个，送我到楼下，可以吗？田田想说不，却不由自主地跟着秦阳走进了电梯。

两人站在电梯里，他没按电钮。她也没有。电梯门自动关闭了，电梯却没有动。他说钥匙我放在床头柜上了，车子我先开走，卸下箱子再给你开回来。她没说话。她其实是期待着他再说些别的，可是他没有。电梯间不大，两人中间隔着两个箱子，其实还有些拥挤。只要略微伸展一下手脚，他们可以随时相碰。可是他们彼此对站着，中间仿佛隔了一亿个光年。终于，他的手伸过那些光年，按住了那个已经被人磨得油光锃亮的P1电钮。电梯轰隆轰隆地伏冲了下去。

没有了，他们之间再也不会有第三次的开始了。田田迷迷糊糊地想。

突然电梯猛烈地晃了一晃，骤然停了下来。田田的五脏六腑被高高地揪了起来，又重重地摔了下去，血猛烈地拍打着耳膜，耳朵一阵轰鸣。箱子闷闷地倒了下去，压在脚趾上。田田想抽脚，却看不见箱子——电梯里一片黑暗。

电梯坏了。秦阳说。

他摸索着跨过箱子，去找电钮盘上的警铃。印象中似乎在右下角。他一个一个按钮地试过去，没有任何声响。

手机，打911。他提醒她。

她摸了摸口袋，醒悟过来她穿的是浴袍，手机放在房间里没带出来。

等吧。他叹了一口气，摸索着把箱子放平了让她坐。他在她旁边坐下。她脱了鞋，摸到了脚指头上的湿黏，知道是血，突然感到了一扯一扯的疼。

她从来没有经历过这样一种没有一丝缝隙，没有开始也没有终结的黑暗。黑暗从四面八方朝她拥挤过来，越来越重。她身上的每一样器官，仿佛都被挤压成薄薄的一片，争先恐后地要从胸腔里突围。她号叫了一声，用拳头狠狠地砸着电梯的墙。她的力度和疯狂把她和他都吓了一跳。

他用双臂将她死命地箍住了，说田田你要是还想活，就要保持体力，减少氧气消耗——我们停在两层楼之间，没有人会听得见你。

他摸索着解开了她浴袍上的带子，瞬间摸到了她的温软。她的温软如水流了他一掌，水中有两块小小的卵石，坚挺地磨着他的掌心。她低低地呻吟着，终于安静了下来，将头无力地靠在他的肩上。她的肚子响亮地叫了一声。紧接着，他的肚子也响亮地叫了一声，仿佛是夏日池塘里相互呼应的蛙鸣。两人忍不住笑出了声。

田田，万一我们就死在这里了，有些话，我总是要告诉你的。

那个女人，是我老板的表妹。香港人，二十多年的老移民。老公死了，急着想再找个人。

我在国内日子过得腻味了，是想换种活法才出国的。蛇头说到了多伦多，六个月就可以拿到身份。随便找份工作，都是四五万年薪，折合人民币，就是三四十万。

出来了，才知道蛇头的话不实，却晚了。原本想赚够还债的钱就回去的，谁知遇到了你。

我知道你想我来帮你，可是你若不先帮我，我就帮不了你。你明知道的，却怕投进去了收不回来。你信不过我。

其实她也和你一样精，只不过她敢赌，你不敢。

田田不说话。尿意渐渐聚集起来，在小腹聚成一丝尖锐的刺疼。秦阳找到了箱子的拉锁，拉开来，摸出一个平时骑自行车用的钢盔，倒放在墙角，说你将就吧。

水声响了很久，从低浅响到满盈。到最终停下来的时候，他塞给她一块布，说擦擦干净。她擦了，才感觉出是他的领带。心想，这个男人对她，也许是有一两分真心的。她和他的关系，其实也不外乎是一种风险投资。投对了，她也许就有了依托。投错了，她的下半辈子可能就是竹篮打水一场空。

也许，事情并没有这么严重。投错了，她至多不过再被人利用一次。若不投这一注，她连拥有水的希望也没有。能被人利用，总好过完全无用。这是谁的话？好像是父亲的话。什么时候说的？不记得了。

田田迷迷糊糊地睡了过去。

没过多久，就饿醒了。最初的饿意是明确而尖锐的，如虫如蚁如针在肠胃里蠕蠕地爬过，每一步都在刺痛。田田仔仔细细地回忆着冰箱里的内容，每一格每一抽屉每一样物品都有了细致而具体的盘算。田田在想象中把它们以各种方式各种组合烹饪成众多的菜肴，每一道菜都让她垂涎欲滴。她听见自己的舌头在嘴里一遍又一遍地翻滚着，直到唾液渐渐干涸，舌头肿大得再也无法滚动。饿意渐渐麻木起来，她便再次睡了过去。

就这样，田田睡睡醒醒了多次，后来就完全失却了时间的概念。最后一次醒过来，她想问秦阳大概是几点钟了。她动了动嘴，却发不出声音。她知道她已经没有力气了。她突然想起了涸泽里的鱼——微微开启的嘴，蒙着翳子的白眼珠。

我不想死。我真的，真的，真的不想死。

田田默默地一遍一遍地对自己说。她靠这句话支撑了很久，却没有支撑到底，就再一次陷入了长久的昏睡。

后来她被一道眩目的白光刺醒，听见一个声音遥遥地传过来。“给她戴上眼罩。”白光消失了，白光的记忆却如刀刃久久地搁在她的视网膜上，锋利，鲜明，一碰就是伤痕。她听见了街音。她听见泥水在车轮的碾压之下溅落的声音，她听见商店橱窗里的风铃轻轻震颤的声音，她听见了一个小女孩和母亲的争吵声，她听见橡皮手套相互摩擦针筒跌落在托盘里的声音。

“他呢？”她扯住了护士的衣袖，喑哑地问。

“他在另外一辆救护车上，平安。”

“告诉他，请他定个日子。”

“什么日子？”

“他知道。”

田田说完这句话，就昏迷了过去。

田田和秦阳于四月五日举行了婚礼。

选择在这一天结婚，是因为正好是周六，而且他俩合开的咖啡店要在两个星期之后开张——开张之后他们就不会有时间结婚了。

婚礼是在田田一位好朋友家后院的玻璃暖房里举行的。邀请了一位法官到场，签字证婚，然后一行人去一个自助餐厅吃了一顿饭，就算礼成。

秦阳穿了一套深蓝色的西服，扎了一条橘红色的领带。衣服很合身，领带的颜色却有些跳——是田田坚持的。这条领带是那日田田在电梯间里小解时应急用过的，秦阳原本是要扔了的，田田却拿去干洗了，说是留个纪念。众人见秦阳穿戴齐整的样子有点怪，都暗笑，说后备役转正规军的时候，大约都是这个样子。

田田婚礼上穿的是一件粉红色的连衣裙，领口裙裾都镶了些花边，不像新娘，倒更像是伴娘。秦阳问田田为什么不选一件白色的衣裙呢？田田说脸黑的人穿白的不好看，反差太厉害。田田没有说出来的那半截话，秦阳大约是猜不到的。田田银行的同事，曾经告诉过她，二婚的女人居多不穿白——毕竟是失过清白了。

晚宴完毕，送走客人，两人走在回家的路上，田田突然想起今天原来是清明。她就推了推秦阳，说你怎么挑了这么个日子娶亲？这是奠祭死人的日子。秦阳酒上了脸，笑起来一嘴牙龈：“咱俩已经死过一回了，还怕什么？”

那日两人困在电梯里，只以为是楼里的电梯坏了，却不知外边的世界正在经历数十年未遇的灾祸。从北卡州到纽约州再到加拿大东部，电力网全线瘫痪了三四天。有人说是设备陈旧，有人说是黑客破坏，也有人说是本·拉登恐怖组织的行为。当田田和秦阳在昏迷和清醒的边缘来回浮游的时候，那个叫多伦多的都市正如一只断失了羽翼的大鹏，骤然跌落在自己筑就的牢笼里。困顿，烦躁，完全失去理性，随时进入疯狂状态。街边停着无数辆因无法加油而瘫痪的汽车，商店里充斥着臭味四溢的变质食品。手机连通网在勉强应付了几个小时之后，终于陷入全线的忙音。医院急诊室的过道里，坐满了重感冒的病人。蜡烛和打火机在两个小时内完全脱销。街角杂货店的矿泉水一夜之间涨了三倍的价格。天虽然还没有整个塌下，人们却已经感到了云低低地压在头顶的重量。在这一场没有一丝硝烟的战争中，人输得很惨。人不是输给了人，人却是输给了电。所造之物翻脸不认那造物的，工具居然打败了工匠。灾祸过后的城市慢慢地复苏着，后怕却一天天地加增。

听到大停电期间的种种恐怖故事，秦阳只是微笑不语。私下里却对田田说，没有大停电，哪还会有咱俩的今天？田田听了，不禁一怔。老天爷让这个硕大的都市在这样的灾祸里走过一遭，城塌了一方，人行过了死荫的幽谷，仿佛只是为了成全一段艰难的姻缘。想及此，心中便骇然。

田田两次回国，都没有和父亲说起过秦阳。和前夫相比，秦阳几乎不具备任何引起父亲兴趣的特征。婚礼的前一个星期，田田打电话回家，告诉父亲自己要结婚了。告诉这两个字在这里是一种相对准确的用法，因为田田并没有打算征求父亲的意见。事先田田准备了一些应付父亲问题的答案，可是事到临头却一点也没有派上用场。父亲沉默了一会儿，才问那个人，他对你好吗？田田说他除了对我好，就一无所有了。父亲笑了，是一种钢球在玻璃面上滚过的富有弹性的开怀的大笑："他若对你不好，你才一无所有呢。"父亲那天的笑在田田的耳膜上划出了一道深深的刮痕，不是疼，而是一种出乎意料的惊奇——父亲已经很多年没有这样笑过了。

"我的责任总算是完了。"

父亲说这话的时候叹了一口气，那叹息听上去不像是伤感，倒更像是卸下了千斤重担之后的那种惬意。放下电话，田田也是一身轻松——如同常年生活在缺水地带的人突然经历了一次温泉沐浴，田田感觉到她对婚姻的最后一丝顾虑已经随着身上的污垢在水中完全瓦解。

田田和秦阳说起和父亲的那次通话。田田隐隐觉得父亲身上有了一些变化。秦阳问变在哪里，田田思索良久，却无以对答。

很快田田就知道父亲卸下的是什么重担。

婚礼之后的第三天凌晨，田田床头的电话响了。这种时候的电话铃声听起来隐隐有些不祥，田田一下子就醒了，坐起来，很是心惊肉跳。

是元元。

爸爸失踪了。整整三天了。哪里都找过了。

隔着电话线，元元的声音仿佛是风里晾过的干柴，裂了许多条缝，每一条缝里都塞满了惊恐。田田觉得年近四十的哥哥一下子变成了一个无措的孩子。

三天前他给我打电话，说他要结婚了，娶春枝。我说这么大的事，你也得和我们商量过。他说没想和你们商量，只想告诉你们一声——你们结婚，和我商量过吗？

我气昏了，就骂那个女人实在是太精了，踩准了点，先探进一只脚，再进来一整个身子，再把女儿塞进来。三陪几陪的小姐，可没有她这个能耐。爸爸把电话摔了。再打，就怎么也打不通了。我赶去北京，门锁着，人却没有了——两个都不见了。

别出什么事才好——妈出了事，咱们在人前已经抬不起头了。他要再出个事，我们就永远也说不清楚了。

田田放下电话，双手捧着头，久久无话。秦阳也醒了，连问几遍怎么了，田田才指着他的太阳穴，怒目圆睁地说：

“秦阳，你给我听着，过了七十咱们决不多活一天——人老了怎么就这么糊涂呀。”

田田是在那条叫藻溪的水边找到父亲何淳安的。

藻溪是条小溪，线似的在山石中流过。石头很乱，从那岸歪歪扭扭地铺过这岸，就成了涉水的丁步。太阳还嫩，落在水面苍白无力。柳叶还没有长全，远远看过去，却已隐约有些郁郁葱葱的架势了。父亲坐在一块岩石上钓鱼，身边蹲着一个十四五岁的女孩子，正在帮他穿蚯蚓。父亲甩杆的动作很是落力，仿佛在上演一出细节到位的戏文，钓鱼绳在空中留下一个弧形的划痕。

父亲的全出戏文只有一个观众，就是春枝。

田田突然想起临行前秦阳说的一句话：千金难买糊涂人的快乐。

弃猫阿惶

闹钟一阵叮啷狂响，将小楷从梦里骤然摇醒。坐起来，心犹跳得万马奔腾的。拽过一角被子来捂在胸口，方渐渐地平伏了些。从被子里探出一只脚来揿床尾的闹钟，却死活揿不下去，才猛然明白过来今天是单周的周六，不上班。那响动不是闹钟，是门铃。

是尚捷送阿惶来了。

小楷咚的一声跳下地来，冲进洗手间，哗哗地开了龙头。刷牙是来不及了，只能蘸湿了一根指头上上下下抹了抹牙齿，又掬了一小把凉水将头发胡乱顺了顺。镜子里的那张脸带着两抹初醒的潮红，看着马马虎虎还算顺眼——这才趿了拖鞋踢踢踏踏地去开门。

一边走，一边想，其实，自己什么样的烂样子尚捷没有见过呢？那段日子，过得人不人鬼不鬼的，自己竟然没有在乎过。现在还在乎什么呢？

那时小楷刚来多伦多，尚捷还在大学里念博士学位。导师手里只有半份奖学金，那另外的半份，是要靠小楷打工来挣的。都是打工，小楷和其他陪读太太打的却不是一样的工。其他的太太们都是风里来雨里去搭地铁转公车，要么去中餐馆洗碗当女招待，要么到华人超市择菜收银，而小楷却从来不需要出门。小楷的工作是看护公寓楼里一家邻居的三个孩子，各是五岁三岁和八个月。早上上班之前父母把孩子搁到她家，晚上下班之后从她家里领回去。衣服食物饮料等一应用品，都是父母准备好的，一天一个大包，她只需要伸出手来接一把就可以了，连门槛都不用迈出去。她既然不需要出门，也就不用操心衣着打扮的事。早上起床是什么样子，晚上上床也是什么样子。一天除了刷牙的时候免不了在镜子跟前晃一晃，她几乎连自己长得什么样子都记不得了。出国前置办的一箱子时髦衣装，在衣橱里一动不动地挂了几年。当她终于想起来的时候，却已经胖得穿不进去了。那时尚捷的心思都在论文上，家对他来说也就是吃一顿饭睡一宿觉的地方。她以为他根本没有在意她的样子，可是她错了。等到她意识到这个问题的时候，事情已经进入了一个不可逆转的旋涡。

外边下雪了。

今年是个短秋，枝头的叶子还没有落完，冬就来了。雪是那种毫无重量的干雪，飘在空中，是灰蒙蒙一片的粉尘。落到地上，还是粉尘，只是颜色更脏了些，半天也踩不出一滴水珠来。风像一匹饿久了的狼，声色凄利，却没有多少力气，树枝摇得有些虚张声势。小楷开了门，看见尚捷站在门口，脖子矮在绒衣领里，结了霜的眼镜像两块过期泛潮的橡皮膏，模模糊糊地贴住了两只眼睛。大衣前襟鼓鼓囊囊的，里边裹的是阿惶。

尚捷一进门，阿惶就从他的怀里蹿出来，摇摇晃晃地朝小楷滚过来，咻咻地闻着小楷的脚指头。挨个闻过了，就将身子往地上一倒，摊开四蹄，露出黄黄的一个肚皮。小楷知道那是要她挠痒的意思，就蹲下身来，上上下下地挠了起来。阿惶顿时嘴大眼小起来，呼噜声大作。挠了几个来回，小楷突然发现阿惶的左前蹄软软地蜷成一个球，总也不肯伸展开来，就拿手去掰。这一掰，阿惶就呼地站了起来，连连退了好几步——却用的是三条腿。

“昨晚从楼梯上摔下来，可能伤了筋骨。观察几天，若还不好，就得去看动物中心的兽医。”尚捷说。

阿惶是一只三岁半大的母猫，是小楷尚捷从动物收留中心领养的。那时尚捷每晚都要去学校准备论文，留小楷一个人在家里，看不懂英文电视，又没有什么朋友可以谈天，很是无聊寂寞，就央求尚捷养一只狗做伴。说了几次，尚捷都不吭声。后来实在逼不过，才说有时间学点英文不好吗？托福班口语班写作班，什么程度都有，随便找个班都行。小楷说这三个小鬼累了我一天，学不进去呀。尚捷的脸紧了一紧，说那你就准备这么做一辈子睁眼瞎？起码你得听得懂医生警察天气预报吧？小楷嬉皮笑脸地说我不是有你吗？咱俩有一个通英文就行了。这一辈子，我反正是赖上你了。尚捷无话，半晌，才叹了一口气，说天天遛狗太麻烦，不如养一只猫吧。

第二天两人到宠物商店一问价格，伸出去的舌头半天没有缩回来，却再也不提这个话题了。后来有同学告诉他们东城有一个动物收留中心，可以免费领养动物。两人去了那里，几个大厅，满满的都是笼子，横看成排竖看成条，装的都是猫狗。小楷喜欢纯白的，尚捷喜欢带花点的，一时看花了眼，却只是决定不下。工作人员带着他们去了尽里头的一个角落，指了指一个挂了红牌的铁笼，叹了口气，说：

“这一只，今天再没有人领，明天就得处理掉了。”

笼里是一只黄狸猫，身子极小，双眸却大如琉璃珠，一张脸上除了眼睛似乎一无所有。毛发稀疏斑驳，背上有一块铜钱大小的秃斑——像是烫伤。见人来，只往角落里退，退到再无可退之处，就将脊背拱起，几根瘦毛直直地张开，如风里的蒲公英。

“这一窝猫一共是四只，被主人遗弃在高速公路上，都受过伤。我们收留后，治愈了，其他三只很快就被人领养了，这只因为身上有块疤，破了相，一直没有人要。收留中心的地方小，动物太多。如果两个月内没有人领养，就不得不注射处死。明天它就满两个月了。”

小楷问它有名字吗？说有，叫耶露。小楷的英文虽然有限，也知道耶露翻成中文，就是阿黄的意思。小楷轻轻叫了声“阿黄”。没有回应。又叫了一声。依旧没有回应，那高耸的脊背却渐渐地平伏了些下去。小楷从兜里掏出一张口香糖纸，窸窸窣窣地揉成一团，放在掌心，将手伸进笼里引阿黄。阿黄迟疑了半晌，终于缓缓地走过来，将鼻子凑在纸团上，咻咻地闻了几下，突然伸出舌头，舔了一下小楷的手。工作人员说神了神了，这个耶露，从来不理人的，倒和你有缘呢！没话说，它就是你的了。耶露湿漉漉地看了小楷一眼，小楷心里不由得牵了一牵，回头看尚捷，尚捷顿了一顿，说就是它吧。

工作人员千恩万谢地准备着一应领养文件和搬运的纸箱，说耶露今后的一切医疗费用，都由中心负责，有病有痛就来看我们的兽医。小楷捧着纸箱坐进车里，像是捧了一件易碎瓷器，一路阿黄阿黄地叫个不停。尚捷忍不住笑了，说看它那副惶惶不可终日的样子，还不如叫阿惶呢。

于是阿黄正式易名阿惶。

阿惶跟小楷尚捷到了家，马上钻进了床底下，任千呼万唤只是不出来。尚捷将动物收留中心送的猫食倒在一个小碗里，放在床头，又在旁边搁了一碟子水，阿惶却正眼也不瞧一下。第一天是这样。第二天还是这样。到了第三天早上，小楷再也忍不住了，就给动物收留中心打电话讨教。那边的兽医说狗跟主人走，猫跟环境走。环境变了，猫就什么也认不得了。只有找出它最喜欢的口味，耐心哄诱它吃。小楷和尚捷立刻跑去宠物商店，买了一堆各样口味的猫食，摆开五六个盘子，哄阿惶吃，阿惶依旧不吃不喝不动。到了第四天晚上，两人听着床底下一丝动静也无，以为阿惶死了，就顶了一头灰尘爬进床底下查看。慌慌地拖了阿惶出来，已是气若游丝了。尚捷灵机一动，想起冰箱里有一瓶牛奶。就将牛奶放在微波炉里温和了，倒在一个小瓶子里，灌给阿惶喝。阿惶虽是百般不情愿，却已经没有力气挣扎了，竟由着他俩灌了大半瓶。喝过了，眼睛一眯，就歪在小楷的身上睡了过去。

小楷搂着阿惶，一动也不敢动，就怕阿惶醒了又要逃走，结果和衣在沙发上半睡半醒地对付了一宿。第二天一早醒过来，手麻得如扎了千根万根细针，阿惶却没了。刚要找，尚捷嘘了一声，指指床头，只见阿惶正蹲在地上大口大口地吃食。阳光炸开一条白带，照得阿惶遍体灿黄，屋里的灰尘若金粉银粉四处飞舞，小楷瞬间感觉轻松如飞尘，忍不住叫了一声"阿惶你怎么可以这么气我呀"，阿惶一惊，尾巴一抖，飞快地窜回了床底下。

阿惶终于在小楷尚捷的家中渐渐地安居下来。阿惶在高速公路上逃生的过程中大概受到过很多惊吓，所以阿惶很有些神经质。阿惶习惯了吃偷来之食，对于本属于它的食物反而胆战心惊，不知所措。阿惶吃食时十步之内不能有人，略闻人声，就夹起尾巴逃之夭夭，宁愿饿死，也不愿出来。小楷喂猫，都得阿惶阿惶地喊上半天，把碗敲得叮当乱响，然后躲进厕所，大气也不敢出，从门缝里偷看阿惶鬼鬼祟祟一步一回头地从角落里踅出来，两个耳朵竖得尖刀似的，哆哆嗦嗦战战兢兢地吃完了食，才敢从厕所里走出来。阿惶的这个怪癖，一直到半年以后，才渐渐有些好转。也就是从那时开始，阿惶才渐渐地像了一只家猫。

开始时阿惶只是小楷的阿惶，尚捷在家的时间少，有时看见阿惶追着自己的尾巴团团转，在地板上跑出一个又一个的黄圈圈，也觉得好玩，但尚捷的心思，却是没在阿惶身上的。阿惶最终也成为了尚捷的阿惶，还是小楷和尚捷第一次大争吵之后的事。

那次争吵的起因，只是一件小事。尚捷回家洗澡，发现换洗的内裤没有了——一大篓的脏衣服，都还没来得及洗。尚捷一边把脏衣服往洗衣机里扔，一边忍不住叨叨，说一整天都在家的，也不知都干些什么了。那天小楷照看的孩子在生病，特别闹，小楷累了一天，正没好气，回话的语气就很是恶毒。

“整天在家，啥也没干，就挣了点房租。”

尚捷被这句话闷闷地杵了一棍子，却是无话可回的。半晌，才哼了一声，说：“农民意识，到了哪里也改不了。”

小楷的家里是地地道道的农民，小楷是山沟里飞出来的金凤凰，小楷一辈子最听不得的一句话就是农民。尚捷知道小楷的七寸在哪里。尚捷正正地打在了小楷的七寸上。小楷的头发根根直立起来，双目圆睁，眼白流了一脸。小楷把桌上的盘碗哗啦啦地捋到了地上，碎瓷片把地割得千疮百孔。一桌的饭菜还没尝上一口，尚捷就摔门走了。

那天晚上尚捷没有回来。小楷有些慌了，把所有同学朋友的电话都打遍了，也没有找到尚捷。当时小楷完全没有意识到，属于尚捷的另外一个故事，就是在那一个夜晚渐渐拉开序幕的。那晚尚捷去了学校的图书馆，一直待到图书馆关门，不想回家，又无处可去，才去买了一张票子，去看午夜场的电影。偌大的一个电影院，只有两个人。

一个是他，另一个是同样吵架出走的她。素昧平生的两个人，却把八辈子也没有和任何人说过的话，都说了。其实最开始时不过是一些情绪在鼓躁着，待情绪平伏些了，才渐渐梳理出些浅藏在情绪之下的同病相怜。同情像毒品，吸一口便放不下了，越有就越想有，越给就越愿意给。他们咕咚一声就掉了进了一个深不见底的大黑洞。

那天尚捷凌晨才回家。当他的脚步在过楼上窸窸窣窣地响起时，是阿惶首先听见的。阿惶从沉睡中骤然惊醒，抖了抖耳朵从窝里飞跃而起，箭一样地奔向门口。尚捷把钥匙捅进锁孔，刚把门打开一条细缝，阿惶便将身子缩成一条扁片，从门缝里嗖地挤了出去，疯狂地扑到尚捷身上，双蹄不停地刨着尚捷的膝盖，舌头舔得尚捷手背生疼。那天阿惶的举动看上去不像猫，倒更像是一条与主人久别重逢的忠心耿耿的狗。阿惶的舌头触到了尚捷心里极深的一个地方，一团一团的柔软水一样地涌了上来，堵住了他的喉咙。他与阿惶就是在那一刻里突然有了相知的。从那一刻开始，阿惶就不再仅仅是小楷的阿惶了。所以当尚捷决定搬出去住的时候，他坚决要求带走阿惶。那阵子阿惶的归属是他们两人之间锲而不舍的话题，他们像争夺儿女监护权一样地一轮一轮地争夺着阿惶，最后阿惶被他们从中间撕裂了，一人取了一半——单周归小楷，双周归尚捷，周六早上交接，由上家交给下家，雷打不动。

这周是小楷的日子，说好是尚捷早上九点送阿惶来的。小楷前一天晚上准备期末考试，到三点钟才上床，早上醒得晚了，所以尚捷来时，小楷还在床上。

伤了腿的阿惶蜷着一只蹄子缩在墙角，突然显得皮干毛瘦，两眼无神。小楷看得心疼，就去柜子里掰了一块猫饼，喂到它嘴边。阿惶躲来躲去躲不过，只好勉强咬了一小口，团在嘴里，却不肯吞咽下去。

小楷想起从前在乡下的时候听人讲过，牲畜跟人不同，牲畜病了痛了不爱喊叫，却愿意躲着人独自疗伤。

阿惶是不想让别人看见它舔伤的样子呢。小楷想。

“英文，还跟得上吗？”尚捷顿了一顿，问小楷。

过了一会儿，小楷才意识到这是一个与阿惶无关的话题。小楷一时不备，被这个话题砸着了，身子就晃了一晃。小楷点了点头，却没有说话。小楷知道自己一开口，她的声音就会在她结着千年老皮的心尖上凿开一个口子，那口子底下，是一汪舀也舀不干的水。她不能，一定不能，在尚捷面前流泪。

空气在沉默中渐渐堆积如山，重重硬硬地硌压得人肩胛生疼。尚捷扛不住，就往外走。走到门口，又转过身来，说阿惶要不好就给我打电话。小楷点头，却依旧不说话。门开了，又关了，尚捷变成了一条灰色的影子，消失在楼道上。其实小楷眼睛略微一斜，也许有可能看见等在楼道里的，隐隐约约的那个人影。可是她没有。尚捷的事，她从别人嘴里听说过一鳞半爪。可是她从来都没有问过他——即使是在最撕心裂肺的争吵之中。她固执地以为，只要那个人不存在她的视野中，那个人就不存在世界上。

尚捷是在毕业找到工作之后才搬出去住的。尚捷其实很早就想搬出去，尚捷迟迟没有动身，是为了等候小楷拿到永久居留身份。小楷知道尚捷如她手里的风筝，线已经磨得只剩了一根丝，拽在她手上的，只不过是一截绳茬子，说断就断。别人看见的是绳茬子，而她却一清二楚地看见了丝。

尚捷正式搬走的那个晚上，只带走了几本书。其他的日用物件，早已经陆陆续续地拿走了。小楷躺在床上，紧紧地蒙在被子里，依稀听见门外尚捷走来走去的脚步声。被子是她的窝，她的茧，她的屏障，外边的世界险象环生，她不肯看，也不能看，一看她就给吞食进去了。隔着一层被子，世界就隔在了千山万水之外。被子里面的天地是干净的，太平的。她听见尚捷在门外说：银行账号改了你的名字，有问题找说中文的职员。尚捷停了一停，见小楷没有回应，就走了。

尚捷的脚步声矗矗地消失在过道上。小楷觉得有一根尖锐的针，将她的胸口刺穿了一个小洞。她的魂从那个洞里钻出来，一下子飘到了天花板上。她的魂高高在上地俯看着她的肉体。她的魂一遍又一遍地说：追，追他回来。她的肉体却如一堆剔去了骨头的烂肉，毫无力气地缩在床上。她的魂指挥不了她的身体，她的魂和她的身体格斗了整整一夜。天亮时她浮浮地起了床，感觉把腿留在了床上。没有腿的身子棉絮一样地在房间里滚来滚去，滚到了洗手间，接了一杯水刷牙。咚的一声，她的杯子里落下了一块污黄色的石头。她盯着石头看了半晌，才明白过来那是她的牙齿，她掉了一颗牙。

她把那颗牙捞出来，紧紧地捏在手心，恍恍惚惚地走到阳台上。初醒的太阳劲道很足，晒得她皮肤生疼。街音挟带着夏日早晨的第一股热流轰地朝她涌来，几乎将她一把掀翻。楼下的街道如刚刚晾干的灰布匹，拉扯到很远很远的地方，有几只虫子在上面爬来爬去——那是车子。小楷搬出一张凳子，缓缓地往阳台的栏杆上爬去。突然，她感觉到了羁绊。

是阿惶。

阿惶咬着她的裤角，死死不放。她狠狠地踢了一脚，阿惶被踢出去很远，撞到屋里的茶几角上。阿惶爬起来，坐在地板上呜呜地哭了。阿惶的眼泪是红色的，阿惶的眼睛里流出的是血。小楷突然惊醒了，小楷的魂咕隆一声掉回了小楷的身体。小楷的身体就重了起来。

小楷走过去抱阿惶，阿惶不给抱。小楷进一步，阿惶退一步，两个中间隔的是不多不少整整的一步。阿惶一噎一噎地喘着气，双目定定地看着小楷，小楷的身上就有了许多洞眼。

小楷低了头，在墙角找到了一个废弃的花盆，把那颗落牙栽种了下去，按上农林大学时的旧习惯，做了一张卡片，插在盆边：

种植时间：　　六月七日

科　　属：　　忍冬类

种植环境：　　暗无天日

株　　距：　　无依无靠

开花日期：　　永不

最佳肥料：　　自生自灭

第二天小楷就给邻居打了个电话，辞去了照看小孩的工作。又坐车去唐人街买了一部英文学习机，捧着学习机，上网查询各专上学院的资料。一个星期之后，小楷在一家咖啡馆找到了一份做三明治的半职工作，早上上班，下午去移民中心补习英文。半年之后，小楷进入了政府资助的西尼卡学院夜校部就读，学的是园艺。

转眼小楷就是二年级的学生了。二年级的下学期，学生就有机会参加实习。小楷已经给实习单位交了履历表。申请的学生很多，用人单位要看期末考试成绩做筛选，所以小楷把这次考试看得很重，一点也不敢怠慢。

小楷夹了一片面包泡了一杯茶，就把自己关在屋里准备考试，一直到晚饭时节饥饿难忍了才出屋准备做饭，走到厨房突然想起一天没喂阿惶了。回头一看阿惶依旧三脚鼎立地窝在墙脚，连姿势都没有换过，便忍不住走过去，将阿惶抱了起来，只觉得阿惶比平日轻了些。

小楷把手指伸进阿惶嘴里，说阿惶你别是绝食吧？是你爸爸虐待你了？还是那个人虐待你了？阿惶轻轻地咬了咬小楷的指头。小楷知道阿惶要和她说话呢，就叹气，说苦啊你，有话也说不出。就将阿惶放下，倒了一碗新鲜的硬食喂它。阿惶闻了一闻，舔了一口在嘴里，牙疼似的嚼了几嚼，又吐了出来。小楷就骂：这个刁嘴，饼不吃，硬食不吃，饿死你拉倒。却又开了一个软食罐头，挑了一勺湿肉放在硬食旁边。阿惶吃了几口，也是不了了之。

这天夜里小楷突然被一声巨响惊醒，披衣出来查看，只见阿惶诚惶诚恐地蹲在地板上，哆哆嗦嗦地尿了一滩。原来是阿惶撒尿时又滑了一跤，把装猫沙的盆子撞飞了，沙子滚了一地。小楷正想骂，突然想起从前听人说过猫的平衡能力出奇的好，极少摔跤的，莫非阿惶的平衡系统出了毛病？这一想，睡意就没了。等到早上，就急急地要给动物中心的兽医急诊部打电话。找了半天，却找不到那边的电话号码，只好问尚捷打听。尚捷说了句我跟你一起去，也不等小楷回话，就咚地挂了电话。

两人送了阿惶去动物医院。阿惶进了检查室，小楷坐在外边等，脑子里是一团的烂棉絮，捧了一本书，怎么也看不下去，认得里边的每一个字，却串不起一整句话来。只听见尚捷在旁边说该不是吃坏了什么东西吧？阿惶从不乱拉屎撒尿的。小楷想说前个星期还好好的，怎么从你那里回来就这个德性了？可是小楷紧紧地咬住了嘴唇，最后从那两片嘴唇里漏出来的，只是一声介乎于哼和哦之间的模糊回应。

医生终于出来了。医生慢吞吞地脱下手套和口罩。医生面容极是疲惫，刚刚上班却看上去像是熬过了几个通宵。

脑瘤。很大。压迫视觉听觉神经，现在它是个瞎子聋子，所以才常常摔跤。

也危及吞咽神经，造成吞咽困难，无法进食。

它在慢慢地痛死，是钝刀割肉的那种痛法。当然，它也有可能在痛死之前就已经饿死了。

如果，你真爱阿惶，你应该尽早让它安静地死去。你不能想象，它现在正在经历的，是什么样的痛苦。

护士把阿惶抱了出来，阿惶颤颤地抖着，身子缩成了一个毛蛋。小楷接过阿惶，阿惶的鼻子凉凉地贴了贴小楷的鼻子，喑哑地叫了一声。与其说小楷听见了阿惶的叫声，倒不如说小楷感到了阿惶的叫声。

如果你们决定了，要尽快预约时间，等候的动物很多。

小楷看见医生的嘴巴一张一合的，从里面飞出的是一把一把的针，将她扎得遍体鳞伤。

回家的路上，小楷解开大衣，把阿惶包进怀里。阿惶渐渐地安定下来，不再颤抖了，小楷却抑制不住地发起抖来。牙齿和牙齿，关节和关节，肌肉和肌肉，身上每一个略微坚硬之处都在相互撞击，撞得她所有的思绪都散如沙石。

不能，一定不能，在这个人面前哭。

这是小楷唯一能捡拾起来的一颗石子。

尚捷送小楷到了家，车停在公寓门前的停车场里，两人却都无话。半晌，尚捷才迟迟疑疑地问："要不，我明天打电话，去约时间？"

"捣你十娘！"

小楷抱了阿惶转身就走。过了一会儿她才意识到，刚才她骂了一句她们老家的男人在穷凶极恶的时候才会说的，极脏极恶的话。

约的时间出乎意料地快，是第二个星期六。

星期五的晚上，小楷给阿惶洗了一个澡。阿惶的毛已经很稀疏了，几乎可以看到了身上的肉。只有头上脖子上的还依旧浓重。小楷拿了一把小梳子，给阿惶梳了两根辫子，又绑上粉红色的丝带。阿惶不习惯，仰着头在墙上蹭，终于将辫子蹭散了。小楷就叹气，说阿惶啊阿惶，你也这样不爱打扮吗？看明天谁愿意讨你做老婆。说完了，才想起阿惶是没有明天了。

九点多的时候门铃响了，是尚捷——来守阿惶的。尚捷带了睡袋，在客厅睡。阿惶已经在小楷的枕边睡着了，响着轻轻的鼾声。阿惶几乎完全吃不下东西了，所以阿惶一天的大部分时间都在昏睡。小楷听见卧室门外有些窸窸窣窣的响动，知道是尚捷在铺睡袋。过了一会儿，那窸窸窣窣的声响渐渐地响到了房门口。小楷把灯关了，世界顿时黑了下来，所有的声音都死寂了下去。再过了一会儿，又有些窸窸窣窣的声响，这回却是渐行渐远了。

半夜小楷醒来，推开房门，看见客厅里有一个小红点一明一灭的，开了灯，是尚捷坐在地上抽烟。看见小楷，尚捷慌慌地把烟掐灭了，呵呵地咳嗽了几声，说睡不着。你，你把阿惶抱出来给我，好吗？

小楷有些吃惊——不知何时，尚捷也学会了抽烟。但小楷却没有把她的惊讶放在脸上。小楷一言不发地走进房间，把阿惶抱出来，放在尚捷的腿上。尚捷一只手垫着阿惶的头，另一只手轻轻地抚摸着阿惶瘦骨累累的身子。一下，一下。一下，一下。一下，一下。

小楷，我不是为了别人，才搬出去的。

小楷紧紧地蒙住了耳朵。

不听，不听，不听，不听，不听。坚决不听。

小楷一遍又一遍地对自己说。可是尚捷的声音还是从她的指缝里丝丝缕缕地漏了进来。

那时候，日子太难，可是你不肯长大，不肯面对难处。

你不肯自己走路，只肯让我背。我背不动你，太重了。

小楷听见心底里有一个泡咕嘟一声破了，水正在慢慢地涌上来。

不能，一定不能，在他面前哭。小楷紧紧地咬住了嘴唇。

可是这次不管用。小楷的眼泪如使坏的车闸，完全不听使唤地流了下来。刚开始的时候，她还能感觉眼泪是从她的眼中生出的，到后来那些水珠子仿佛与她完全失去了关联，只不过是借着她的脸赶一段她毫不知情的路程而已。

早上小楷起床，从抽屉里找出一只项圈来，给阿惶戴上。项圈是白色的，背面印着小楷尚捷的名字和住址，正中间是一朵天蓝色的蝴蝶结，下面坠着一对小铃铛。项圈是领养阿惶以后不久就买了的，后来住址分成了两处，项圈也就取下来了。隔了一年多再戴回去，项圈在瘦骨嶙峋的脖子上很是宽松。

阿惶还在睡。小楷温了一小瓶牛奶喂阿惶，阿惶睁了睁眼睛，咂了一口，就咔咔地咳嗽起来，直咳得鼻子湿如蚂蟥。小楷用手巾擦过了，还要喂。尚捷忍不住说你让它安睡一会儿吧。小楷一甩手把瓶子哐地扔了，说："你还愁它没有安睡的时间？"

尚捷不说话，只蹲在地上捡拾玻璃碎片，一片一片的看得小楷讪讪的。尚捷扫完了地，就把阿惶抱进了纸箱。合上盖子，阿惶就不见了。

尚捷下了楼。小楷冲到窗前，拉开窗帘，看见漫天飞雪里，尚捷孤零零地行走在停车场上。小楷发现尚捷的背有些弯。

阿惶，你，你走好。

小楷低低地唤了一声，她的嗓子如风中的干柴，裂了许多条缝。突然，她遥遥地听见了一个声响。那声响骑在风上，穿越了屋宇楼房，在她的耳膜上刮出一道清晰的印记。她的耳膜嘤嘤嗡嗡地回荡了很久。

她一下子就明白了，那是阿惶脖子上的铃铛。

中午时分尚捷回来了，手上端了一个小木匣，匣面上盖着一层薄薄的雪花。小楷接过匣子，打开来，里边是一个项圈和一绺金黄色的毛。

很安详地走的，跟睡着了一样。尚捷说。

让我，独自待一会儿。小楷喃喃地说。

小楷关上门，听见尚捷矗矗的脚步声渐渐消失在楼道尽头。小楷跪在地上，将脸紧紧地贴在匣子上。雪花化成了水气，脸和匣子都湿了起来。

阿惶，你逃了三年，终究还是没有逃过这个匣子。

阿惶，你多活了三年，是为了救我的。你叫我学会自己走路，是不是？

匣子里是一片遥远模糊的轰鸣，是贴着螺壳听海的那种轰鸣。小楷觉得有一股温热，缓缓地流过她的耳朵，流进心里很是干涩的那一块地方。小楷清晰地听见了水流过龟裂的心肺时发出的嗞嗞声响。

第二天早上，小楷洗脸的时候，发现墙角那个种着她的落牙的花盆里，长出了一片小小的三叶草。

一个夏天的故事

There is a crack in everything
That's how the light gets in
——Leonard Cohen

世上万物皆有裂痕
光由此而进
——李奥纳德·科恩

信

那封信在枕头底下压着，只露出一个橘红色的小角——是邮票。

五一的脑袋瓜子一落到枕头上，就能感到邮票上那尾大金鱼在摇着尾巴，一扭一扭地游过枕芯来啄她的耳垂子。一下，又一下。五一知道那是妈妈从温州城里寄过来的信。外婆住的地方很乡下，离最近的长途汽车站也得走一个多小时的路。除了妈妈以外，没有人会给外婆写信。其实妈妈的信也很少，一年里最多三封。第一封在三月，是给外婆祝寿的。第二封在八九月，是问年成的。再有一封在年底，是贺年的。

可是这一封信却落在了外婆的寿辰和秋收之间的那个尴尬地带，前不巴村后不着店。外婆和五一都不识字，外婆是因为太老了，学不会；而五一则是因为太小，还没来得及学。家里唯一可以看懂信的是舅舅，可是舅舅跟舅妈去娘家看病人了，于是这封信就原封不动地在床头躺了三天。每天五一上床下床，一看见那条被枕头遮了一半的鱼尾巴，不知怎的，心里隐隐的就有些慌——是那种说不出道理的慌。

五一是怎么来到外婆家的，她已经一点儿也想不起来了。据外婆说，她爸爸妈妈在城里工作忙，家里又有一个生病的姐姐，顾不过来，所以她一断奶就给送到了乡下养。五一第一回听外婆说起这事的时候，吃了一大惊，因为她从前一直以为外婆和妈妈是同一个人。外婆听了她的话忍不住呵呵大笑，直笑得眼里流出泪来。外婆说："我转眼就六十了，怎么还能生你呢？你当我是千年不死的老妖孽呢？记住：你是你妈生的。"五一那天才明白，原来她的生命还与另外一个女人有关——一个不是外婆的女人。

五一的记忆在四岁以前还是一张白纸，白净得没有一个斑点，一条褶皱。那张纸是在她四岁那年才开始有了第一笔内容的。有天下午，她正和村里的几个孩子在村尾的葵林里用肥皂盒子捕蝴蝶，突然听见外婆慌慌张张地喊她回家。她一回头，就看见外婆身后跟了一个陌生的女人。那女人剪着一头齐耳根的短发，身穿一件蓝卡其外套，里边翻出一片姜黄色的衬衫领子。女人的面皮白白的，像是在碱水里泡过多日的苇叶。女人的衣着打扮肤色发型，都是一种五一从未见过的怪异。女人喊了一声“五一”，嗓门就如一根细线那样地断在了喉头。女人嘴角一抽一抽的，想抽出一丝笑，没想到把脸都扯歪了，扯出来的依旧不是笑。五一害怕起来，扔了皂盒就跑。五一那天跑得飞快，快得像是腿脚都离开了身子，自行己路。她隐隐听到身后有鞋底擦着泥路的沙沙声响，她知道是那个女人在追她。可是女人最终也没追上她——那天没人能追得上她。

后来五一在外头野了一天，一直到饿得前心贴后背，才不得不回到家来。她悄悄地踅进屋里，看见那个女人正弓着身子，哗啦哗啦地舀着脸盆里的凉水洗脸，水花溅了一地。外婆拧了一把毛巾给女人擦脸，说：“怎么叫白养呢？你养过她吗？将来她长大了，懂事了，就知道你的难处了。是你肚皮里爬出来的，迟早还得认你。”女人没说话，捂在毛巾里的手和脸却安静了下来。

饭桌上，外婆和舅舅一遍又一遍地逼五一管那个女人叫妈。五一拗不过，勉强叫了一声。女人听了，咚的一声放下饭碗，就跑进了里屋，半天才出来，眼睛却是红红的。五一那一顿饭吃得坐如针毡，没滋没味，因为女人的目光，在左一道右一道地扫过她的脖子，她的脸，叫她起了一脸一身的鸡皮疙瘩，瘙痒难熬。

今天五一醒得很早。不用问外婆，她也知道夏天到了，因为天亮得早了。三更的梆子似乎刚刚敲过没多久，天光就把屋里那条蓝花窗帘撕咬得千疮百孔。人醒得早，是因为鸡醒得早。鸡是不认时辰的，鸡只认天光，鸡见光就醒。一只醒，一窝醒；一窝醒，一村醒，到处都是依依哦哦的呱噪。五一摸了摸身边那半拉床，已经空了。外屋传来扑哧扑哧的声响——是外婆在拉风箱生火做饭。一忽儿的工夫，五一的鼻孔里就钻进了柴火和米粥的香气。她一骨碌坐起来，两脚在地上窜来窜去地找鞋。没找着，就懒了，扑通一声光脚下地，噌噌地往灶房跑，一把搂住外婆的脖子，问今天吃的是什么粥？南瓜的还是红薯的？

外婆抓起灶台上那把被烟火熏黄了的蒲扇，啪地拍了五一一下，笑骂道："你这双烂乌泥脚，待会儿怎么穿回鞋子去？瞧你这副野样，到了你妈身边，还不扒了你的皮管教你？"五一哼了一声，说："谁要去她那里。"

外婆歪了她一眼，说："不去也得去。你今年实岁七，虚岁八，再不上学，就比别人晚一年了。"五一也歪了外婆一眼，说："上学就上学，我去阿辉的学校上学。"阿辉是舅舅的儿子，比五一大一岁，去年刚上小学。

外婆叹了一口气，说："你阿辉哥哥的学校是民办学校，别说你妈看不上，连外婆也看不上。你还是回城里上规规矩矩的学校。你妈来信着急催你回去呢。"

五一猛然想起了枕头底下的那封信，就问外婆："舅舅还没有回来，你怎么知道我妈信里说了什么？"

外婆舀了一碗粥，呼呼地吹了半天热气，才递过去给五一。"你妈是我肚子里爬出来的，她想什么，我还能不知道？"

外婆半天也没听见响动，回头一看，才发现那碗粥放在了饭桌上，而五一则怔怔地站在半明不暗的屋角里，眼睛睁得如同两粒灌了浆的枣子，牙齿把嘴唇咬成一条线。

五一自小就不爱哭。有一回在田里玩水，被蚂蟥咬了，她不知道蚂蟥钻进身体是要轻轻拍出来的，她一把把蚂蟥揪断了。结果那条断成两截的蚂蟥，一半在她手里，另一半在她的腿肚子里，还在血淋淋地爬动。围看的孩子们都吓得哭了起来，她却依旧傻傻地笑。

外婆知道，五一这会儿的样子，是最接近哭的一个表情了。

外婆把五一揽过来坐到膝盖上，用手指做梳子，给她梳理睡了一夜的乱发。

“暑假寒假，你，回来，看外婆。”外婆说这话的时候，嗓子像在风里吹过了一个冬天的柴火，裂开了许许多多条缝。

五一身子一扭，挣裂了外婆的怀抱，咚咚地朝屋外跑去。

“我，不，去，温，州。”

她一字一顿地说。

姐姐

五一起晚了，因为鸡没叫。鸡是压在她脑门上的一块卵石，鸡一动窝，脑门一松，她就要醒。

等她终于醒透了，睁开眼，天已经大亮了。日头在屋里炸出一条宽宽的白带，白带里飞舞着一些闪亮的银点儿——那是灰尘。她坐起来，愣愣地看着那扇镶着八块玻璃，每块玻璃上都有一个蜕了皮的红漆字的窗户，这才明白过来，她已经在城里了。

当然，还要过些日子，等她上了学，她才会知道，那个红漆字是“忠”。

原来，城里没有鸡。

原来，城里的灰也比乡下的干净。

墙上有块鬼魅似的影子，一扯一抖的——是国庆在梳头。

其实，国庆并不生在国庆日，五一也不生在五一节。国庆的生日是十月三号，五一的生日是五月二号。给女儿取了这样的名字，也是妈妈不得已的懒法子。

妈妈原先是另有计划的。妈妈的计划很是详尽，并且充满野心。妈妈怀国庆的时候，就已经和爸爸商量好了，一辈子只要两个孩子。无论是男是女，妈妈想给孩子取的名字是“之翀”和“之翃”。这两个跟羽翼和飞翔有关的字，是妈妈耗费了几个星期才在康熙辞典里找到的。可是爸爸坚决否定了妈妈的方案。爸爸说：“你想让你的孩子一辈子被人叫错名字吗？在这个世道里起这样的名字，你是想当出头鸟，被人乱箭射死吗？”爸爸只知道推翻，爸爸却不懂得重建。妈妈的热情被爸爸的凉水浇成一片灰烬，妈妈心灰意懒，就随意抓了两个过期了的节日，把女儿安放进去了事。

国庆很瘦。五一看国庆，总觉得国庆哪儿都像是乡下的庄稼——当然不是那种兴盛茁壮的庄稼。国庆的脖子手臂腿，都细得如同秋收时不留心剩在田里的稻秆。国庆的头发是褐黄色的，一根一根彼此既不相识也不买账，支支棱棱的像是灶火里烤焦了的玉米须。妈妈接五一回家的路上就告诉过她：国庆心脏不好，二尖瓣有问题，不能生气。五一虽然不知道二尖瓣是什么东西，却也听懂了国庆有病——很严重的病。

五一盘腿坐在床上，歪头看着国庆梳头。国庆用的是一把细齿牛骨梳，国庆的头发在梳齿的挤压下发出哎哟哎哟的呻吟。可是五一觉得那声响不是从国庆的头发里发出来的。五一闭上眼睛，仿佛看见国庆手臂上的骨头在和头发的撕扯中折落了一地。那声响在她的心尖子上咯吱咯吱地磨，五一觉得她的心纠结成了一团乱线，有些紧，也有些疼。

说不定，我也有心脏病。她想。

“我来，给你……梳头。”她嗫嚅地对国庆说。

国庆转过头来，仿佛吃了天塌地陷的一惊。

“你？会吗？”

五一一下子蔫了。她从来没梳过辫子。从小到大图省事，外婆都给她剪了短发，冬天在耳根下，夏天在耳根上。

“你就是会，我也不能让你梳。今天是返校日。”国庆说。

“返什么……？”

五一想问返校日是什么节日，可是国庆的目光像一把钝柴刀，一下子把她的好奇心砸得瘪了下去。那一句已经溜到了舌尖的问话，被她生生地咽了回去。话比她的嗓子眼大，噎得她喉咙咕噜生响。

国庆终于把辫子梳完了，又在辫梢上扎了两根红布条。

“快起床吧，要吃早饭了。”国庆撸下梳子上的头发，卷成一团，扔到一个盖了盖的圆塑料盒里。一股臭气冲天而出——那是国庆昨晚撒的尿。五一还要过几天才知道，那个圆家伙有个名字叫痰盂——虽然它跟尿的关系远比痰密切。

“你应该叫我姐姐。”国庆走出房门，回头说。

“我也没叫阿辉哥哥。”

“那是，在乡下。”国庆说。

早饭吃的是泡饭，其实就是把昨晚的剩饭剩菜搅和在一起，再浇上一瓢水，烧开了就吃。盐味不够，也没有柴香，清汤寡水的，五一扒了几口就放了碗。妈妈看了她一眼，问：“怎么吃的这么少？”她说不饿。妈妈叹了一口气，说：“这孩子，养成这副土样子，听听这口音。”

爸爸在埋头看报纸，没吭声。爸爸爱在吃饭的时候看报纸。爸爸看报看得很仔细，目光蚯蚓似的，从报头爬到报尾，一个标点也不错过。爸爸看报纸的时候，大半张脸埋在碗里，只有眼睛骑在碗沿上，爸爸的眼睛和嘴巴在碗里和碗外相安无事各司其职。

“老了这么多，下巴都合不拢了，我看撑不了多久了。林秃子的事，对他刺激不小。”爸爸说。

“谁老了？”五一问。

“别在孩子跟前乱说话。”妈妈站起来，看了一眼窗外，又坐回到饭桌上。

“那年非得送到你妈那里去。其实，熬一熬，也就熬过来了。”爸爸说。

五一知道爸爸在说她，也知道爸爸这话不是说给她听的。爸爸和妈妈之间的对话，就像是丢石子，谁也没说石子是丢给谁的，可是谁都知道什么时候接过来，什么时候再扔回去。

“早怎么不说这话呢？我说请个保姆的，是你说影响不好。”妈妈剜了爸爸一眼。

“下个月学校下乡学农，一个星期，我想去。”国庆放下饭碗，对妈妈说。国庆把这话想过了一顿饭的工夫，说出来的时候，依旧有些夹生迟疑。

妈妈看着国庆，仿佛不认得她：“你，下乡？”

国庆在妈妈的目光里冰棍似的软了下去。“全班都去，就我……”

“你跟别人不一样。你不知道你的身体状况吗？你忘了医生是怎么说的？”

“其实，去一趟也没什么大不了，让老师注意点，别叫她干重活就好。”爸爸的嘴巴和眼睛都同时干完了活，爸爸把碗和报纸一起放了下来。

“出了事，你管得了吗？那次让她去郊游，回来就……”

妈妈的话还没说完，就干涸在了舌头上，因为妈妈突然发现国庆两眼直勾勾地翻了上去，脸如同被针扎漏了的猪尿脬，血色水似的漏了下去，只剩下一张煞白的皮。

五一顺着国庆的眼睛望过去，看见天花板上垂挂下来一头蜘蛛，颤颤地停在了离国庆的鼻子约三五寸的地方。那蜘蛛肚子白里透绿，鼓胀起来约有一粒蚕豆大小，几只毛烘烘的长腿闪着磷光，身子攀在一根细丝上，扭来扭去，张牙舞爪。妈妈喊了一声“皇天，”就把眼睛紧紧地闭上了。妈妈和国庆都怕虫子——比怕死还要怕。妈妈可以替国庆赴汤蹈火挨枪子，可是妈妈就是不能帮国庆挡蜘蛛。

爸爸正想站起来拿把扫帚，可是已经来不及了。那只龇牙咧嘴的混虫，抖了抖身子，又空降了两三寸，几乎紧贴在了国庆的鼻子上。五一看见国庆的心脏，越抽越紧，越抽越小，抽成了一股细麻花。

五一欠过身去，一把捏住了那只虫子。一股绿汁，从她指缝里渗了出来。妈妈睁开眼睛，呕的一声，吐出了一口还来不及变形的泡饭。

妈妈走过去，轻轻揉着国庆的胸口，说没事了，死了，它死了。过了半晌，国庆的眼神才渐渐顺了过来。

“你，去，洗洗，手。”爸爸对五一说。

爸爸说这话的时候，口气跟先前有些不一样。爸爸这句话是一个字一个字掰开来说的。不是硬掰的那种掰法，而是轻轻的，掰开了又没掰断的那种掰法，每个字中间柔柔软软地连着一根丝。这根丝在五一的耳膜上抚过来擦过去，清凉舒坦。

五一去屋外舀水洗手，听见爸爸在屋里说：“乡下孩子有乡下孩子的好处，经得起摔打，没那么娇气。”

妈妈没回话，回话的是国庆。

“爸，她连返校日都不知道。”

吃完饭，妈妈把碗筷收拾起来，摞到一个木桶里。

“你会洗碗吗？”妈妈问五一。

五一迟疑了一下，点了点头。

“第一把用凉水，第二把可以倒点热水瓶里的热水，消消毒。热水省着点用。”

五一想问“消毒”是什么意思，最终还是忍下了没问。

“我和你爸要去上班，你姐要去学校。你一个人在家，怕不怕？”

五一摇了摇头。

“别出门。城里的路和乡下的不一样，七拐八拐，容易走丢。”爸爸说。这回爸爸的话说得很快，五一想在里头找那根软丝，却找不着了。

“在家好好收收心，过阵子就要上学了。抽屉里有连环画，你看不懂字，看看画也是好的。”妈妈说。

“看完了收回去，别乱摆。”国庆说。

爸爸和妈妈推出自行车，国庆斜着身子，坐在爸爸的后架上，三个人咣当咣当地骑上了街。国庆辫子上的红布条一跳一跳的，越跳越小，渐渐变成了两朵细火星，融在一街熙熙攘攘的灰暗里。五一暗自奇怪：爸爸妈妈的车铃怎么没响？外婆那里，一个村只有支书旺财伯家里有辆自行车，还是辆浑身长满锈斑老掉牙的破车。可是旺财伯无论是去公社开会还是去集市买货，一出门就会把车铃揿得山响。都走出一里地了，那铃声还在一村人的耳朵里挠痒痒。

等到三个人都没了踪影，五一才收了心，想起洗碗的事来。其实五一不会洗碗——外婆从来没让她沾过灶台的事。可是尽管她从没洗过碗，她却是看过外婆洗碗的。手生，眼却不生。五一瞪大眼睛，回想着外婆洗碗的样子。她依稀想起来，外婆是把饭疙疤先泡软才洗的。于是她就舀了一瓢水，泡在木桶里。灶台很高，她去屋里搬了一张凳子出来，站在上面，才舒舒坦坦地够着了桶里的水。碗摞得很紧，她想松一松，只扒了一下，就听见蹦的一声响，最上面的那只碗豁了一个口。她怔了半晌，才跳下凳子，去开碗柜。碗柜里，那个样式的碗有五只。加上木桶里的三只，一共是八只。五一开始盘算：到底是把那只缺了口的碗放到最底下，还是干脆就把那只碗悄悄扔了？藏到最底下，妈妈可能过几天才会发现。要是扔了，妈妈也许要过很久才会发现。五一想不好哪样事情可能会惹妈妈生更大的气：一只豁了口的碗，还是一只永远消失了的碗？

想来想去，直想得两眼发黑，也没想出一个万全的法子。五一终于想腻味了，扔了洗碗布，跳下凳子，趴在窗台上看院子里的景致。

院子不大，东南西北各住一户人家。院子正中有一口水井，井边病快快地长着一棵矮树。天还早，日头不高，却也升到树分叉的地方了。有几丝细风在树叶子中间窜来窜去，地上的树影就窸窸窣窣地摇曳起来。知了扯瘪了嗓子呱噪着，钝刀片似的在耳朵里刮下一片片肉屑。西边和北边的两家都关着门，只有南边的那家敞着门，有一个老太太正坐在门口洗衣裳，肥厚的肩膀一扯一抖的，盆里的脏衣服在搓衣板的齿棱间发出半是欢快半是痛楚的呻吟。老太太的左手臂上戴着一个红箍，上头有字——五一却认不得。五一看过黑箍白箍——那是村里人办丧事才戴的。五一不知道红箍是什么意思，可是五一也知道她不能问。城里人有太多的新鲜事，她不能样样都拿出来问。她只能挑最紧要的问。

可是，什么才是最紧要的呢？她想。

这时，放在窗台上的肥皂盒子颤了一颤，五一才猛然想起了她的蝴蝶。虽然盒盖上有一个透气孔，可是它在里边也已经憋了整整一天了。五一把盒子掰开一条小缝，看见蝴蝶还在，却蔫蔫的趴在盒底，受了潮似的没有多少精神气。这是一只大蝴蝶，翅膀若是全撑开来，肥皂盒子都装不下。它身上是一片深不见底的墨黑，翅膀上有三道黄花纹，剪子剪出来似的平整，日头底下一看，像洒了一身的金粉。外婆说这个样子的蝴蝶是梁山伯祝英台变出来的。她不懂梁山伯祝英台到底是什么东西，却也听懂了外婆的意思：这样的蝴蝶是稀罕货。蝴蝶是阿辉抓的，阿辉一直舍不得送给她。一直到她上了长途汽车，都快开车了，阿辉才敲开车窗把肥皂盒递给了她。

“你的家不在这儿呢。”五一对蝴蝶说。

葵林。葵林才是你的家。那里的每一张叶子每一片花瓣都可以当你的床。你有一千张一万张床。你想睡就睡，想起就起，想飞就飞，想停就停，没人管得了你。

“回家吧，你。”五一打开盒盖，喃喃地对蝴蝶说。

蝴蝶已经习惯了黑暗，蝴蝶已经不知道如何应付光亮。蝴蝶缩在盒子里，一动不动。

五一把盒子翻了过来，又用手背敲了敲盒底。噗嗤。噗嗤。蝴蝶的翅膀试探了几下，终于跌跌撞撞地飞了出去。

天真是个好天，蓝得像一匹没有一丝瑕疵皱褶的布。五一用手挡着日头，眯着眼睛看着蝴蝶越飞越高，渐渐的，变成了蓝布上的一粒粉尘。

突然，她就很想外婆了。

有个女人名叫胡蝶

五一没想到城里的天日这么长，长得跟棉花糖上的丝，扯啊扯啊，怎么也扯不断。

她洗过了碗，趴在窗台上，把院子里那棵矮树上的枝丫，从上到下从下到上地看过了好几遍，日头依旧粘在树腰的地方，纹丝不动。院南头的老太太还没洗完衣裳，搓衣板依旧还在她手下吱扭吱扭地叫得人心烦。风死了，树不动，知了还是那几个知了，天还是那爿天，雀子还是早起时的样子，缩头缩脑地站在同一根枝杈上，连眼皮都没抬过一下。

五一百无聊赖，就想起了妈妈临走时说的“连环画”。早上妈妈出门的时候，她忘了问是放在哪个抽屉里的，她只好一个一个地找。

她走进了妈妈的房间。

昨天妈妈领她进门，天已经黑了，她朦朦胧胧的啥也没看清楚。今天在大日头里，她才看明白了，原来妈妈的屋子并不比外婆的大，只是多了一扇玻璃窗，敞亮些。迎面的墙上，贴着一张五星红旗和天安门的画。左边靠床的那面墙上，挂着一个玻璃镜框，里头是一张黑白放大照片。照片里有四个人，两个大人，两个小孩。她认得大人，却不认得孩子——不过她知道那是国庆和她自己。照片上的她还很小，裹在一件旧棉斗篷里，胖得找不着下巴和脖子，却是一脸傻笑。隔着一层玻璃和六年的光阴，这个她和那个她彼此措手不及地在这个陌生的屋子里猝然相遇。五一明白这个她是从那个她里长出来的，就像树叶子是从叶芽子里长出来的一样。可是她心里却感觉陌生遥远——她的眼睛够着那个她了，她的心却够不着。

妈妈的办公桌有两个抽屉，一大一小。大的那个装满了书，都是包着红塑料皮的。五一在财旺伯家里见过这样的红皮书，可是财旺伯的只是小小的一本，而妈妈的却五花八门大大小小都有。五一打开来翻了翻，有的还是崭新的，散着些油墨的香；有的纸张已经变黄了，书页里画着杠，空白处还写了稀疏几个字。可是那些书里都没有画，五一翻着翻着就翻腻味了，心想哪天能扒一个小红皮下来，送给外婆装草纸手绢和钢镚儿。

翻过了大抽屉，就来翻小抽屉。小抽屉里的东西真是五花八门，有针头线脑，虎皮膏药，写字的笔，量衣裳的皮尺，裁布的画粉，大大小小的橡皮筋……却还是没有画书。

再往深里掏了掏，五一掏到了一个巴掌大的盒子。盒子上没字也没画，盖子却封得紧紧的。五一扒拉了几次，才终于把盒盖扒开了——里头有一叠透明的小皮套。五一拿出一个来，伸了一根指头进去，松松的。再伸了一个，还是松。一直伸进了三根指头，才终于满了起来。突然就想起，去年舅舅带她和阿辉去县城看国庆游行，县城的人就是用这样的皮套吹出气球来的——只是那些气球有颜色，这些没有。

五一叼住皮套的口子，狠狠往里吹了一口气，皮套只是轻轻抖了一抖，便瘪了回去。又吹了一口，依旧还是一副爱搭不理的样子，没有多少动静。五一就想出了一招。五一这回不着急吹气，她只是一下一下地往肚皮里吸气，直吸得肚皮鼓胀得如同一只雨后吃饱了水的蛤蟆——这才一小口一小口的往皮套里送气。如此这般十余个回合，直到五一觉得她已经把五脏六腑都吹到了嗓子眼里，那皮套才渐渐地变成了一只圆球。五一扯了一根线，将口子紧紧扎住了，又抓了几个皮套，就往院子里跑去——屋里那点空地，是飞不起气球的。

五一刚迈出门槛，就一头撞在了一样东西上。那东西很软，拦不住她，她身子一斜，踉跄了几步，就扑通一声摔倒在那样东西上。她坐起来一看，原来是个女人。女人手里拎着的一个洞眼细密的网兜——已经甩出去好几尺远了。女人站起来，先扶起五一，再去捡那个网兜。五一看不见自己的样子，却看见那个女人的胳膊和屁股上，沾了几片湿泥。女人剪的是和妈妈一样的齐耳短发，只是女人用一枚菜绿色的塑料发卡，把头发卡到了耳后，发梢在耳垂上拢回来，拢成一弯残月。女人身上的那件豆绿碎花衬衫，腰身收得很紧，浅灰细布的裤腿却有几分肥，走起路来，摇摇曳曳，没风也像是有风的样子。五一呆呆地看着女人，只觉得这个女人身上有的地方很是细瘦，有的地方又很是壮实。

女人捡了网兜回来，就来拍五一身上的灰土。

“你是王同志的小女儿五一吧？”女人笑着问她。女人笑起来的时候露出一口细细密密的牙齿，白晃晃的照得五一睁不开眼睛。

“你怎么知道我的名字？”五一吃了一惊。

“我还知道你身上有一块胎记，没说错吧？”

五一身上是有块胎记，在左腿根，不脱光了衣裳，谁也看不见。

五一飕飕的起了一身凉气，头发根根直立。

女人又笑了，这回笑开了些，院子里就颤颤地落了一层细碎的银铃。

“别怕，五一，你生下来的时候，我抱过你。”

女人的手凉凉地搭上了五一的脑门，三下两下，就揉乱了五一的头发。五一突然捂着额角哼了起来，因为她感觉到了疼。

女人掰开五一的手，来翻她的额发。找虱子似的找了一遍，才喔了一声，说："是一根刺。来，跟阿姨走，我帮你挑出来。"

五一记得外婆跟她说过，在城里不能随便跟生人走。可是这个女人知道她身体上藏得最严实的一个秘密，那她到底算不算是生人？五一正犹豫着，就看见女人对她勾了勾指头。她觉得女人的指头上有根看不见的线，线头上系着她的腿。她的脑袋还没想明白是怎么回事，她的腿已经不听使唤地叫那个女人牵着走了。

突然，女人脸上的笑颜如隔夜的花似的一下子开败了，女人细长的眉毛蹙成了一座地形复杂的小山——原来女人看见了散落在地上的那几个薄皮套。

"哪里来的，这个东西？"

女人的声音里藏着一块岩石，咯噔一声就把五一的心给坠得低低的，低到了泥里尘里。五一想往回拽，却怎么也拽不出来。五一突然就明白了，自己大概做了一件坏事，比烧干了外婆的锅底还要坏的事。

"是，我，我妈……"五一的嘴唇哆嗦了半天，刚扯出几个字，女人却伸出两根手指，捏住了五一的嘴。五一一抬头，才发现天已经暗了下来：院南头那个洗衣服的胖老太太，不知什么时候走到了女人的身后。老太太坐着的时候，暗的只是她跟前的一盆水和水里的衣裳。老太太一站起来，遮得半个院子都黑了。

"胡蝶，你让她，玩这个？她一个多大的孩子啊？"老太太说话的时候，是一个字一个字从牙缝里挤出来的，每个字仿佛都沾带着些牙上磨下来的粉。

蝴蝶？五一一愣。她刚刚放走了一只蝴蝶，眼前怎么还有一只蝴蝶？她不知道蝴蝶也可以做人名的。在外婆那里，乡下人常拿地里的物件取名字，比如米花，云英，杏妹。可是五一从来没有听说过蝴蝶蜻蜓的名字。不过，蝴蝶做名字听起来也挺顺耳。蝴蝶和这个女人，就像是木瓢和水缸，碗和筷子，杯子和茶一样的相宜妥帖。

这个叫胡蝶的女人没说话，只是一脚踩瘪了那个装了五一一腔子气的小球，然后蹲下身来，默默地一个一个地捡拾起那些个散落在泥地里的皮套。女人一直低着头，五一看不见女人脸上的表情，却只看见，女人的肩胛骨在衬衫的碎花里，蝴蝶翅膀似的轻轻颤簌着。

女人用系气球的那根绳子，把手里的皮套捆扎在一起，一把扔进了阴沟。女人没有看老太太，女人只是拉起了五一的手，往屋里走去。女人牵五一的时候，很是熟门熟路，仿佛她们已经相识相知了一生一世。五一的手在女人的手里不安分地探了一回路，却没有找到一根骨头，一块茧皮。

五一觉得背上很烫，起了无数个燎泡。她知道那是老太太的目光。

“别以为，你没单位，就没人管。”老太太说。

玫瑰有刺

胡蝶住在西屋。

五一的身子还没进屋，鼻子已经先进去了。屋里有一股五一从来没闻过的陌生香味。不是柴米的香，也不是稻谷扬穗云英开花的香。五一的脑袋瓜子还没想明白她到底喜不喜欢这股香味，五一的鼻子擅自替她做主，打了个响亮的喷嚏。

胡蝶一把抱起五一，放到了床沿上。五一不备，吓了一大跳——她没想到女人的床这么软，软得如同是新采摘的棉花堆，优哉游哉的，五一觉得自己要陷到棉花芯子里，再也不见天日了。好在棉花颤了几颤之后，终于稳妥了下来，五一才坐实了。

就扭头四下看。过了一小会儿，眼睛渐渐适应了，才看清女人屋里有两扇窗，疏疏的拉着两块绿竹帘子。日头挤扁了脑袋想钻进来，却被切成一条条细细的绿丝——就比外头黯淡清凉了许多。女人屋里只有一张桌子，吃饭写字都用，上面铺了一块浅绿格子的桌布。五一身下的那张床，占去了大半个房间。细布床单上的绿花，枝枝蔓蔓的一路爬到了墙边，把墙也染绿了。被子叠成小小的齐齐整整的一坨——也是清一色的绿。

难怪女人叫蝴蝶呢，原来女人喜欢绿颜色。五一暗想。

女人拧亮床头灯，从抽屉里摸摸索索地找出一个针线包，抽出一根针来，给五一挑额角上的刺。女人挑一下，咝地抽一口凉气，仿佛受苦的是她而不是五一。

终于把刺挑出来了，女人拿过桌子上的一个绿色长颈瓶子，拧开盖子，倒出几滴绿水来，抹到五一的额角上。五一觉得凉了一凉，才明白，原来女人屋里那股说不清楚的香味，是从这个瓶子里生出来的。

"花露水，清凉消毒的。"胡蝶说。

这是五一第二回听到这个奇怪的词。五一不敢问妈妈，五一却敢问这个陌生的女人。不知怎的，从第一眼起，五一就不怕这个女人。

"消毒，是什么东西？"五一问。

胡蝶扑哧一声笑了。

"消毒不是东西。消毒就是，呃，怎么说呢，就是杀细菌。"

"细菌是什么东西？"

"细菌，就是看不见的虫子。"

"看不见，还要杀它做什么？"

胡蝶答不出话来。五一很是得意，咚的一声跳下床来，就去掀女人的窗帘。女人想拦，可是已经晚了，日头哗的涌了进来，将一个屋子洗得雪白。那盏床头灯，瞬间变成了一粒黄豆。五一喜欢日头，五一情愿白天夜里都有日头，睡着醒着，一伸手就能摸着一手的光亮。

五一掬起一捧阳光，照着胡蝶的脸摔去。女人给烫着了，捂着脸吃吃地笑了起来。女人的笑软得跟刚点出来的豆腐似的，仿佛指头轻轻一碰，就要随时碎成渣粉。

女人突然止住了笑，板了脸，一把抓住五一的手。

“不许淘气。”女人说。可是女人的脸板不住，三下两下就裂开了缝。

“你生下来就是这副淘气样子，哭得整个屋子乱颤，天花板往下掉渣。我来抱你，你一脚踹过来，踹得我差点摔一跟斗。”女人说。

“你看见，我生下来的样子？”五一疑惑地问。

“岂止是看见？你的小命，还有你妈妈的大命，都是我捡回来的。”女人的食指和中指弯成一个菱角，夹住了五一的鼻子。五一的嘴噗的一声张开来，张成一朵带水的喇叭花。

“你出生的时候，正赶上城里武斗，两派打巷战，满城都是枪子的声音，医院也关了门。你妈发作的时候，别说送医院，连接生婆都找不到——谁也不肯出门，怕挨乱枪打死。隔壁北屋那家，正好从上海来了个亲戚，是华山医院产科病房的护工。你妈疼得杀猪似的叫，你爸急得只知道跺脚。我看不下去，只好求了那人过来救命。那人没接过生，只看过医生接生。那天她当医生，我当护士。我慌，她比我更慌，手抖得碘酒洒了一被子，剪子怎么也拿不稳。两个人昏头昏脑的，都不知道是怎么把你生下来的。”

五一听着胡蝶讲她的故事，怔怔的，仿佛听的是另一个世界另一个人的故事，虽然惊心动魄，却与她并无多大关联。在乡下时，五一见过女人生产时的阵痛，却没有真正见过女人生孩子。虽然没见过人生孩子，却是见过牲畜下崽的。她亲眼看见兽医给一头母牛接生。兽医把涂满了肥皂的手，伸进母牛的大肚皮里。母牛的肚子一抽一抽的，兽医的手在母牛的肚子里夹得一鼓一瘪，额头上冒出豆粒大的冷汗。她不知道牛疼不疼，她只知道兽医的脸疼得蜡黄，眉眼口鼻抽成一团乱麻绳。

这个胡蝶是不是跟那个兽医一样，也把手伸进妈妈的肚皮，叫妈妈的肚皮给夹瘪了？

五一这才明白过来，为什么她第一眼见到这个女人，就仿佛老早就认识了——原来她从妈妈的肚皮里爬到这个世界上的时候，第一个见过她的身体，还有她腿根上那颗胎痣的，就是这个女人。

“你去那边水缸，给我舀一瓢水。”胡蝶拿出一个大玻璃杯子，支使着五一。

五一把装满了水的杯子拿回来的时候，看见女人正从那个网兜里往外掏东西。女人的网兜里装的其实只有一个细长的纸包，包得很严。女人把一层一层的旧报纸小心翼翼地剥开来，终于露出了里边的那样东西——是一朵花。花很大，却还没全开，中间的花蕊紧紧地抱着团，仿佛在保守着一样惊天动地的机密。周边的花瓣已经开了，是白色的，边上裹着一圈桃红。那红和白之间，又洇着淡淡一层的粉红。那粉红水一样地把红和白搅和在一起，叫那白不再是孤单的白，那红，也不再是生硬的红。

胡蝶把花放进水杯，饥渴了很久的花猝然沾了水，身子抖了一抖，就突然抖出了精神头。

五一凑近了闻，只觉得那花有些香味，却又不是绿瓶子里那股花露水的香味。花露水的香味是生了许多颗牙齿的，爬过她鼻孔的时候，一口一口的在咬着她的肉。香是香，却是伶牙俐齿的香，叫人心惊胆战。而这朵花的香味，却像是一根极小极软的舌头，轻轻地舔过她的鼻孔，蠕爬到她的脑子她的五脏六腑，把她里里外外洗刷过了一遍，洗刷得她一身清净凉爽。

“见过吗，这种花？”胡蝶问。

五一摇了摇头。

“它叫三色玫瑰，是很稀罕的花。如今在城里边，很难找到一枝像样的玫瑰了。”

五一觉得那花的名字听起来有点奇怪，竟像是外婆上县城中药铺抓的一味药。她忍不住要伸手过去摸，却被胡蝶一把拦住了。

“动不得，上面有刺。刚才你脑门上的那根刺，就是你撞到我的网兜上扎的。”

五一吃了一惊：“为什么，有刺？”

“越是好看的花越要长刺，它长了刺就是为了不叫人摘它。”

“可是，你还是，把它摘下来了。”五一疑惑地望着胡蝶。

“不是我，是有一个人，他走了很远的路，专门摘了来送给我的。”胡蝶喃喃地说。

五一不知道女人嘴里的“他”是谁，五一只是看见，女人说到“他”这个字的时候，笑了一笑——却又不是先前的那种笑法。女人先前笑的时候，笑靥是从脸上生出，又在脸上铺展开来的。可是女人现在的这个笑，却是从心尖尖上生出来的，在肚子里走了很长的路，爬到脸上的时候，反是淡淡的，只在嘴角上漾出两汪若有若无的涟漪。

“是他吗，给你送花的？”五一指了指墙上挂的一张照片，问胡蝶。

照片上的男人头发稀少，戴着一副玳瑁边眼镜，中山装的领子扣得很紧，一路扣到下颌。男人的脸和男人的衣领一样紧，似乎想笑，又似乎怕笑，嘴唇被这两种表情撕扯成一个奇怪的斜角。

胡蝶怔了一怔，嘴角的涟漪渐渐平复了下去。女人的笑虽然退了潮，女人的脸上依旧还带着一丝潮水之后的湿气。

“要是他，就好了。”

“他是，你爸爸吗？”五一问。

胡蝶摇了摇头：“很老，是不是？老得都可以做我爸了。可是，五一，不是每一个人都像你那样幸运，有一个爸爸在你身边，可以骑着脚踏车，送你去上学的。”

“我爸爸的脚踏车，是带国庆的，不带我。”五一有点生气地说。

“别着急，等你上学了，他就会带你的。”

“你没有爸爸吗？”五一问。

“当然有。我爸爸也带过我，去杭州，去上海——就在你这么大的时候。”

“骑脚踏车去吗？”五一无限羡慕地问。五一最远只去过县城，是走着去的。

“脚踏车哪骑得到啊？我们坐的是轮船。”

“他现在，不带你了吗？”

女人的脸上飞过一片薄薄的云彩，女人的眸子里，日头一下子暗了。

“我已经，二十五年，没见过我爸爸了。”

二十五年？五一不知道二十五年到底有多长。在她心里，那是穿坏一百双最厚实的布鞋也走不到的路程。

“为什么？”

“因为，我错过了一班船。”女人叹了一口气。

“那你，为什么不赶，下一班船？”

“五一，你太小了，你不懂，战乱的时候，错过了一班船，人跟人，兴许就永远见不着了。”

五一的确不懂，什么叫“战乱”。五一见过最大的“战乱”，就是旺财伯的儿子和隔壁的六瓣，为了篱笆隔墙的事，打过一次架。六瓣那次被打得流了鼻血。

屋里静了下来，空气突然有了重量，压得人脑瓜仁子一蹦一蹦地生疼。其实五一还有很多话要问胡蝶。五一想问：后来她爸爸给她写信了吗？有没有回来找过她？妈妈有一次到乡下看五一，也错过了一班车，可是妈妈就赶下一趟车来了。为什么这个女人错过一班船，就二十五年见不着她爸爸了呢？五一的话憋在肚子里，唧唧咕咕地找着出口，可是五一最终还是没问。

两人正坐着发呆，地板上突然咚的落了一样东西——是窗外扔进来一颗石子。女人和五一同时吓了一跳。五一倏地站起来，跑到窗前，看见了一个男人骑着脚踏车的背影。男人穿了一件白衬衫，洗得干干净净的，扣子没扣严，下摆被风吹翻过来，一抖一抖的，像两只被猎人射伤的鸥子。五一抓起地上的石子，就要朝那人扔过去——却被胡蝶死死地抓住了。

“算了，反正也没砸着玻璃。”胡蝶说。

“他欺负你。”五一恨恨地说。

胡蝶的眉毛轻轻一扬：“他敢？他只是，想和我说句话。”

五一摊开手，才发现手心里的那块石子原来穿了一层衣服——是一层纸。胡蝶过来就要抢那张纸，五一啪地一下把手合拢了，蚌一样地夹住了女人的手指。女人的手在五一的手里挣扎了几回，五一终于败下阵来——不是因为力气，而是因为女人的指甲。女人的指甲陷进五一的掌心，像一排尖头的铁钉。五一被女人的没轻没重吓了一跳，咝地抽了一口气，松了手。

女人把石子上的那层纸扒下来，拿到窗口去看——上面潦潦草草地写了两行字。女人的目光扫过来扫过去，把那张纸打磨得千疮百孔。日头从纸上漏进来，映得女人的两颊一忽儿红，一忽儿白。女人的笑意像水，而女人的脸却像是河滩上密实的卵石，水流来流去，也没流穿卵石，就自行干涸了。

“五一，你爸爸妈妈要回来吃午饭了，你该回家了。”胡蝶把那张纸小心翼翼地叠成一个方块，放进裤兜里。就牵着五一的手，走出了房间。

“以后，再也不可以，玩那个皮套了。”

胡蝶贴在五一的耳边，悄悄地说。女人的气息拂过五一的脖子，像一只毛烘烘的多脚虫子，软软的，痒痒的，惹得五一忍不住想笑。

没下成雨的云

吃午饭的时候，妈妈的脸色很难看，像是一团堆得很厚实的云，压得低低的，仿佛一抬头就能撞到，一伸手就会拧出一把水来。后来，云破了一个小口子，流出来的却不是雨，而是一声叹息。

“你说怎么办才好，这事？”妈妈说。

爸爸没有吭气，只是埋头吃饭。爸爸吃饭的时候爱看报纸，可是爸爸今天吃早饭的时候，就已经把一天的报纸看完了。爸爸的眼睛这会儿没了着落，只能死死地盯在碗里的饭粒上。后来，爸爸的目光从碗底攀援上来，爬过碗沿，看了五一一眼。爸爸的这一眼有点像做贼，躲躲闪闪，欲盖弥彰。五一一下子明白了，妈妈在说她。

“这些年，一点都没负起教育她的责任。”爸爸说。

“你真是书生，这个时候，说这些，有用吗？”妈妈脸上的云裂开了一个更大的口子，还有许多声叹息，在排着队等待着从那里横空出世。

“南屋的舌头，跟刀子似的，见谁扎谁，你能信吗？”

“人家都亲眼看见那，那个东西……”妈妈的话拖了长长一个尾巴。妈妈看了国庆一眼，把半截话尾巴辛苦地咬断了。

“要是再不管教，以后她什么东西都敢往外拿。”

五一恍然大悟，爸爸话里的那个“舌头”是谁。有几句龌龊尖利的话，在五一的肚肠里打着滚，眼看着就要翻到五一的喉咙口，五一狠狠地咽了一口饭，才总算把它噎了回去。

“今天下班，我去买把锁，以后抽屉都上锁就是了。”爸爸最后的几口饭扒得有些急，筷子敲砸着碗底，叮叮咣咣的，震得人耳朵嘤嗡作响。

“两个都是我肚子里爬出来的，国庆从小就不乱翻抽屉。”妈妈说。

国庆已经吃完了饭。国庆伸出两个尖尖的手指，斯斯文文地抹干净了嘴角的米粒和菜渣。

“妈妈，乡下有桌子吗？她见过抽屉吗？”国庆斜了五一一眼。

国庆的这一眼坏了事。

五一知道国庆心里还藏了一麻袋的话，而国庆的目光，就是系在麻袋口子上的那根绳。绳子很松，五一一眼就看出来：麻袋里没掏出来的话，哪一句都比已经掏出来的那句厉害。国庆的眼神，叫五一感觉自己就是一碗新米饭里的那粒老鼠屎，一钵腌菜里的那头肥蛆。

“放你狗屁！外婆家里的桌子，有一百个抽屉！”

五一喊完了，才觉出了嗓子疼，唾沫里有股隐隐的咸腥味。五一觉得屋子颤了一颤，倏地静了下来，静得只剩下墙上的那个大挂钟，还在呱啦呱啦地锉着人的耳朵。五一看见妈妈的下颌塌了下去，半天没有收拢来；国庆脸上的表情走马灯似的换了好几种样式，最后才慢慢定格在惊愕上。五一知道国庆想松开系在话口袋上的那根绳子，可是国庆太斯文了，国庆一着急，心就管不了嘴，任由着两片嘴唇簌簌地颤抖着，却扯不出一个字来。

“你，怎么可以这样气你姐姐？你不知道她有病？”

妈妈连忙跑过去，给国庆揉胸口。前一下，后一下，左一下，右一下。国庆像一团热水烫过的面，在妈妈的手下瘫软得没了章法。

“是她，先欺负我的……”五一嗫嚅地说。五一身上有一处地方没长骨头，只需一根指头轻轻一捅，就能捅出一个洞来。那根指头，就是国庆的病。

“国庆，你不能看不起你妹妹。你爸爸妈妈，都是乡下人。爸爸是十九岁才跟大伯到城里来的。”爸爸收拾起脏碗筷，叠成一摞，拿到了灶台上。

国庆不说话，只是水汪汪地看着妈妈。国庆的眼睛睁得大大的，一动不动，因为国庆只要轻轻一眨眼，那两颗泪珠子就要滚落下来了。国庆没话说，或者说不出话来的时候，就是这样看着妈妈的——国庆想让妈妈替她说话。

可是这一回，妈妈没接她的目光。

“要不是你有病，那年送到乡下去的，可能就是你了。”妈妈说。

国庆的目光无着无落地在空中飘了半晌，撞到墙上，撞到天花板上，终于折断了。国庆的眼泪顺着她的脸颊落下来，咚的一声，在地上溅起两团灰尘。

“其实，我……我是骂南屋那个，多嘴的猪婆的。”五一觉得身上没长骨头的那个地方，洞眼越掏越大，大得她拿什么东西也填不上了。

妈妈唰的跑过来，一把捂住了她的嘴：“皇天啊，这张嘴！”

爸爸抓住五一的胳膊，把五一扯了过来。五一很瘦，瘦得跟豆芽似的，胳膊上的骨头硌得爸爸的手生疼。爸爸松了手，坐下来，把脸埋在了手掌里。

半晌，爸爸终于抬起头来。

“五一，你知不知道，南屋的阿婆是街道革委会主任？”

五一摇了摇头。五一不知道老太婆是街道革委会主任。其实，五一连街道革委会是什么东西也不知道。五一摇一次头，就把两层无知都摇在一起了。

“你现在是在城里，不比乡下，你这样满嘴放炮，是要给家里惹祸的，你懂不懂？”

爸爸的目光很重，石板似的压在五一的嘴唇上。五一其实是想说话的，可是五一张不了嘴。她只好迷迷糊糊地点了点头。

“五一，你听好了，从今往后，你不许用粗话骂人；你不能乱翻家里的抽屉；还有，你不许把大人在家里讲的话传到……”

妈妈突然慢了下来。妈妈的嘴唇依旧还在动，可是五一看得出来妈妈的心已经不在嘴上了。妈妈的心，现在挪到了眼睛上。

五一顺着妈妈的视线看出去，看见有个男人推着一辆脚踏车走进了院门。车支架上横绑了一个铁锹，后架上捆着一个大竹筐，筐口盖着一张蓝色塑料布。筐重，压得脚踏车的轮子咿咿呀呀地讨饶。男人看上去很年轻，二十出头的样子，似乎还踩在少年人和成年人的那条模糊分界线上。剪得极短的头发支支棱棱地戳立着，顶得头上的草帽松松的随时要掉。胡子大约是刚刮过的，下颌幽幽的泛着一层青光。男人穿了一件干干净净的白衬衫，扣子松散着，露出里头一条绷得紧紧的蓝背心。五一认得那辆脚踏车，也认得那身装扮——她在西屋的窗口见过他的背影。

男人在胡蝶的门前停下，并不敲门，只把塑料布取下来，铺在地上，把筐里的东西倒在布上——原来是煤粉。风很轻，可是煤粉比风更轻，在风里扬起薄薄一层黑尘。那黑尘越飞越细，细成一根草尖尖，钻进男人的鼻孔里，男人惊天动地地打了一个喷嚏。

屋里有个身影闪了一闪。咣当一声，绿竹窗帘落了下来，屋外的人再也看不见屋里。可是五一知道，屋里的人依旧可以看得见屋外。

男人熟门熟路地从墙角拿过一个汲水的铁桶，从井里打了水，又取下车上的铁锹来和煤粉。三下两下，煤粉很快在男人手下成为一滩不软不硬的煤浆。

日头升到中天了，无遮无挡的，晒在身上像一把刮猪毛的刀。知了叫到这一会儿，已经叫哑了嗓门。男人热了，脱下衬衫，挂到树桠上。男人背上和胳膊上的肉，耸得高高的，像一垅刚被犁刀翻过的田，黑黝黝地泛着亮光——那是汗。

吱扭一声，绿竹窗帘裂开了一条缝，有一只手从那条缝里伸出来，又缩了回去。窗台上多出了一杯凉茶。

男人拿过杯子，仰脸一口喝光。男人喝水的时候，腮帮上和喉咙里都像藏着几只小老鼠，懵头懵脑地四下乱窜。

屋里和屋外的人没有照面，也没有说话。可是屋里和屋外的人已经把一个院子惊动了。每一户的窗后，都贴满了锥子似的眼睛。

男人的皮很厚实，经得起日头，也经得起锥子。男人蹲在地上，谁也不看，埋头捏煤饼。男人的眼光很精准，每一个煤饼捏出来，都是一模一样大小。摆在地上，横是行，竖是列，齐整得像是一盘还没开走的象棋。

“听说是她原来班上的学生，死追着她不放。就是为了这个，她才离职的。”妈妈轻声对爸爸说。

“一个女人，没了工作，怎么活得下去？”爸爸叹了一口气。

“南屋的说她爸从香港给她寄钱。她先前那个男人，也给她留了好多值钱货，她卖一样，寻常人家就能活一年。”

“你怎么能信那张嘴？要不是逼急了，谁能退了公职？”

“要不是有底子，谁敢把一个饭碗，说丢就丢了？”

爸爸还想反驳，可是爸爸找不出话来。等爸爸终于找出话来的时候，却不是那个话题了。

“老寡妇看不惯小寡妇，就是这么回事。”

“十几岁，他到底比她小十几岁啊。”妈妈忿忿不平地说。

可是妈妈的愤恨是一块织得很稀疏的布，到处都是洞眼破绽，爸爸眼神好，爸爸一眼就看见了洞眼底下若隐若现的羡慕。

“你是不是，也想找一个，这样的？”爸爸似笑非笑地说。

“我没那么贱！”妈妈眉角一挑，嗓门陡然尖了起来，竟像是有几分心虚的样子。

“不容易啊，人活着。”爸爸感叹道。

妈妈扭身看了爸爸一眼，那一眼里带着钩子，啄得爸爸遍体鳞伤。

“你们男人，是不是都喜欢，那个样子的女人？”

有个男孩名叫四平

第二天早上五一起床，拿了个杯子跑到院子里，看见一个男孩也在刷牙。院里有条阴沟，一直通到院外，她蹲在这头，他蹲在那头，脸对脸，目光就撞上了。男孩的眼睛细得如同是刀子在面团上拉开的两条缝。拉缝的手大概不稳，缝不直，哆哆嗦嗦的有些斜扭。这样的眼睛，一遇到脸上有风吹草动，看上去就像是笑。

再看，五一就看到了男孩的鞋子。那鞋子不像是鞋子，倒更像是几条粗带子胡乱地绑在一个塑料鞋底上，脚趾和脚跟一前一后地顶戳在鞋子外头——显然小了一码。五一觉得好笑：在乡下，男孩天冷的时候穿鞋子，天热了打赤脚，没人穿这种像半只鞋的鞋子。

“我妈说你叫五一。”

男孩把最后一口水咕噜咕噜地吐到了阴沟里，然后把杯子高高扬起来空水。五一发现男孩的杯子和她的一模一样，白搪瓷，蓝边，中间有个红五星，下面印着几个字。妈妈把那几个字念给她听过，是“人民民政”——那是爸爸的工作单位。男孩说话的声音很响，仿佛隔在五一和他中间的，不是一条阴沟，而是一座山。五一很奇怪：长着这么小眼睛的人，怎么会有这么大的嗓门。

五一怔怔地看着他，不知道该说什么。见到生人的第一句话总是最难的，就像出门迈的第一步路，不知道该向左还是向右。第一步迈出去了，后边的路就云清风顺。

“我爸爸和你爸爸在一个机关工作。”男孩又说。

“你，我，爸爸？”五一终于扯出了第一句话。

其实，这不是五一真正想说的话。五一想说的是：“你是谁？”可是那天早上五一的话有主心骨，一出口就会自作主张地拐弯。

“我爸爸下基层了，等我上学的时候，他就回来了。”男孩说。

五一想问“基层”是什么意思，可是五一没问——她不想让这个男孩觉得她什么都不懂。

“几年级，你上？”

“一年级，开学就上。”男孩露出两排黄黄的牙齿——这回才真是笑了。

天底下再也没有比这更丑的牙了。每一颗牙齿都在你推我搡地抢占着牙床，牙太多，牙床不够，于是牙跟牙彼此别别扭扭地拥挤着，仿佛随时要摔倒。

“我也是。”五一惊讶地听见自己的声音，从舌尖上自说自话地溜了出来。五一本来是不想说话的——男孩的牙齿已经让她彻底倒了胃口。

这时北屋里传出一个女人的呼唤：“四平，你有多少副牙齿啊？刷到这会儿还没刷完？吃饭了。”

“一会儿我来找你。”男孩丢下一句话，就噌噌地跑回了屋里。

五一这才知道，男孩的名字叫四平。

名字还不错，和外婆村里的孩子挺像的。五一想。

早饭还是泡饭，一锅的剩菜剩饭煮成烂糊糊，五一吃得有点心不在焉。妈妈给她碗里夹了半块豆腐乳，她埋着头说了一句：“烂牙。”妈妈问谁烂牙了？她吃了一惊，笑笑，却不吱声。妈妈说什么毛病？学会自言自语了。

吃完饭，爸爸妈妈推着脚踏车出了门，国庆扭着身子坐在妈妈的后架上——今天妈妈请了半天假，带国庆去医院检查身体。

五一趴到窗户上，朝院子里看去。这会儿院里只有南屋的那个胖老太在洗马桶。胖老太太似乎跟马桶有仇，使的劲很猛，篾刷子划拉划拉的刮出片片木屑，脊背上的肉地动山摇地晃着，好像随时要甩出去一块。五一直看得心惊肉跳。

过了约一碗茶的工夫，一个和妈妈年岁相仿的女人，推着一辆脚踏车从北屋走了出来。胖老太背上似乎长了一副眼睛，立刻停了手里的篾刷，回头喊了一声："四平妈，上班去啊？"四平妈答应了一句，就要走，胖老太扔下洗了一半的马桶，跑过来抓住她说话。四平妈扭着身子想躲开胖老太的脏手——却没躲开。

胖老太的嗓门突然低了下去，五一听不清楚，只见她时不时地扬起下巴指着西屋。四平妈听的多，说的少，一会儿点头，一会儿摇头。两人戚戚嚓嚓地说了三五分钟，四平妈指了指腕上的表——胖老太才松了手。

四平妈前脚刚迈过门槛，北屋的窗户上就出现了一张脸。脸紧紧地贴在玻璃上，鼻子挤成了一头烂蒜——是四平。五一正想招手，烂蒜不见了——四平已经跑出屋来了。

四平正推五一家的门，胖老太背上的眼睛眨了一眨，说："你妈刚走，你不好好在家待着？小心我告诉你妈去。"

"你告诉我妈，我就告诉和平叔叔，你在家管闲事。"四平跺着脚说。

胖老太转过身来，扬起湿漉漉的篾刷子，说给你一百个胆你也不敢。四平身子一闪——是躲水，就闪进了五一的家。

"和平是谁？"五一问。

"胖老太婆的儿子。参军了，海军。"四平说。

四平抽出一张椅子坐了下来，腿一弯，舒舒坦坦地搭在了椅子腿的横杠上，熟门熟路的样子，仿佛已经在上面坐过了十回百回。

“胖老太婆就这一个儿子，她最怕儿子。”四平告诉五一。

四平从左边的裤兜里掏出一支毛笔，一卷纸，右边的裤兜里掏出一个铁盒子，摊在五一的饭桌上。毛笔是五一见过的——舅舅的儿子阿辉，就用这样的毛笔描字帖。纸也是五一见过的，是上茅房用的草纸。只有那个铁盒子，是五一没见过的。打开来，里头隔开一个个小格子，装的是红黄蓝绿五花八门的颜色，有点像外婆裁衣服的粉饼，只是比粉饼略小一些。

“你会画画吗？”四平问。

五一摇了摇头。

“乡下人，什么都不会。”四平说。

这样的话，国庆也说过，只不过国庆是用眼睛说的。真奇怪，嘴里说出来的，竟没有眼睛说出来的扎心。

“你妈才是乡下人！”

骂完了，五一才想起来，她已经破了妈妈给她定的第一条规矩。

四平也不恼，只是呵呵地笑，说你给我端碗水来，我给你画画。五一拿来水碗，四平就把毛笔泡进水里。笔用过多回了，毛拧着劲，怎么也不肯聚成一个尖头。四平懒得费劲，把笔悬在空中，问五一要画什么？五一歪着头想了半天，才问你会画向日葵吗？四平说太太太会了，就把那杆半秃的笔往铁盒子里一戳，戳出一块红，画了个大圆。胡乱洗了洗笔，又在铁盒子里戳出一块黄，在大圆边上画了几个小圆。纸太糙，留不住颜料，红的黄的随着细草梗到处乱跑，洇成一张不成形状的花脸。

五一大叫不像不像一点儿也不像。四平说那你给我拿张好纸，我就能画得像。五一说你家没纸吗？拿擦屁股纸画。四平说我把我妈的纸都用光了，我妈再也不给买了。五一突然想起昨晚看见妈妈给外婆写信，留了半叠信纸在桌子上，还没来得及锁回到抽屉里。进屋一找，果真还在。五一小心翼翼地撕了一张在手里，心里只是慌。想了想，又撕了一张，心反而定了——反正已经破了妈妈的规矩，拿一张是骂，拿两张也是骂。

四平拿了信纸，把有横杠的那面翻过去，在白面上画。纸好，颜色果真就待住了，一个大圆加上一圈小圆，渐渐的，就有了花的样式。五一说还有葵花籽，你没画上。四平闭着眼睛，想了一会儿，就又蘸了些棕色的颜料，在那个红圆盘里点了些芝麻大的点——突然就像了。

五一拿起画来看了又看，半晌，才问四平你会写字吗？四平说我会写我的名字。五一说那有什么用？四平问你要写什么字？五一说跟你说了也没用——我要给我外婆写信。四平说等你一上学，就都会了。

"唉，等到那个时候，我外婆就老了。"五一说。

五一说完了，才醒悟过来，她在叹气。

"你上学，有新……书包吗？"五一问四平。

"我爸去上海开会，专门给我买的。解放军包那样的，有五角星，还有'为人民服务'。"

四平说这话的时候，两只眯缝眼颤颤地抖了起来，抖出一脸细细碎碎的得意。

五一不说话，只是扭过脸去看墙。墙是很多年前国庆五一都还没出生的时候粉刷过的，漆皮老了，爆出一张张小鱼鳞。鱼鳞中间，有三两点污血——那是捏死在墙上的蚊子。

四平盯着五一看了一眼，突然起了疑心："你没新书包？"

"你妈才没新书包！我妈早，早就买好了……"五一说了一半，就噎了回去。她很吃惊，怎么到了城里没几天，自己就学会了撒谎。从小到大，外婆什么事上都随着她。外婆任由她上房顶下池塘野成一滩泥浆回家，可是外婆就是不许她撒谎。外婆说再淘气的孩子，只要诚实，就还有救。可是再听话的孩子，只要学会了撒谎，心就脏了。身子再脏，洗洗就干净了。心脏了，一河的水也洗不白。

其实，妈妈的确买了一个新书包，也是军绿色的，也有一个红五星，写的不是“为人民服务”，却是“好好学习，天天向上”。只是，这个书包是为国庆买的。妈妈说国庆开学就上五年级了，国庆的书多，书包就要大一些，而她可以用国庆腾下来的那个小书包。国庆的书包是用零头布缝的，一面是蓝色的，一面是红色的，用了四年了，角上打过一个小补丁。

国庆的新书包挂在床头，五一每天睡觉起床，第一眼看见的就是它。她坐在床上直愣愣地看着那片新绿，一直到把书包看出无数个洞眼来。有一天，她又呆呆地看了很久，妈妈喊她吃饭的时候，她才猛然发现自己手里拿了一把剪子。

后来她就叫国庆把书包收到柜子里去。“挂在外头招灰。”她告诉国庆。

四平画腻了，把毛笔往碗里一扔，水顿时哗地浑了一片。

“走，我带你到外面看西洋景。”他拉着五一就往外走去。

“西洋景是什么？”五一疑惑地问。

“见了你就知道。”四平说。

五一的腿迈过门槛的那一刻，犹豫了一下——她想起了爸爸嘱咐她不要出门的话。可是这一会儿五一的心拴不住五一的腿，五一的腿轻轻一抬，就把五一的心给拂到一边去了。

反正已经坏了好几个规矩，索性就再坏一个。明天，明天开始，再好好守规矩。五一暗想。

五一和四平走出房门的时候，胖老太婆已经把马桶洗完了，正倒扣着等着晾干。老太太拿了一根别针，往她的的确良衬衫袖子上别红袖箍。老太太肉多，手不稳，颤颤的怎么也别不上去，就喊四平过来帮忙。四平朝五一眨了眨眼，假装没听见，两人飞快地跑出了院子。只听见胖老太扯着嗓子在身后喊："西屋的胡蝶，晚上居委会政治学习，七点半准时。"

四平贴着五一的耳根说："那个人在屋里，她就是不搭理她。"

五一问你怎么知道？四平咧嘴奸贼似的笑了起来，一口前赴后继的四环素牙晃得五一眼前一片昏黄。

"不信，你看。"

四平噌噌地就往前走，五一紧跟着，却渐渐地拉在了后边。穿一双鞋的还走不过穿半双鞋的。五一忿忿不平地想。

五一一把扒下了脚上的鞋袜，提在手上，小跑了几步，就赶上了。

舒服啊，舒服，脚贴在鹅卵石上的感觉。石头缝里有小草探出头来，轻轻地挠她的脚心。蚂蚁在抬头看她的脚板——她成了它们的天。她很轻，她不会踩死它们。

五一一路跑，一路问："在哪里，你的西洋景？"四平不回话，直跑到一棵树前，才停了下来，说："在这儿。"

树是一棵槐树，有院子里那棵矮脖子树的四五个高，绿叶子蓬蓬的，遮暗了一大片地。不过，那绿只是靠外的那一半树身里长出来的，靠里的那一半，遭雷劈过，挨天火烧过，烧出了空空的一个大树洞。那绿悠然自得地绿着，那黑触目惊心地黑着，生和死紧紧相挨，各自有各自的精彩。

四平身子一矮，缩成一个圆团，就钻进了树洞里，又从洞里探出脸来，对五一说："游击队打鬼子，就是藏在树洞里的。"五一哼了一声，说谁稀罕你这个破树洞？乡下有的是。这就是你的西洋景了？

四平遭了打击，灰头灰脸地钻出来，说："我说了吗？我说这是西洋景了吗？西洋景在上面呢。"

四平猫似的噌噌两下爬上了树，在树分叉的地方坐下了，两个脚晃来晃去，后跟当当地踢着树干，踢下几片枯叶。"你敢爬吗？"四平龇牙咧嘴地问五一。

"你妈才不敢！"五一扔了鞋子，话没说完，人已经在树杈上了。四平让出半个屁股，让五一坐下。除了外婆，五一还没跟谁这么挨挤过，只觉得四平身上到处是汗，凉凉滑滑的，像条黄鳝。

"你看，那就是西洋景。"四平指着不远处一扇窗户说。

那是一扇很高的玻璃窗，密密实实地拉着竹帘子。只是窗户太高，帘子不够长，最上面露出约有四五寸的裸玻璃，从地上看不见，爬在树上，往下一看，就看见屋里的景致了。

五一看见了一张床，床上铺着被子，被子底下有人在动来动去，绿布被面麦浪似的抖颤着。五一的心咚的跳了起来——她认出来那是胡蝶的被子胡蝶的床。

"被子里有两个人。"四平说。

五一摇头说我不信。四平说我跟你打赌——每个星期五，院里的人一上班，他就来。院里的人下班之前，他就走，都是爬窗户的。

五一还想说我不信，被子一掀，钻出一个赤裸的女人来。五一从没见过一个人的肉是这样的白，白得就跟没见过一回天日。肩膀瘦瘦的，脖子瘦瘦的，只有胸前的两个奶子，饱胀得如灌满了水。有两颗鲜红的樱桃，圆圆翘翘地浮在水中央。

被子又掀了一角，钻出另一个人来——是个男人。男人背对着五一，看不见脸，却只看见肩膀上胳膊上的肉一垅一垅的，硬得像发坏了的面。男人伸出手来，抓住了女人的奶，狠命地揉搓着。女人的身子像白生生的月亮，男人的手指像黑黝黝的夜色，男人的夜色一把一把地剪着月亮，月亮碎了，又圆；圆了，又碎，男人的指缝里漏出一把又一把水一样的白光。

“南屋那个胖猪叫她‘头毛’（温州方言：婊子）”四平说。

“她妈她奶奶才是头毛！”

五一突然生了气，踹了四平一脚。四平不备，差点从树上掉了下来。

“她老公病死了，老有男人找她，她就是头毛！”四平说。

五一搜肠刮肚，正要找一句一下子能把四平噎死的话，可是她突然停住了。她看见屋子里胡蝶的脖子死命地朝后仰，身子仿佛随时要折成两半，嘴巴张得如同是一口喷着热气的黑井，额上的头发湿成了一个一个的圆圈圈。

五一看出来了，女人不是疼，而是痛快。

五一的心命令五一别看，快别看了，而五一的眼睛却吩咐她看啊，再看一会儿。五一的心和五一的眼睛在五一的身子里打得天昏地暗，五一的身子撑不住，就簌簌地抖了起来，抖得像是一片雨里的叶子。

出门

国庆学农的事，是这两个星期饭桌上出现最频繁的一个话题。

每顿饭，国庆都要把这个话题掏出来说一遍。国庆说了一遍又一遍——当然是轻言细语的那种说法。妈妈有些吃惊，因为从小到大国庆还从来没为哪件事这么上过心。尽管国庆的话在妈妈的耳朵上磨出了层层老茧，可是妈妈依旧没有松口。

国庆和妈妈拔了很久的河，系在绳子中间的那块手绢，却一直纹丝不动。爸爸和五一都是沉默的观战者。五一观战，是因为五一没有参战的理由；而爸爸观战，却是因为爸爸在考虑参战的角度和时机。终于有一天，那块手绢突然斜到了国庆那一边——不是因为国庆持久的耐力，却是因为爸爸的一句话。

爸爸说："你总不能一辈子把她罩在玻璃罩里吧？她总得长大，走到世上，过她自己的生活。"

妈妈一下子泄了气。

从答应国庆的那天起，妈妈就开始给国庆打点行装。妈妈今天装一点，明天再拆开。昨天刚收拾拢来，今天再拿出来，换几样新的。来来去去也不知折腾了多少个回合，一直到国庆出发的前一天，才总算把行装定下来了。妈妈给国庆准备了三身换洗的衣服，长袖短袖都有，两双鞋，两条毛巾，三条手绢——都叠成细细的一卷打进毯子里。妈妈又在国庆的书包里塞了三个钢精饭盒，两个长，一个圆。长的里边装的是虾皮肉松紫菜咸蛋和绿豆糕，圆的里边装的是切成块的白兰瓜。爸爸看了忍不住笑，说她不过走一个星期啊，你以为有多长？学校有集体伙食的，你不要搞特殊。妈妈说谁爱说什么就说什么，国庆情况就是特殊。

那天妈妈到小菜场，把家里剩下的肉票都拿去割了肉，回来炖了一小锅红烧肉。妈妈怕肉味太招摇，就把屋里的窗户都关了。可是肉味长了无数双看不见的腿脚，从灶边锅沿墙缝窗棂格缝里钻出去，看不见，摸不着，却爬得满屋满院都是。五一嘴里没说话，五一的肚皮可没五一的嘴那么老实——五一的肚皮一阵阵地蠕动起来，发出惊天动地的号叫。

肉终于炖熟了，看上去是一锅，盛出来，只有浅浅的一盘，油汪汪的，像涂了一层红蜡。五一悄悄地数了数，有九块——豆腐乳那样大小的九块。别看五一不识字，五一很小就知道怎么数数——都是外婆教的。

妈妈给每人的碗里都夹了一块。“慢慢的，小口小口地咬。”五一这样提醒自己。可是没用，肉不听她管，舌头牙齿也不听她管。肉一挨到她的舌尖，牙齿就扑了上来。还没等牙齿真正使上劲，肉就棉花糖一样地化了，化成一股细细的油水，顺着她的喉咙，自说自话地流了下去。油水所经之地都干涸已久，张开一个个龟裂的小口，你推我抢地吸吮。等到了胃的时候，只剩了最后一滴，连个响动都没有，就沉到了底。

五一很后悔自己的急躁。

第二块，等到吃第二块的时候，一定要慢。先把肉咬成两半，一半留在嘴里，一半留在碗里。这样，至少油水能在肚子里走两遭。五一心想。

剩下的时间里，五一再也没法认真吃饭。五一的全部心思，都在那盘已经浅了许多的红烧肉里。嘴真他妈的不是东西，尝过了油腥，别的菜再吃起来就跟喝白开水一样的无味。

可是，桌子上再也没有人在那盘肉里动筷。五一看着国庆，国庆不动声色，可是五一知道国庆也在看她——是用眼角的那点余光。五一和国庆的目光在空中贼似的推搡了几把，是国庆先败下阵来的。国庆的筷子，终于朝着那个盘子挪移了过去。五一的筷子，也紧跟在了后面。

五一夹了一块肉，可是五一的筷子很重，翻不动身——是妈妈的筷子压住了她的筷子。

“剩几块，让你姐带到乡下去。你姐营养要跟得上。”妈妈说。

“我跟你老师说好了，田里的劳动你都不用参加，你就在炊事班里帮忙。要是身上有哪里不舒服，一定要马上告诉老师，不能硬撑。”妈妈吩咐国庆。

爸爸舀了一勺肉汤，倒进五一的碗里：“拌一拌，好下饭。”

那天晚上五一吃了整整两碗饭。睡觉的时候，她拿了她的漱口杯子，装模作样地在院子里蹲了一会儿，最后把一杯水全倒在地上了——她不愿把那一口的油香白白地刷出去。

那一夜五一睡得很沉。上床的时候她原本是想和国庆说句话的，可是话还没想好，就一头跌进了黑甜乡。那勺油汤妥妥帖帖地滋润着她的五脏六腑，叫她身子上没有一个地方想动。她突然就想明白了，外婆骂人的时候说“猪油蒙了心”是什么意思。

半夜里五一被一泡尿憋醒，睁开眼睛，看见窗外是个大月亮夜。风把树影摇碎了掷在墙上，鬼魅似的乱舞。床头有两点鬼火，荧荧地扑闪。再看仔细了，原来是国庆靠墙坐着，眼眶里盛了满满两汪月光。五一吓得心跳如万马奔腾。

“你，怎，怎么了……”五一的声音扯成了碎布片。

国庆不动，也不说话。五一伸过手去，探了探国庆的脚——是温热的，才放了心。国庆很瘦。其实五一也瘦，可是五一的瘦是肉没长好的瘦，而国庆的瘦却是骨头没长好的瘦。五一瘦得理直气壮，国庆瘦得胆怯心虚。

半晌，国庆才问：“五一，你说乡下好，还是城里好？”

五一原本想说当然是乡下好，可是尝过一块肉一勺肉汤的肚子不太听她使唤，话到嘴边，突然拐了一个弯，变成了："外婆说的，没命住城里的人，才住乡下。"

国庆叹了一口气。五一一直以为叹气是大人的事，没想到小孩也会叹气。国庆的那声叹息和国庆的身子一样，骨头没长好，刚迈出第一步，就摔了，有气无力地歪倒在了嘴唇上。

"其实，我挺羡慕你的，可以到处乱跑。我还是第一次，出门。"国庆说。

五一的喉咙口涌上一团东西，一团与肉汤无关的东西，软软的，却有个硬芯子，叫她吐不出来，也咽不回去。搜肠刮肚，半天才想出一句话来。

"等你身子好了，我带你去乡下，抓梁山伯祝英台。"

"抓……什么？"

"蝴蝶，最好看的蝴蝶。"五一暗暗地笑了——国庆终于也有不知道的事情。

"妈妈说，我不能累，累了就犯病。"国庆又叹了一口气。

"外婆说，人只有懒死的，没有累死的……"

话出了口，五一就知道说错了。话里边有一个字，蒺藜似的扎着了她。她知道，蒺藜也扎着了国庆，因为国庆的脚，突然抽了一抽。

两人突然就安静了下来。月影很重，湿湿凉凉的，把国庆的身子压矮了。

"五一，你说，我能好吗？"国庆问。

五一怔住了。五一的心里钻出了一句话，可是五一的嘴却不愿意接过心里的那句话。她觉得是因为那勺肉汤——那勺肉汤已经惯坏了她的嘴她的心，叫她学会了忘却，学会了脸不改色地撒谎。

"一定会好的。"五一的嘴说。

第二天早上，五一醒来的时候，床空了——国庆已经走了。

很多年后，当五一回忆起那个夏天发生的事时，她都会庆幸，那是她和国庆之间说的最后一句话。

尽管是一句谎话。

诱惑

“又找四平玩啊？”

五一刚想出门，南屋的胖老太就问她。

胖老太正在院子里那块洗衣服用的水泥板上摘菜。胖老太的菜篮子里，装的是豆瓣海蜇皮和小鱼头——都是菜市场里最便宜的物什。胖老太很早就守了寡，靠儿子从部队寄几个生活费过日子。门上那块“革命军属”的匾和袖子上那条红箍光鲜是光鲜，却当不得碗里的饭食。胖老太口袋里没有几个钱——就只能从嘴里省。可是胖老太喝凉水也长肉。胖老太身上的肉是无根的草，不用培土也不用施肥。胖老太明明是赤贫的里子，却偏偏有一层老财的面。

五一是想从胖老太身后溜出家门的，可是胖老太身上到处是眼睛，哪一副也比脸上的那副管用。五一刚一抬脚，她就知道了。

五一的脚不知所措地停在了半空。

自从国庆去学农之后，每天爸爸妈妈一出门上班，她就和四平厮混在一起，不是他来她家，就是她去他家。妈妈桌子上的信纸，撕得只剩了薄薄几张。家里好几个碗边上，都染了颜色。她用秋丝瓜瓤刷了又刷，还是刷不干净。每天吃饭的时候，她都提心吊胆地等着妈妈发火，可是妈妈竟然没有发现——那个胖老太，大概还没来得及跟妈妈学舌。渐渐的，五一的胆子就长了个子——可是她还是多少有些害怕这个浑身是眼的女人。

院门吱扭一声响，胡蝶提着一个菜篮子进了门。胡蝶的菜篮子很浅，里边只有几叶韭菜，两只竹笋和一个旧纸包。可是竹篮的把手上，别了一朵花——是矢车菊。深蓝的蕊，浅蓝的瓣，更浅的边。那一朵花就叫那篮子一下子满了起来，一股生气溢出篮边，淅淅沥沥地滴淌了一地。

“五一，我买了一样稀罕东西，你过来，给你瞧瞧。”胡蝶见着五一，脸上洇出了阔阔的一团笑。

五一犹豫了一下，看了一眼胖老太。她知道此刻胖老太背上的那双眼睛正睁得滚圆，一眨不眨地盯着她。可是胡蝶的手上有根铁丝，钩着五一的心，五一顾不得了。

五一当然不知道，其实老太太背上的那副眼睛，不在看她，而是在看胡蝶。老太太从不用正眼看胡蝶。只有不用正眼的时候，她才看得清胡蝶。她是寡妇，她也是，然而她们寡得却如此不同。胡蝶不是她的昨日，她也不是胡蝶的明天。胡蝶时时刻刻提醒着她：她原本倒是可以有一个不同于今日的昨天的。她原本也是可以把自己残缺了的命，再烧成一把小小的火的，可是她却自己把引火纸扔了。

进了西屋，胡蝶的双手往五一腋下一插，就把五一抱到了床沿上坐下。这回五一有了准备，床就不再那么软得不见天日了。可是五一依旧坐得不安稳。五一眼睛一闭，就觉得屁股底下那床薄绿被子里，正藏着一个人。

胡蝶从篮子里掏出那个纸包，窸窸窣窣地打开来——是两个苹果。

“想吃吗？”胡蝶歪着头问五一，神情有些调皮。

苹果离开枝头有些时日了，挤在各样的车厢和筐笼里走过了很长的路，渐渐老了，面皮起了无数皱褶，早已失去了青春的光泽。但是它依旧还是苹果啊！在外婆的村子里，苹果是住院的病人和坐月子的女人才能吃的物件啊，五一一年也吃不上一回。

五一原本是想摇头的，可是五一的颈子很硬，五一的颈子死活也挪不动五一的头。

胡蝶拿了把刀子，开始削苹果皮。干涩的皮和肉连得很紧，刀子找起路来有些艰难，女人一不小心就割伤了自己的手指。可是她没有立刻去洗手，她只是用力地捏着那个伤口，眼看着那颗血珠子越挤越大，大成了一粒黑豆，才贴在了那朵矢车菊上——花就多了一样颜色。

五一痴痴地看着，只觉得这个女人做什么事都跟别人不同。

终于削完了皮，胡蝶把苹果递给五一。没了皮的苹果像脱了衣裳的人，赤裸瘦小，无地自容，五一三口就消灭了它——两口吃果肉，一口吃果核。果核有些酸涩，可是她舍不得吐出来，她甚至没有放过那几粒籽。吃完了，她就有些后悔——她要是能先吃核再吃肉就好了，那样，她记住的就是甜而不是酸。

五一意犹未尽。五一很想问女人讨盘子里那条蛇一样盘旋着的果皮。想到这条肥硕的果皮将要随着垃圾倒在某个无人知晓的角落，成为一群老鼠或者是蟑螂的丰盛宴席，五一的心抽成了一团。话在喉咙口翻滚了很久，可是话有毛刺，翻来滚去，最终也没滚出舌头。

胡蝶拿过一条湿毛巾，给五一擦手。胡蝶今天穿的是一件旧衬衫，灰细布的，洗过很多水，薄得挂了纱——却依旧好看。女人站得近，五一看见了她胳膊上隐隐欲现的一颗黑痣，还有衬衫纽扣之间露出来的那一角白背心。五一闭上眼睛，想象着那块白布之后女人的身体：胸前两团饱胀得一捏就要流出水来的肉，还有那两粒硬挺挺的樱桃。

五一看过了女人不穿衣服的样子，现在再也没有衣服能挡得住五一的眼睛。只赤裸了一回，女人在五一眼里就永远赤裸了。

“要是我的小芸还在，就跟你差不多大了。”胡蝶喃喃地说。

“谁是小芸？”五一问。

胡蝶不回答，却伸出一个尖尖的指头，抠出五一鼻孔里的一粒鼻屎。

“脏死了，看看你。”

五一一下子闻到了女人身上的味道：不是花露水，也不是玫瑰，而是另外一种陌生的味道——是那个长了一身腱子肉的男人留在她身上的味道，也许是指纹，也许是唇印。男人的味道像一条尖嘴虫子，顺着五一的鼻孔钻进来，一路爬到她的心尖尖，在上面轻轻地挑了一挑。

她一把推开女人，从床上跳下来，朝屋外跑去。

“关上窗户，你！”她朝着胡蝶喊道。

五一跑回屋，咚的一声瘫坐到椅子里，身子依旧抖得如风里的落叶。抓过茶缸想喝水，却哆哆嗦嗦地洒了一地。终于喝过几口，心里凉快了些，方渐渐安稳下来。

这才想起四平还在家里等她。

五一又跨出了家门。南屋的胖老太还在院子里忙活。篮子里的菜洗完了，海蜇皮和鱼头已经晾在竹筛里空水。老太太这会儿正在洗衣服。洗一件，晾一件，院子里的那根晾衣绳上哗啦哗啦地飞扬着万国旗。

突然，晾衣绳上有一样东西钩住了五一的眼光，五一就走不动路了。

那是一个帆布包，蓝色的，中间钉着一个红五星，底下是几个五一认不得的字。那蓝就蓝得跟墨水一样深一样纯，仿佛是日头把一江一海的水都晒干了，染到了这小小的一块布上。跟这样的蓝相比，大街上那些各式各样的军绿书包突然就显得那样单薄轻飘。它把它们一下子比了下去，比得它们低到了泥里尘里。

“好看吧？我儿子从部队上带回来的。你认得上面的字吗？”胖老太回过头来，问五一。

五一摇了摇头。

“‘东海舰队’——这是正宗的军用书包，可不是冒牌货。”

五一呆呆地望着绳子上的水滴滴答答地落下来，在地上砸出一朵一朵蓝色的花。

“褪色了，为什么要洗呢？”五一忍不住问。

“我前天拿它装了萝卜，都是泥。”老太太说。

“你怎么，可以?!”五一的眉毛高高地扬了起来，一身的血涌到了脸上，那神情仿佛是看见有人使一块上好的绸缎擦了屁股，或是拿一碗新米饭去喂了猪。

老太太哈哈地笑了起来，笑得矮树上的叶子纷纷扬扬地落了一地。

“那你说该拿来装什么？”

“书！”这个字没经过五一的脑子，径自从五一的舌头上蹦了出来。

老太太盯着五一上上下下地看，看得五一浑身毛烘烘地刺痒。

“你想，要这个包？”

在老太太的目光里，五一越缩越小，小得只剩下一架骨头。藏不住啊，藏不住，在这个火眼金睛的老太婆跟前，你什么想法也藏不住。

五一点了点头。头是身上最重的那样物件，头点过了，人突然就轻了，再也没有压得住身子的东西了。再开口的时候，话顺溜得像一阵没有任何阻拦的风：

“我想要，这个书包，上学。”

老太太半晌没说话，可是五一知道老太太在想话。念头像一条水蛇，在老太太的眉梢额角窜来窜去，窜得她的脸一会儿鼓，一会儿瘪，一会儿明，一会儿暗。

仿佛是过了一个世纪，老太太终于说：“好吧，等它干了，就送给你。”

“可是，我妈不让……”五一嗫嚅地说。

老太太拍了拍五一的后脑勺，说那还不好办？我送给你妈，让她交给你，不就妥了？

五一抬头看天，天上一下子出了九个日头。那九个日头齐刷刷地照下来，照得天上地下通透敞亮，没有一丝阴影。

“谢谢，奶奶。”五一说。

“那你告诉奶奶，你去西屋那里，都看见什么了？”

胖老太贴着五一的耳朵问。

噩耗

吃早饭的时候，妈妈对爸爸说国庆今天回来，要不要去车站接一接？五一听了，嘴唇翕动了一下，却欲言又止。

昨天夜里五一做了个怪梦，梦见一只老鸦在她的床头打着旋儿地飞。老鸦越飞越低，越飞越大，羽翼变成了一爿天。天很黑，黑得没有一条缝隙，重重地坠在她的鼻尖上，压得她透不过气来。她抓了一把蒲扇想赶老鸦，老鸦张嘴嘎的叫了一声，她一下子就惊醒了，一脸一身的冷汗。

她呆呆地坐在床上，看着鱼肚白把窗帘一点一点地舔破，猛然醒悟过来——老鸦叫的是“国庆”。

她就知道，国庆是回不来了。

国庆在乡下平平安安地过了七天，到临回来的那个早晨，却出了事。

那天和平常一样，吃过早饭，国庆就到河边去洗炊事班的锅勺。国庆把锅勺泡在水里，一边等着饭疙疤软下来，一边照着水梳头。水真是一个顽皮的家伙啊，它爱捧弄逗耍一切落到它里头的东西——山，鹅卵石，鱼，水草，还有她的脸。它把它们一会儿扯成长的，一会儿搓成圆的。国庆看着水里的影子忍不住抿着嘴笑。她从来不知道，家门外还有这么大这么精彩的一个世界。她一点儿也不想家。她只是惋惜：老天爷刚刚给她看见了世界的一个小角，她却要回家了。

这时候国庆的心毫无征兆地抽搐了一下。这一下抽得太厉害，国庆的身子猝不及防，歪了一歪，就落到了河里，被水吞走了。

其实，国庆身上没有一个地方想死——除了国庆的心。国庆的心累了，走不动路了。国庆的身子拧不过国庆的心，国庆的心执意要死，国庆的身子只好跟着去了。

国庆的尸体抬进门的时候，脸已经洗干净了，可是衣服还没换。国庆的身子裹在一层晒干了的河泥里，灰白灰白的，妈妈只看了一眼，就倒了下去。爸爸和四平妈抬着妈妈进了里屋躺下。

屋外围了黑压压的一群人——都是午休回来吃饭的邻舍，可是没人敢进来。后来人群裂开了一条缝，南屋的胖老太挤了出来。

“孩子是跟学校出的事，学校领导来了吗？”她问。

带队的老师看见老太太的红袖箍，有些心慌。

“校领导说了，王国庆同学，在学农活动中，表现优秀……”他结结巴巴地说。

“没工夫跟你扯这个。棺材，棺材呢？”老太太大声打断了老师的话。

“当，当然是学校买。”

“那就快去，还等什么？”

老师如释重负地走了。

“谁来搭个手换衣服？”

老太太往人群看了一眼，众人风里的庄稼似的低矮了下去——没人接她的目光。

“来个女人。再等，就换不了了。”老太太吆喝了一声。

终于有个人，来到了老太太跟前——是胡蝶。

“也就你胆儿大。”老太太哼了一声，就领着胡蝶进了门。

“衣服，你知道你姐的衣服放哪儿吗？”老太太问五一。

五一进屋拿出一件天蓝的确良衬衫和一条军绿布裤子，都还是八九成新——那是国庆最喜欢的一套衣服，递给了老太太。

老太太蹲在地上，开始解国庆的纽扣。解到一半，突然扭头对门外说：“看什么看？一个闺女换衣服，好看吗？”

众人突然就知道了羞耻，退后了几步，渐渐地散成一个大圈。

老太太斜了胡蝶一眼，说你是来摆样子的吗？两人就一起来脱国庆的衣服。身子硬了，不肯配合，胡蝶的手有些哆嗦。

“你把那只手，扯出来。”

“领子，你没看见领子歪了？”

“两只裤脚不一般齐，左边短了。”

老太太说一样，胡蝶做一样，胡蝶突然就失去了平时所有的灵气。

“一口气，人就是一口气啊。”

老太太的嗓子喑哑了。她想起了许多年前，当她比胡蝶还年轻的时候，替她丈夫换尸衣的情形。

胡蝶没说话。胡蝶的手依旧在微微地颤抖，怎么也扣不上国庆腕上的那颗衬衫纽扣。这是她第三次给死人换衣服了。第一回是襁褓中的女儿，第二回是丈夫。可是每一回，都像是第一回，她一直没有学会如何和死亡相处。也许，没学会的只是她的手，她的心早已经会了——因为她再也不流眼泪。

五一紧紧地缩在墙角，身子小得如同是贴在墙上的一只蚊子。不是怕，只是陌生——那个躺在门板上的人虽然穿着国庆的衣服，梳着国庆的辫子，但她只是一个冒牌货。真正的国庆，一定还在世上的某个地方，正急急地往家里赶。

爸爸摇摇晃晃地从屋里走了出来。五一以为他会哭，可是他没有，他只是呆呆地望着窗外的那一角天，仿佛身边发生的事，跟他没有丝毫关联。爸爸的眉眼口鼻一动不动——爸爸成了一个木头人。

衣服终于换完了，河泥脱下去了，可是河泥的颜色却还在——在脸上，脖子上，手上，指甲缝里，在一切裸露在衣服之外的皮肤上。五一明白了，河泥是洗不干净的，河泥已经无孔不入地钻进了国庆的身子里。

“你去，拿一把梳子。”胡蝶对五一说。

五一进屋开了抽屉，取出国庆的牛骨梳子，梳齿上还缠绕着的一根长长的头发。她把头发取下来，团成一团，捏在掌心，突然醒悟过来：国庆真的走了，国庆是永远不会回家了。

五一把手贴在脸上，喃喃地叫了一声“姐”，只觉得脸上有些刺痒——那是一种她从未体验过的感觉。过了一会儿，她才知道她哭了。

妈妈醒过来了。妈妈在四平妈的搀扶下走出了房间。妈妈突然挣脱了四平妈的手，风一样地冲过来，扭住了爸爸的衣襟。

“还我国庆，你还我国庆啊！是你让她走的啊！”

胡蝶伸手去拦妈妈，妈妈使的劲太猛了，身子一偏，一下子摔在了胡蝶身上。

“国庆她妈，别这样，孩子还没有，闭眼。”胡蝶说。

妈妈这才看清，国庆的眼睛，还开着细细一条缝，眼里像是藏着一个巨大的不甘，想跟老天讨回一个公道。

妈妈瘫在国庆身边，撕心裂肺地号了起来。妈妈那天的哭声像一根尖头的钢杵，钻过天花板，一路钻到天上。天扎破了，颤颤地抖，直抖得一地的人心揪成一团，惶惶的都想哭。

四平妈想拉妈妈起来，拉不动，反而被妈妈扯到了地上。

“让她哭一哭吧，要不她活不下去。”胡蝶喃喃地说。

“谁有角子？”胖老太问。

爸爸拿出钱包，可是爸爸的手筛糠似的，拉了半天，才拉开了那条短短的拉链，找出两个大角子，递给胖老太。

胖老太一边一个地把角子压在了国庆的眼睛上。她轻轻地揉着那两个角子，仿佛那下头是一张一捅就破的绵纸。等她终于把角子挪开的时候，国庆已经闭了眼。

妈妈还在哭。妈妈的哭声已经从一根钢杵变成了一根用过了多回的绳子，细细的，似乎随时要断，却偏就是延绵不绝。

“给你妈，拧一条毛巾。”

胖老太站起身来，吩咐五一。她蹲得太久了，身上的肉跟衣服打了太久的架，衣服散了，肉也散了。

五一进了厨房，从热水瓶里倒出半盆水，拧了一条热毛巾，拿过来给妈妈擦脸。妈妈没接。五一把毛巾摊开了，贴到妈妈脸上。妈妈的肩膀一杵，五一一个踉跄，几乎摔了一跤。毛巾掉到了地上，溅起一团飞尘。

“为什么，偏偏是国庆啊……”妈妈冲着她喊道。

胡蝶冲过来，一把搂住五一，紧紧捂住了她的耳朵。

“不要听，孩子，你不要听。”

头毛

国庆走后，妈妈就变了一个人，不发脾气，也很少说话。国庆好像把妈妈的筋骨气血都一并带走了，妈妈只剩下了一身撑不起来的皮囊。

现在家里是爸爸管家。爸爸管洗衣买菜煮饭，管粮票肉票布票煤票和其他所有零零总总的购物证券，还管发工资那天去邮局寄两份钱——一份给外婆，一份给奶奶。爸爸丢三落四，永远在找东西，可是妈妈看不见爸爸的糊涂，因为妈妈在家的大部分时候都在睡觉。妈妈每天早上赖床赖到上班差点迟到，下班回家饭桌上就已经哈欠连篇。

国庆不仅带走了妈妈的精神气，国庆也带走了家里所有的规矩。现在没人顾得上五一，所以白天五一想去哪里就去哪里，想干什么就干什么——只要在吃晚饭之前赶回家就好。刚开始的时候，五一对自己新获取的自由还将信将疑，只提心吊胆地跟四平去过一趟街口。后来她发现系在她身上的那根绳子真的可以扯到无限长，就放了心，从此她理直气壮地开始用她的脚来丈量这个小城所有的街巷。

她甚至跟四平去爬过了一次山。山离家不远，其实不过是一个小土丘，但对一个从未见过山的人来说，山几乎和天一样高了。五一站在山巅的一块巨石上，一动不敢动，心停跳了一拍——她觉得她若伸出手来，就能拽到天了。她和四平躺在山顶的草地上，看着头顶的云一忽儿变成绵羊，一忽儿变成棉花，一忽儿又变成狼狗，被风追得漫天乱跑，只觉得那云像是蘸了水的丝绵，把她的心擦拭得干干净净，没留下一丁点的心事瘢痕。

四平问她想不想姐姐，她愣了一愣——其实她已经想不起国庆的样子来了。姐姐这个词太陌生，像一只蜻蜓突兀地飞入她生命的荷塘，还没容在她的水面上留下一丝让她念想的体温，就已经飞走了。她不是健忘，而是压根还没来得及记住。

从山上回来，吃晚饭的时候，五一看见爸爸在收拾行装。

“你妈去农村蹲点，顺便散散心。”爸爸对五一说。

“多久，妈妈？”五一问。

妈妈茫然地看着她，仿佛她是一阵风，一块玻璃，透明而且空洞。她知道她也是突然飞进妈妈生命荷塘的蜻蜓，她也还没来得及在妈妈心里留下值得念想的印记。妈妈心里满满装的都是国庆。她知道妈妈必须走。妈妈只有把国庆倒出去一点点，才能容得下别的东西——包括爸爸。

其实，妈妈真正能把国庆倒空的办法，就是妈妈也去死。

五一被自己的想法吓了一跳。

“两个星期，很快，就两个星期。”爸爸替妈妈回答。

两个星期，两年，或者是两天，对五一来说都毫无差别。妈妈的心不在了，身子在哪里都无关紧要。

国庆走了，妈妈也走了，屋子突然就空了，走路说话到处都是嘤嘤嗡嗡的回音。吃饭的时候，爸爸依旧看报。五一发现有时爸爸一天三顿看的都是同一张报纸。爸爸的眼睛蝇子似的在报纸上一圈一圈地绕来绕去，可是始终却没有落在哪个字眼上。爸爸看报纸，其实就是为了避免说话。有一天爸爸终于放下报纸，瞟了五一一眼，说要是早知道，还不如不接你回来——你在外婆那里还快乐些。她没有说话，因为她不知道说什么好——她无论怎么说都是错。爸爸那天似乎有点说话的兴趣，可是爸爸最终也没有把他自己扯出来的话头拉远。五一隔着桌子看爸爸，觉得爸爸的头发有些脏。再仔细一看，才发觉那不是灰土，而是白发——爸爸不知什么时候白了头。

有一天五一和四平在外边玩得忘形，眼看着到了吃饭的时间，就一路小跑地往家赶。大老远的，她就看见自家院子门口，围了厚厚实实的一群人。五一心里一慌，膝盖一下子软了。

“你，你先去看一眼。”五一颤颤地对四平说。

“皇天，千万不要是，爸爸出事。”五一喃喃自语。自从出了国庆的事，五一再也见不得人群。

四平过了半晌才跑回来，说胆小鬼，不是死人，是那个头毛，给抓住了。

“哪个，头毛？”五一疑惑地问。

“就是那个，胡蝶。”四平说。

五一扔下四平，飞也似的跑进了院子，这才知道院子里的人比院子外的还多，蚂蚁似的围成了黑黑的一个圈。五一拱了半天，才在那堵人墙里凿开了一条缝。钻进去，就看见圈里头站着几个戴红袖箍的人——为首的是南屋的胖老太。红箍们的中间，站着胡蝶和那个长着腱子肉的年轻男人。男人除了一条游泳裤，几乎全身赤裸。男人的游泳裤很是紧瘦，勾勒得男人裤裆间形迹可疑地鼓囊着。胡蝶只穿着一件洗得稀薄了的背心和一条内裤。背心也就是任何百货商店都能买到的寻常货，唯一的区别是领口上缝了一条花边。那条不起眼的花边悄悄地领导着一场视觉革命，叫布料底下那个欲盖弥彰的胴体，无端地生出一份不可名状的胆战心惊。腱子肉男人不停地挪来挪去，想用自己的身子挡着胡蝶的身子。男人的肩背很宽，但还是不够，怎么也挡不住这么多双眼睛。这些眼睛贪婪地钩啄着胡蝶身上的肉，它们被它的雪白一次又一次地打懵，惊醒；再打懵，再惊醒。

“人赃俱全，你还有什么话说？”胖老太指着胡蝶说。

胡蝶低着头，紧紧地盯着她的脚指头，不说话。她左脚的小脚趾上，有一块凝固了的血——那是她从屋里被揪出来的时候，在门槛上蹭伤的。

“早就知道你生活作风有问题，本来要给你一个悔过自新的机会，你偏屡教不改。”另一个红箍说。

“啧啧，光天化日之下，跟一个孩子。这是流氓罪，你认不认？”胖老太又问。

胡蝶依旧不说话。腱子肉男人张了一下嘴，胡蝶的指头在男人胳膊上按了一按，男人把话吞了回去。却又不甘，喉结咕噜咕噜地游走生响。

“别废话，送公安局吧。”有人喊道。

“破鞋，赶紧找一双破鞋，挂着游街。”

“胡蝶，别以为不说话就能蒙混过关。你这事，连五一这样的老实孩子都骗不过。群众的眼睛雪亮啊。”胖老太说。

胡蝶倏地抬起头来，五一知道她在找她。她想躲，可是来不及了，她的目光已经定定地落在了她脸上。她只看了她一眼，就重新低下了头，可是那一眼像棒槌咚的一声，把她的脑壳锤成了无数个碎片，哗啦哗啦地散了一地。她的脑子突然一片空白。

她感觉有一只手，悄悄地揪住了她的衣领——是爸爸。

腱子肉男人忽然挣开胡蝶的手，大声呼喊了起来：

“我们是夫妻，我有单位证明！”

男人摊开手掌，掌心是一张已经捏得起了潮气的纸片，上面盖着一个红戳。

胖老太拿过那张纸，细细地看了几遍，哼了一声：“没看出来，你有二十三岁。介绍信有什么用？那是结婚证吗？”

爸爸走过去，指着那个男人的鼻子，大声喝骂了起来：“无知啊，你！想结婚也得把手续办全了。你一张介绍信顶用吗？结婚是两个人的事，得两张介绍信。明天赶紧去把那张介绍信开出来，上我们单位把结婚证领了。多大的人了，懂不懂法？”

众人突然想起来，爸爸就在民政局工作，管开结婚证的。

爸爸的话虽然是对那个男人说的，却是说给胡蝶听的。胡蝶马上听懂了，推了推男人，低声说谢谢王同志的教育。

爸爸把衬衫脱了，扔给男人：“给她穿上，什么影响——这么多孩子在场呢。”

“老牛吃嫩草。”

“前一个大十几岁，这一个小十几岁，扯平了。”

“真能钩，你看看这眼神就知道，拐着弯儿的。”

“有眼力啊，钩的都是什么老公。”

人群里开始出现各样的私语——还是骂，却已经不是先前的那种骂法了。

胖老太看出了局势的微妙逆转，气就没有那么足了：“你要结婚，街道同意你了吗？我们不开介绍信，你着急上火有用吗？”

众人哄的笑了起来。

“大妈，您老人家有这样的警惕性，真是我们院子的福气。哪天我们给崔和平同志的部队写封信，好好表扬表扬您。”爸爸说。

胖老太觉得那话不对味，却说不出哪里不对味。搜肠刮肚了许久，才忿忿地说：“老牛吃嫩草，她是反着吃的。”

人群又哄哄地笑。

“大妈，您是不是，也想试一试？”有人大声喊道。

“你怎么不叫你妈去试一试？”胖老太骂道。

这一笑一骂，就把这场戏的筋骨给抽走了。戏还在演，却不是同一出了。

“大妈，这两个是没有觉悟的糊涂人，您教育教育就算了。婚姻法倒是没有年龄限制的，您也别管他们哪个大哪个小，将来有他们打架的时候。结了婚，在您眼皮底下接受教育，总比流放到社会上好。”爸爸说。

人群终于渐渐地散了。五一拖在最后，迟迟不走。五一的眼睛一直钩着胡蝶，她只想她能回头看她一眼。只要她肯看她一眼，什么话都不用说，她就会懂的——她一直是懂她的。

可是胡蝶没有回头。

五一看着胡蝶裹着爸爸的衬衫，一步一步地走回了她的屋子。她谁也没看，一直低着头，可是五一知道她的头里还长着另外一个头。外边的这个头是给别人看的，而里面的那个头只有五一能看得见。里边的那个头永远是抬着的，宁静，高傲，漠视一切。

往屋里走的时候，五一的步子很沉，沉得像绑了两块山岩。每走一步，地上就是一个坑。她已经很久不知道怕的滋味了，可是这会儿她明明白白地知道了什么是怕。

爸爸坐在过道里抽烟。爸爸是新近才学会抽烟的，所以爸爸抽烟的姿势还有些生疏笨拙。爸爸抽进去两三口，才吐出去一口。爸爸喷出去的那一口烟很粗，卷成紧紧的一个圆圈，慢慢地往上升，圆就渐渐地开了，开成一朵肥胖松软的花，撞到天花板上，撞碎了，再慢慢落到地上。暮色已经浓了，却还没到点灯的时候，烟头映着爸爸的脸一明一灭，阴得几乎能拧出水来。

五一不想吃饭，五一只想从爸爸身边踅过去，躺到床上去，好好想一想那天在山顶上看到的云。她只想抓一把那样的云，洗一洗她的心事。而是今天不行。今天心事太多太杂，云不够使。

爸爸咳嗽了一声，她站住了。她已经想好了，今天爸爸无论怎么骂她，她都不回嘴。

可是爸爸没有骂她。爸爸默默地扔了烟头，站起来，朝她走来。

随后，她听见了一记沉闷的声响——是斧头劈开干柴的声响，接着她的耳朵嗡地叫了起来，眼前出现了一些珣灿的星星。星星在天花板和地板之间飞来飞去，屋子有些歪斜。她觉出了脸颊上的麻木，渐渐地，脸就成了一块厚厚的布。但这都还不是疼，疼是后来才来的——热烧火燎的那种疼。

过了一会儿她才明白过来：爸爸打了她。

她是怎么走出屋来的，她已经一点儿也记不得了。等到她清醒过来的时候，她发现她正裹在一片黑暗之中。黑暗像金丝绒，软软地包着她身体的每一条筋骨，每一丝肉，她一点儿也不想动。她用眼睛丈量着黑暗的边界和形状，想象着平常门和窗应该在的位置。它们都不知去了哪儿。

当她的眼睛适应了黑暗之后，她发现黑暗原来还是有一丝破绽的——一丝她所不熟悉的破绽。她顺着破绽望出去，就望见了天。天和她周围一样黑，但是天上有一弯月牙。月牙很细，细得像一根折断了的苇叶。可是再细的月牙也是光，光让黑夜生出了裂缝。

“不要啊，不要，我不要光。”五一喃喃自语。

让日头去死，月亮去死，星星去死，风去死，树去死，一切的一切都去死吧。我只想在黑暗里睡一个好觉，永远也不用醒来。

五一又昏昏沉沉地睡了过去。

后来她被一道强光惊醒——是照在她脸上的手电筒。她听见了四平欢快的声音：“王叔叔，我说的，五一肯定藏在这个树洞里。”

爸爸把五一抱起来，爸爸的脸紧紧地贴在了五一的脸上。还残留着爸爸指印的脸颊，刺刺地生着疼——那是爸爸的眼泪。

爸爸把五一扛在肩上，朝家里走去。夜深了，街很静，三个人的脚步声窸窸窣窣地响到很远。街角的狗被惊醒，发出几声半心半意的轻吠。五一的影子叠在爸爸的影子上，世界突然就低矮了下去。

“爸爸，我要是错过了一班船，你会回来找我吗？”五一问。

“你错过多少班船，我也会找到你的。”爸爸说。

第二天早上，南屋的胖老太起床开门，发现门前堆杂物的竹筐里，扔了一个旧纸包。打开来，是她儿子寄给她的那个海军蓝书包。

狗男狗女

爸爸每天早上起床，第一件事就是在墙上的挂历上打钩——五一知道爸爸是在数算妈妈回家的日子。爸爸打过了十几个钩之后，终于对五一说：“今天我们去接你妈。”

爸爸是骑脚踏车带五一去车站的。五一从没上过脚踏车，可是五一一点儿也不害怕，还没等爸爸坐稳，她就噌的一声跳上了后架。她不像国庆那样斯文，她是岔开两腿坐上去的，摆的是骑马的架势，两脚晃来晃去，仿佛她已经在马背上坐了一生一世。倒是马被她吓了一跳，颤了几颤之后，才找回了平衡。

日头已经升在天正中了，照得一天一地白花花的，没有一样颜色一丝风。可是五一却觉出了风——那是爸爸的脚踩出来的风。

妈妈又黑又瘦。妈妈的工作是写调查报告，其实不用跟着大队人马出工，可是妈妈是自己主动要求下地的。日头把妈妈的头发啃得焦黄，脸上到处是一块一块的紫外线斑。妈妈提着一个网兜远远地站在路边，腿脚结结实实地撑起一个身子，那样子看上去竟有几分像农民。

他们还是骑脚踏车回去的——一个人骑，两个人坐，只不过现在是妈妈坐在后架，五一坐在前面的横杠上。车子添了分量，轮胎发出不堪重负的呻吟，爸爸的速度明显的慢了下来，衬衫背上渗出两块大大的汗迹。妈妈说你骑带着五一回去，我走路吧，太沉了。爸爸回头看了妈妈一眼，说老牛还是拉得动破车的。妈妈说你嫌我破车吗？爸爸说你不嫌我老牛，我就不嫌你破车。妈妈没回嘴，只是用胳膊肘撞了一下爸爸的后背。

“老王，这阵子我在想，国庆是老天爷寄存在我们家里的，原本就不是我们的人，老天迟早要把她收回去的。”妈妈说。

妈妈的声音有些暗哑，五一知道妈妈哭了——是那种不出声的哭。

爸爸一直没吭声。快到家门口了，爸爸扶着妈妈下了车，才说：“我们还有五一。谁也不能把五一收走。”

妈妈回来那天，正好是星期天。一家三口走进院子的时候，看见水井边上围了好几家的人。四平的爸爸回来了，四平妈正在井边洗他带回来的一堆脏衣服。四平脱得光溜溜的，围了一块油布坐在树荫下，他爸爸正拿着一把剃剪咔嚓咔嚓地给他剪头发。南屋的胖老太正在摊晒刚刚从酱缸里取出来的腌菜，一股酸臭招引得蝇子嘤嘤嗡嗡地乱飞。

院子最远的那个角落里，胡蝶在洗床单，腱子肉男人在一桶一桶地提水。其实胡蝶完全可以挪到离水井近一点的地方，让男人省几分脚力手力的。可是她不愿意。他也不愿意。他有的是力气。他宁愿用他的力气，给她买一寸的安静。

胡蝶的脸色很苍白——是多少日头也晒不红的那种白，眼睛底下有两块黑锈。几天没见，五一突然发现她有了颧骨。

床单很沉，胡蝶提不动，倒像是随时要被它拽着栽到木盆里去。男人挽起衣袖，帮她把那条吃满了水的蟒蛇捞出来拧干。她拽这头，他拽那头。她往左，他往右，蟒蛇的身子渐渐地瘪了下去，地上落下一阵绿雨。没逃走的水在蟒蛇的肚腹中鼓起一个篮球大的包，男人用拳头砍了一下，包破了，又落下一阵新雨。

四平看见五一，噌地跳下凳子，急急地跑过来。

“一早上找你，上哪儿去了？”

“你没看见，我妈回来了？”五一说。

四平妈放下手中的湿衣服，迎了过来：“国……五一她妈，你可回来了。家里没有女人，王同志过得可怜啊。”

胖老太也站起来打招呼：“等我的酸菜晒好了，送你一点尝新。”

五一瞟了院角一眼，胡蝶正在绳子上晾床单。床单褪了色，绿枝绿蔓都还在，只是不再鲜亮。五一用眼睛钩她背上的肉，她不知疼，也没回头。

进屋的时候，四平妈跟了进来。四平妈扭头看了看窗外，掩了门，对妈妈说："西屋的要结婚了。男方家里坚决不同意，他拿了一床被子就过来了，连个亲朋好友都没有，可怜见的。我想买个脸盆送过去，你愿意随个份吗？"

"你家四平爸刚回来，事情多。让我们家老王去买吧，回头跟你算钱就是了。"妈妈说。

"悄悄的，不用给南屋知道。"四平妈走出门，又折回来，轻声交代妈妈。

吃完午饭，院子里都静了下来，各屋都传出嘤嘤嗡嗡的鼾声。爸爸妈妈一起骑车去百货公司买脸盆去了——妈妈不放心爸爸的眼光。五一进了妈妈的房间，看见桌子上那叠信纸还在。捻了捻，只剩三张了，就小心翼翼地撕了一张下来。

一迈出门槛就看见四平蹲在阴沟边上吃西瓜——是个瓤瘦籽肥的瓜。四平边吃边吐，啃得一嘴是红糊糊。

"真难看，你这个瓜。"五一说。

"什么好看难看，甜就行。"四平用袖子抹了抹嘴，嘴没抹干净，袖子却脏了。

五一忍不住哈哈大笑："我是说，你这个头。"

四平的头发剪得很短，露出后脑勺一个鼓鼓的包，像个长歪了的瓜。

"你会画鸟吗？"五一压低了嗓门问。

"什么鸟？"

"喜鹊。"

"太太太会了。"四平龇牙咧嘴地笑。

第二天早上，胡蝶起床拉开窗帘，看见自家的玻璃窗上贴了一张画，是两只说不上名字的长尾巴鸟，踮着脚尖站在一根树枝上，嘴对嘴地衔了一朵花。花是鲜红的，鸟是鲜红的，衬上一枝翠绿，热闹得翻了天。

万物皆有裂缝

南屋的胖老太新近收到了一封信，是她儿子寄来的，说下个月初要回来探亲。老太太的儿子已经三年没回过家了，老太太从收到信的那一刻起，就开始忙前忙后地准备着儿子的到来。

老太太把屋里所有的旧报纸旧杂志旧衣物都清理了出来，就想腾出个地方铺张大床给儿子睡。老太太又把屋里的每一个角落，都仔仔细细地扫过了灰，放上了耗子药。老太太还专门去新华书店买了几张新年画，把家里墙上泛黄卷角的旧画统统换了下去。这阵子老太太的门前堆满了一筐一筐的陈年旧货，等着要卖给收废品的人。老太太每天出门，都是衣冠不整，一头一脸的灰。

这天老太太很早就醒了，坐在门前对着天光，给她儿子一针一线地缝一个新枕套。清晨的天光带着点湿甜的清香，日头还没来得及把它晒咸。树上的鸟儿也刚刚醒来，她看不见，却听得见，那叫声里还带着几分慵懒。屋里炉子上的粥在发出肥胖的咕嘟声，老太太突然又有了一丝回笼觉的念想，针慢了下去，她靠在椅背上，迷糊了过去，嘴边流下一丝满足的口涎。

后来是嘭的一声响动把她惊醒的——原来是四平在院子里踢皮球。四平的爸爸新近给他买了个皮球，四平还没过足瘾，只要得闲了便要在院子里踢着玩。

“四平，你要是踢着了奶奶，送你去公安局！”四平妈从窗口探出身来，斥骂着儿子。

老太太觉得这话里边有一根刺，可是刺埋得很深，她挑不出来。她只能装作没看见这根刺。

“男孩子，这个时候不淘气，你还让他老了淘？”老太太对四平妈说。

西屋的门开了，胡蝶和她的男人手里各捏着一个刷牙杯子走了出来。胡蝶经过老太太身边的时候，老太太抬头朝她瞟了一眼。胡蝶没接她的目光，胡蝶知道只要她一接，就能接出话来。她低着头走了过去，在阴沟边上蹲下来，闷声不响地刷牙。胡蝶一天刷好几遍牙，每一遍都刷得很仔细，仿佛牙里有沙。胡蝶刷牙的时候，头发上的那枚有机玻璃发卡簌簌地颤动着，像一只扑扇着翅膀的红蝴蝶——那是她身上唯一的一件新娘标记。

“这个样子就好了，谁也不说什么了。”老太太没头没脑地说。

胡蝶知道这话是说给她听的，可是她没接茬。自从那天她和她的男人被人从被窝里揪出来之后，胡蝶就很少跟院子里的人说话了。她岂止是不说，她甚至也不听。她堵住了自己的嘴和耳朵，她学会了单单用眼睛活着。

老太太手里的线用完了，就拿了一轴新线来续。老太太的眼神不怎么好，对着天光续了好几回，直瞪得眼角生疼，依旧没能把线穿过针去。老太太撩起衣袖擦了擦眼角，招手叫四平过来帮忙。

四平百般不情愿地过去了，倒是一穿就过。老太太颠颠的进了屋，说奶奶新蒸了点心，给你尝一块。等她拿着一块绿豆糕迈过门槛的时候，她发现四平手里捏着一个纸团——是从她家门口捡的。四平把那个纸团渐渐地铺展开来，她的脸色唰地白了下去。

那是一张印刷品的油画。画上是一个穿着蓝布长衫手里捏着一把桐油纸伞的年轻人。年轻人下颌长了一颗显眼的黑痣，两眼炯炯，神色匆匆，长衫的下摆在风中掀动，仿佛在赶一段充满了期待却不可预知的前程。

那张画上的人，有一个呼风唤雨让山河改道的名字。

可是这张画已经不全了——画被拦腰撕了一个大口子，身子缺了一块，头颅滑稽地浮在了腰上。

“反革命！”

四平喊出了一句话，这句话把地砸了一个大坑，院子，树，还有水井都轰的一声塌陷了下去。天还在，地却没了，人脚踩的是一路的虚空。

胖老太眼睛朝上一翻，身子一点一点地矮了下去。四平以为她要昏过去了，可是她没有。她只是双膝着地，在四平面前跪了下来。

“求求你……”她嗫嚅地说，把脸埋在了手掌里。有一股浊水，从指缝里慢慢地流了出来。

突然，胡蝶站起来，朝四平走过去。

“给我。”她对四平说。

胡蝶的声音很低，却很坚定，像蚌壳轻轻一合，把所有讨价还价的余地关在了门外。

在这个院子里，四平其实是最不怕胡蝶的——这个常年生活在别人舌头上，又让他瞅够了光身子的女人。可是不知为什么，四平还是把那张残缺了的画，老老实实地递给了她。

胡蝶对她的男人努了努嘴，他立刻懂了她的意思，从兜里掏出一个打火机，轻轻一按，一股淡蓝色的火苗窜起来，舔住了那张纸。纸慢慢地翻卷起来，变黄，变焦，最后变成几片轻狂的灰烬，在空中飘舞了一会儿，就随风渐渐远去了。

胖老太喊了一声“皇天，”就瘫软在地上。

秋

终于到了开学的时节，五一和四平要上学了——两人分在同一所学校，同一个年级，同一个班。

妈妈送五一和四平一起出门上学。两人都换了一身干净的衣服，背了一个新书包——五一背的是国庆没来得及用的那个军绿书包。当书包还归国庆所有的时候，五一睡着醒着不知起过多少个歹念想把它归于己有。可是现在它终于理直气壮地跨在她肩上时，不知怎的，她却失却了激动。

昨天淅淅沥沥地落了一夜的雨，脚底的路还是湿的。风吹在身上，竟有些隐隐的凉意。一个夜晚，一场雨，夏天就这样凋零了。

三人拐过街角，远远地，就看见了胡蝶站在路边的一棵梧桐树下等人。她朝他们招了招手，五一吃了一大惊。

这些日子里，每天早上一起床，五一就坐在窗前，愣愣地盯着西屋的那扇门，期待着胡蝶从那里走出来，朝她看上一眼。多少回了，她想用她的眼睛来钩胡蝶的眼睛，用她的叹息来引胡蝶的话语。她情愿胡蝶的目光把她砍成泥剁成渣，胡蝶的话把她压成粉碾成尘，可是胡蝶不看她，也不骂她——她只是不理她。

然而今天，她突然站在这里等她。

“那个脸盆，很雅致的。”胡蝶对妈妈说。

胡蝶说这话的时候，谁也不看，只盯着鞋尖。胡蝶今天换了一双新凉鞋，浅绿色珠光，鞋带上钉着一朵花。

“有个家，就好了。”妈妈轻轻叹了一口气。

胡蝶从手提的那个网兜里拿出一个铅笔盒，塞到五一手里。铅笔盒上飞着一群蝴蝶，各种颜色，各样花纹，千姿百态。背景是葵林。浓烈的枝叶，浓烈的黄花——浓烈得随时要爆炸，炸出千颗万颗的果实。

这是外婆的葵林啊。那里的每一个花瓣，每一张叶子，都是蝴蝶的家，蝴蝶的床啊！

许多话一起涌了上来，千军万马似的，争先恐后地要在五一的身体里找到一个突破口。可是她的喉咙太小太小了，没有一句话冲得出那样的关隘。

她一着急，就抽抽搭搭地哭了起来。

“这孩子，怎么学得爱哭了。”妈妈摸着五一的头发说。

胡蝶望着五一，久久的，眼里渐渐有了内容。

“不怨她，这个夏天，实在发生了，太多的事情。”胡蝶喃喃地说。

心想事成

现在回想起来，我这阵子碰到的所有倒霉事，似乎都是由那张贺卡引起的。

卡是一张生日卡，已经发黄的软纸板上印着一个穿着红袄绿裤的大头娃娃。这玩意儿大概已经在库房里压了二十年了，如今想找一张这样的贺卡，一定不比找一只限量版的新款路易·威登包包容易。

卡上的字写得歪歪扭扭的，我得斜着看才不至于晕眼。

阿玉：

初五是你的正（整）生日，我和你爸去杨六的电（店）里买卡片。我条（挑）了这张，因为那个娃像你小时候的样子。

北京冷不？好好吃饭，不能恶（饿）肚子。

全家都祝你生日快乐，心想事程（成）。

你大概看明白了，写卡的人是我妈。

我妈在贺卡说的那个整生日，其实有误。我今年既不是三十，也不是四十，而是三十五。当然，你假若用四舍五入的方法来计算日子，每一个生日都可以是整生日。

我放下卡，松了一口气。至少我妈没有在挑我过生日的时候，提起那两件一想起来就要头皮发麻的事：一是讨钱，二是催婚——嫁一个有北京户口的人，最好有房子。凤凰女在大都市里必然遭遇的两件事，哪件我也没能逃得过去。

这样说也不完全公平。凤凰女，或者凤凰男，都有可能遭遇的第三件事，我却幸运地躲过了，那就是乡下亲戚。自从我考上北京的大学并找到了北京的工作之后，我的老家倒也没怎么来过人——都是叫我妈拦下的。我妈这些年在老家人缘的急剧恶化，居多跟这件事有关。

我妈和我的联络方式，十几年里产生了逐渐地变化。按事件的轻重缓急排列，过去是平信，航空信，电报。而贺卡，则是航空信拐出去的一个华丽分支，一年仅遭遇一次。前几年我妈有了手机，它基本是用来接听我的来电的。在我给我妈打电话时，她的手机取代的是平信和航空信的功能；而她给我打电话的时候，她的手机则取代了电报的功能——除非有急事，她极少给我打，怕话费贵。我妈和诸如电邮QQ 微信视频之类的电子通讯手段之间相隔的距离，是一个宇宙。

我去了一趟厕所，回来看见办公室里的那几个丫头正冲着我嘻嘻哈哈地笑，说程姐你原来姓的是心想事“程”的程啊。我醒悟过来她们都看见了我摊在桌子上忘了收进抽屉里去的那张贺卡。我在公司对自己身份的介绍仅限于老家在温州，但没人知道从温州机场或温州火车站下来到我家，至少还要转两趟长途汽车打一趟摩的。我妈现在几乎不写信了，即使写，也都是寄到我北京的住家地址的。这次我刚搬了家，还没来得及告诉他们新地址，没想到我妈会照着我丢在家里的名片上的地址把贺卡寄到公司。这张贺卡上的地址和错别字赤裸裸地暴露了我在凤凰女色谱上的深浅程度。

还要过几天我才会发现，我在公司里不再是程姐，或者程小姐，或者程小玉。所有的人都叫我“心想事程”，当然是在背地里。

办公室的这帮女孩子平均年龄比我小十岁左右，正处在心眼还没长全的阶段，我和她们的区别，在于我的心思比她们多了几片芽叶。我知道我不能和她们急，一急就表明了我在意。我镇静了一下，沿用她们嘻嘻哈哈的语气，说在有些国家里，偷看人家私信是要坐牢的，你们这群法盲。她们说好啊好啊，程姐，我们马上去坐牢，白吃白住不好吗？还省得天天看阿姨的脸色。

大家散了，一整个上午，我的心里却都堵着一只苍蝇。

吃午饭的时候我忘了带手机，回到办公室我发现邮箱里有六封邮件，手机里有三条留言，都来自阿姨，都是催产品代言会的宣传文案的。那个会假如按照最理想的速度最顺利地进展，也将在七天零六个月之后召开。也就是说，现在和那个活动之间的最短距离，是两个季节，这中间有可能发生地震，海啸，或者第三次世界大战。我总怀疑阿姨读小学的时候没学好算术，在数字的概念上一塌糊涂，甚至比我不识几个字的老妈还要糟糕，越遥远的事情她越揪心，而摆在眼前的事她倒能顺手就忘。

阿姨的称呼可能已经让你产生了误会。她不是扫地擦桌子端茶递水送信的那种阿姨，她来自香港，有博士学位，是我们公司新聘任的市场部总经理，也就是我的顶头上司。阿姨的全名叫王清忆，她的香港同乡在非正式场合里管她叫阿忆。而我们对她的称呼则灵活而多元，当着她的面时我们管她叫王总，当着公司其他头头的面时我们管她叫王头，而在确定没有叛徒在场的时候，我们就叫她阿姨。

我从包包里抽出一片口香糖，想把嘴里那股蒜烤鱿鱼的气味去除，刚嚼上两口，电话就响了，是阿姨。

“看见邮件了吗？”她问。

我努力把上下牙从口香糖的纠缠中分离开来。

“还没呢，王总。”我口齿不清地说。

我撒了一个谎，过后追悔莫及，因为阿姨在电话上把邮件和留言的内容又重复了一遍，再加上了无数的注释见解和延伸，细致到毛孔。阿姨的指示很长，听筒几乎把我的耳朵烤出一个燎泡。放下电话，我忍不住感叹：若把阿姨的讲话录音整理出来，本身就是一份文案草稿，她何苦雇我打下手？

对了，我还没来得及给你介绍我在公司里的角色。我的职责分工很复杂，写全了大约需要三页纸，大致来说是天天给人涂脂抹粉，偶尔参与救火，有时热场填空，经常收拾残局。我这样的职务在人力资源部门有个好听一些的名称，叫文案策划。

放下电话，我的太阳穴里有两只鼓槌在咚咚地砸着鼓。一整个下午我绞尽脑汁，却没有写出一行让我自己看得过去的文字。拿出镜子补妆的时候，我吓了一跳：我发现我的脑门小了一圈。

我给王匡原发了一条微信：“晚上六点半在川味火锅见，一分钟也不能迟。”

和王匡原相处就有这点好处：用不着浪费时间，我一锤子可以定乾坤。

王匡原是我目前的男朋友，是我一年多以前在一家电影院里勾搭上的。对不起，我今天脑子不够使，说话净犯迷糊。动词没用错，的确是勾搭，错在主语和宾语的位置上——是他勾搭的我。那天我心烦，一个人去电影院看了一场连名字也想不起来的电影。他也心烦，也是一个人。当他侦查清楚我的确没有陪伴之后，就跨过我们之间的三个空位置，坐到了我旁边。他对我说的第一句话是："你的包包很有韵味。"那天我背的是一个泼墨山水帆布包，不是名牌，不值几个钱，他夸得我很妥帖。夸一个人的包包是最安全的溜须方法，因为你捎带着夸了主人的眼光和品位。退一万步说，即使把马屁拍到了马腿上，包包也没法回嘴。

在我们勾搭成奸之后，我曾问过他是不是对每一个单身女孩都说过同样的话。他圆睁着一双无辜的大眼睛，说你真复杂。他到底也没有正面回答我的问话。

我之所以把他称为我"目前"的男朋友，是因为他只能是我生命某个阶段的充填物，或者说，备胎。他的老家在山东，他目前是一家银行的客户经理。工资和业绩亲密挂钩，好的时候可以一个月买一只香奈儿包包，差的时候仅够填饱肚皮。他和我一样，买不起车也买不起房，他名下的全部财产，只是一张租房合同，两只装衣服的箱子——一只装洗过的，一只装待洗的，一把电子吉他，一本《海子诗集》。有一天他把海子的"春暖花开"随意谱在吉他曲子里唱给我听，竟然把我听哭了。可是我总不能嫁给一把吉他，一本诗集，一副略带磁性的嗓子吧？

况且，海子已死，我还活着。

昨天王匡原告诉我，待我过生日时，他会送给我一个意外的惊喜。去年他也是这么说的。去年我过生日时正好是我们认识的第四十九天——那是他说的，我从来没数算过。他写了四十九张纸条，不同的颜色，不同的纸质，记载着他认识我以来每一天的心情。他把这些纸条折叠成各种花样，放在一个宝蓝杂明黄的流彩玻璃瓶里，当作花送给了我。我躺在床上一张一张地拆那些纸条，上面的话有些酸，看得我几乎哭湿枕巾。那一夜我差一点拿起手机给他打电话，告诉他我想嫁给他。可是脸颊上的泪一干，心也跟着冷了。我总不能做他的水母，为他的指头在吉他弦上划出的每一根弧线，为他朗诵海子诗句时每一个揪心的停顿，为他每一句落到心尖上的好话，献上我一辈子的泪水吧？派作这种用场的眼泪，一辈子不能没有，没有是白活了；可也不能天天有，天天有就是活腻了。

所以，当他告诉我他还有一个惊喜等在路上时，我只云淡风轻地一笑。离我的生日还有五天，每天我都想对他说今年我不要惊喜，去年我已经把一辈子的惊喜都预支光了。今年我希望有一辆车，不要宝马，不要奔驰，只要一台小小的坐得下我们两个人的奥拓，让我不用在下班累得贼死的时候，为了和他约会还得挤两趟地铁再打一趟滴滴。

当然，若是一张房契便更好。哪怕是一居室，哪怕在五环外，我们就可以不用每次趁着室友不在的时候偷欢。这种偷欢给我留下的长远后遗症，就是明明可以正大光明地干的事，我也喜欢偷偷摸摸——那是习惯使然。

地铁非常挤。地铁永远是挤的，地铁很靠谱，很少给人惊喜，只是今天比往常更挤。我被两个男人夹成一张纸，浑身的肌肉绷成一根根钢丝，努力收紧身上的每一个凸出部位。下班时走得匆忙，忘了换上运动鞋，脚指头被高跟鞋尖箍在一处的感觉，让我想起被麻绳五花大绑的卤猪蹄。

这时我的手机响了起来，耐心，持久，永不言弃。我无法腾出手来掏包，胳膊没有松动的空间，脑子也没有。我任由铃声停了再响，响了再停，把我的帆布包包（还是去年的那一个）凿出一个个的洞眼。

地铁终于把我一程一程地送到川味火锅店门口。挑了这个地方吃饭，是因为它味正。当然，更因为性价比。我远远就看见王匡原等在那里。中等偏高的个子，夹克衫的前襟敞开，送出一个关于肌肉的隐约暗示。假若头发能和摩丝产生更好的合作关系，他几乎算得上英俊。我从没把他太当真，可这一年多里我也没遇上什么像模像样的男人。也许是因为他挡在我的道上，我看不见别人，别人也看不见我。一叶障目。对，就是一叶障目。尤其是，当这片叶子还算顺眼的时候。

他看见我，急急地跑过来，接过我肩上的包。他正想把一只空闲的手习惯性地搭在我的腰肢上，我听见自己大吼了一声："不要碰我！"门口的服务生用眼角的余光扫了我们一下，假装没有听见。王匡原没说话，只是怔怔地望着我，眼神无辜，也无措。

那是一双什么样的眼睛啊，像是被一层隐形的优质保鲜膜包裹着，任世上什么样的泥尘污秽也无法渗透。

我的心软了，叹了一口气。

"累。"我说。

我们坐下来，他脱了我的鞋子，把我的脚搁在他的腿上，开始给我调蘸料，涮猪腰子——那是我最爱吃的玩意儿。

"七下刚好，八下就老了。"他说，火锅的蒸汽在他的脸上熏出一层接近橄榄色的油光。

多么羡慕他啊，可以把苦巴巴的日子过成一朵花。可是我不行，我们不是同一物种。

包里的手机突然嘟了一声——那是信息提醒。我这才想起那一串锲而不舍地追了我一路的电话。打开手机，有四个未接电话，一个留言，一条短信息。留言和短信息是同一件事情的重复，只是信息失去了语气的佐助，显得更为干涩。

明天早上九点，会议室见面讨论文案。

这是阿姨的话，又不全是。阿姨真正想说而没说也不必说的话是：今天晚上你把文案赶出来，你可以选择熬夜，或者通宵不眠。

我的脑子轰的一声炸了开来，我听见碎屑掉进火锅里发出的滋滋响声。

我想也没想，就回了一条信息，没有标点，没有停顿，一气呵成：

我爷爷死了我是他的长孙女我必须在场我正在赶往葬礼的路上

然后我关闭了手机。

我当时绝对没有想到这条信息将要引发的一系列后果。

回家的路上我无比兴奋，在地铁上全然不顾其他乘客的眼神，吊在王匡原的脖子上，笑得浑身直颤。我在这家公司工作了七年，得到过小头（我指的是阿姨之前的那个）无数次称赞和大头两次公司年会上的提名表扬。可是我把七年里所有的日子都搜寻了一遍，竟然没找着一个比刚才更痛快淋漓的时刻。

王匡原有些难堪，但他没挪开身子。他只是用手轻轻拍着我的背，仿佛他是我爷爷，或者，我是他的猫狗。

“你真，胡闹。”他说。

“做坏事，真的，很容易。”我说。

那晚回家我把音响开得山响，痛痛快快地洗了一个热水澡，并在龙头底下荒腔走板地吼了几句周杰伦。然后，我关掉水龙头，关掉电吹风，关掉音响，关掉每天都放在一个设置上的闹钟，关掉室友张在半路的嘴，关掉一切有可能发出声响的物件，钻进被窝，立刻坠入黑甜乡。第二天一睁眼，已经是十点三十七分。

我洗过脸，吃过早饭，敷了一个青瓜面膜，然后打开电脑，慢悠悠地开始写文案。当阿姨的磁场不再干扰我的磁场时，我发觉我文思泉涌。明知道这个文案从此刻到实施的六个月中还会经历七七四十九次面目全非的修整，我还是忍不住把每一个词每一句话每一个标点都修改到悦目赏心的地步。

改完最后一个标点的时候，已是下午三点半。我冲了一碗泡面，一边等着面条松软膨胀开来，一边打开手机。我期待看见阿姨九千九百九十九条留言，结果一条也没有。只有五六个节哀之类的问候，都是同事微信群里发的。唯一的一个未接来电，来自我妈。

我知道要是没有大事，我妈不会轻易在上班时间给我打电话。我浑身的汗毛铮铮地炸成了针，拨回电的时候指头在簌簌发抖。

“阿玉，你在北京结下了什么仇啊？”我听见电话那头我妈气急败坏的声音。

我一头雾水。

“有个叫王清忆的，是你什么人啊？”我妈问。

我的心一下子扯到了喉咙口。

“她，她怎么啦？”我颤颤地问。

“她咒你爷爷呢，大清早送来一个花圈。”

我费了半个小时用一个又一个前赴后继的谎言，终于把我妈安抚了下来。那天我才第一次发觉，我的脑子不是一般的管用，尤其是在救火的时候，每一个细胞都各司其职。不，是超常发挥。

放下电话，我蹲在地上，笑得抽成一团乱线。笑完了，不知怎的，心里有点空。

我从阿姨的眼皮底下偷走了两天半的时间。准确地说，是三天，但其中有半天是在为她干活，不计在内。这三天里我不敢出门，肚子饿了就叫外卖，不敢接手机，也不敢留下任何可追寻的电子踪迹。那两个晚上我都和王匡原混在一起，两人躲在我的小房间里滚床单，滚累了就趴在床上翻来覆去看《泰坦尼克号》的影碟，直到我们几乎可以背得下甲板上那个桥段里的每一句对白。

最后一个晚上王匡原走的时候，神情有点古怪。到了电梯门口，又停下，转过身来看着我，欲言又止。在被我踢了一脚之后，他才开口。

“小玉，假如杰克没淹死，你觉得他和露丝，有戏吗？”他问我，眼睛却没有看我。

“你到底想说什么？”我说。

“你知道我想说什么。”他依旧没有抬头看我。

“那得看露丝是什么年纪。露丝要是十八岁，多半有戏。露丝要是四十岁，那就难说，因为露丝已经没有机会，翻身。”

我看着王匡原走进电梯，脑后有一撮被床单揉乱的头发，随着他身体的动作一蹶一蹶的，像兔子的尾巴。

早上我起床洗脸的时候，发现了这三天休整带来的惊人后果：镜子里的我面色水灵，唇红齿白。我用略微深色的粉底盖住了脸颊上的桃红，又用手指润着眉笔在眼睛之下抹出两个黑眼袋，才背着包包出了门。

那天我在公司的表现可圈可点，接受哀悼时神情憔悴麻木，是少一分不及，多一分太过的恰到好处。我甚至怀疑我当年是否填错了高考志愿，假如我填的是中戏或者北影，我说不定已经在某个电影节的红地毯上亮过相了。

我去了阿姨的办公室，对那个被我妈忿忿地烧成灰烬的花圈表示了最诚挚的谢意，并不失时机地告诉她：即使是在治丧期间的一片混乱中，我也没有忘记她布置给我的任务，我把文案赶出来了，在碎片一样的时间里见缝插针。

当我把那六页纸的文案呈现给她时，我发觉她的眼睛里浮起一丝茫然的神情，仿佛在努力搜寻一件久已忘却的旧事。

“哦，那个事啊，不急，放这儿吧，我有空再看。”她挥挥手，示意我把文案放到桌角一个金属文件架上。

那一刻我的舌尖聚集起三千九百句对她母亲的亲切问候语。它们找不到出口，就在我的脑门上鼓出一个赤红的包。

我最终无言地回到自己的办公桌，这才幡然醒悟：我浪费了一个如此天衣无缝的谎言。我本该把它留着用在将来某个更加急迫的场合的。

我到底还是，没有经验。我心想。

我刚坐下，拨成静音的手机就震动起来，低头一看，又是我妈。

有过了那天的经验，这次我就不再那么一惊一乍。天大的谎我都圆过了，接下来都不过是麦饼上抖落下来的芝麻。

“什么事，妈？”我尽量平静地问。

电话那头没人说话，我只隐约听见了抽鼻子的声响。

“你爷爷，走了。”半晌，我妈才开口。

我怔了一下，一时没听懂我妈的话。或者说，我的脑子听懂了，我的心不想听懂。

“去了，哪儿？”我问。

“没了。昨天晚上还跟你爸喝了半斤米酒，早上一摸，冰冷铁硬了。”我妈的声音裂开了好几条缝。

“都是那个王什么妨的，送错花圈，她怎么就没送到她自己家去？”

“你赶紧回来吧，你那两个妹妹是废物，管不了事。”

我妈的词语渐渐失去了边界，一个跟一个的混淆在一起，我耳边只是一阵嘤嘤嗡嗡的嘈杂声，仿佛飞着一万只蜜蜂。

怎么，可能？我那个胃口好得像猪身子壮得像牛的爷爷，怎么可能，就这样没了？

我伏在桌子上号啕大哭。

办公室的人听见响动围拢来，纷纷问我发生了什么。

我猛然想起来，我不能告诉他们真相，我已经预支过了属于我爷爷的哀伤。

“王匡原，得了病，需要住院手术。”我脱口而出。

其实在那个时候，肚腹里同时奔走着好几个借口，只是王匡原的那个走得最快，第一个走到了舌头。

说完了我才意识到这个谎言可能存在的风险。什么病？哪个阶段？怎么治？过程？费用？预后？我马上预见到了可能会蜂拥而至的问题。关于死人的谎言很简单，是一条决绝而狭窄的死胡同；而关于活人的谎言有一千条歧路，哪条路都可能布着陷阱，充满着随时需要填补的漏洞。但话已出口，我已经没有回头路可走。

“我只有明天见过医生，才能知道进一步的详情。”

我用这句话堵住了她们的嘴，尽管是暂时的。以后的事只能走一步想一步。

当我再次走进阿姨办公室时，我两眼红肿如桃。这次，没用任何化妆品。

她惊诧地抬头看了我一眼，说怎么了？还在想你爷爷？

我的嘴角抽搐了一下，我知道那是哭的先兆。

千万，别在，她面前，哭。我严厉地告诫自己。

可是没用，我的神经松了，再也系不住泪腺。

她没劝我，听任我窸窸窣窣地用了她半盒面巾纸。

“七年了，在公司，我只休过一次年假，五天。”

“你可以去人事部调出勤记录，没请过一天事假，这么久，除去这三天。”

“从来没有误过，一个文案期限，七年。”

我听见自己的声音钻过千山万壑，嚅嚅地爬出舌尖和牙齿之间的那条缝隙，柔弱，苍白，毫无底气。

“想说什么，就说。”她神色平静地说。

她的磁场严重干扰了我，我发现从我脑波段里发出的，全是些破布絮般的杂音。

“开刀，住院，情况不好，我男友。三十五岁，我，剩女，不好找。”

天，我竟然在没有任何威逼的情况下跳进了自己编织的网罗，把自己和王匡原不可分割地绑在了一起。

阿姨长久地沉默着，我看见她额角上有一根筋，在轻轻地跳动着。扑哧。扑哧。扑哧。我知道那是两股想法正在汇集人马，兵戎相见。

“这种情况，不是一天两天可以解决的。长假的话我们需要请人替你。”半晌，她才说。

我从她的话里找到了一条刚好容下我身子的缝。

“短假，短假。我只要三天，甚至，两天半，一旦明确了治疗方案，接下来的事会找护工。”我急切地说。

我已经把从北京到温州的整张行程表都在脑子里过了一遍。来回都选夜里最后一个航班，假如不转长途汽车而提前安排人驾私家车来机场接我，那么我在家至少还能待上两整天，甚至两天半。

我在机场上发了一条微信告诉王匡原我的突发行程。我只说了爷爷的死，却没提他被生病的事。

葬礼期间发生的一切至今回想起来都是模糊不清缺乏细节的，如同是一部老电影的片尾部分，隐隐只记得几个飞来飞去的斑纹。我父母对我的期待大部分都落了空，除了付钱之外，我对乡俗里操办白喜时需要面对的一万条规矩一窍不通。真正管事的，还是那两个被我妈轻蔑地称为“废物”的妹妹和她们的丈夫。离家十七年了，站在熟悉的景物之前我却是个外乡人。家是一条河，我走，它也走，只是等我回头的时候，我已不是原来的我，水也不是原来的水，我们彼此感觉陌生。

回北京前，我一个人在爷爷的墓前坐了半天。我爸是我爷爷的长子，也是独子，我奶奶死得早，我爷爷一辈子都和儿子一起生活。我是我爸的长女，也算是我爷爷的半个长孙，因为我父母努力了二十年也没能给爷爷生下一个真正的孙子。我爸爸早年一直在城里打工，我是在爷爷的背上长大的，五岁之前我还一直以为爷爷和爸爸是同一个意思。

我十八岁离家上大学时，爷爷把我拉到门外，悄悄告诉我一个惊人的秘密：他手头藏着一根金条，要等到我结婚的时候送给我做嫁妆。这些年我每一次回家探亲，爷爷都用期待的眼神询问我是否到了处置这根金条的时候，我一次又一次让他失望。我几乎后悔今年回家过年时没带上王匡原。在北京的这些年里，我为比这小得多的事情都撒过谎，我为什么就不肯给爷爷哪怕是一个虚幻的希望呢？爷爷等了十七年，把我和金条都等老了，也没等到把它交到我手里的时候。他一直没告诉任何人金条的来源和藏处，因为他对自己的身体很有把握。他以为他能活到地老天荒，活到我生下一筐猪猡。

假若不是我那个一时冲动的谎言，兴许，爷爷还在。

世上唯一管我叫阿囡的那个人去了。那个我每次回家他都会把自己灌得烂醉，我每一次走他都会把我的箱子扛在肩上和我一起站在路口等摩的的人，已经化为了青烟。我发觉我竟然没有眼泪。眼泪并没有遗弃我，只是眼泪和生命一样，都是有定数的，我把它浪费在了不值当的地方。它本该洒在爷爷墓前的，我却把它送给了办公室。

回程的路上，我才想起我的生日已经过了，王匡原居然没有给我打电话。我突然觉得我很想得到一个生日礼物，哪怕是另一个装满了纸条的玻璃瓶。前两天他给我打过无数个电话，我却一直没有接。

我在登机前给他打了一个电话，无人接听。到北京已是半夜，我又连接给他打了几个电话，依旧无人接听。这是我们认识以来绝无仅有的稀罕事。通常我的电话就是他的集结号，无论是半夜，无论是凌晨，无论他在刷牙，在撒尿，在做任何可以示人或者不可以示人的事情，他都会立即接听。即使不能立即接听，也会在几分钟之内回复。

我的心里开始泛上隐隐一丝不安。

第二天早上，我一到单位就给他的银行分机打了个电话，接电话的是个陌生的男声。

“王先生不在。”

那人像一管快要使完了的牙膏似的，挤起来很是费劲。在我一环接一环的逼问之下，他终于一口一口地吐出了实情。

肾结石，急性发作，昨天，在单位。住院，手术，有可能今天，还不确定。北医三院……

我的脑袋嗡的一声，手机掉落在地上，玻璃面裂成一张蜘蛛网。一个轻浮的随意的谎言，再一次被我演绎成了严酷的现实。

我再也没有假期，可以用来照料这个可怜的被我提前预约了疾病的人。即使王总，或者王头，或者阿姨，不为难我，我也不可能再给公司提供另一个借口。不是我不能，而是我不敢，我怕心想事成。我不能为了照料因我致病的那个人，而去诅咒另外一个无辜之人。一个谎言需要另外一个，甚至一群，谎言来遮掩弥补，每一个谎言一经过我的嘴，便将成为事实。我的嘴是茅坑，是墨池，是地狱，我唯一可以斩断这个歹毒的怪圈的方法，就是停止制造心愿和借口。

我没有请假，只是在下班之后直接赶去了医院。手术是在早上做的，麻醉的效应虽然过去了，他依旧半睡半醒。听见我的脚步声，他朦朦胧胧地睁开了双眼。

"疼吗？"我问他。

他的头动了一动，看不出是点头还是摇头。

"很多个电话，我打过。"他口齿不清地说。

"忙晕了。"我说。

我看见他的床头柜上摆着一只空水杯，就问他要不要喝点水？他说不渴。我又问他吃没吃饭？屋里坐着的一个老太太，大概是旁边那张床的病人家属，就呵呵地笑了，说这姑娘看你那样子大概没照顾过病人吧？他这个手术是全麻的，这会儿不能吃饭。你可以给他喂点水。

我说他不渴啊。老太太又笑，说你可以用棉签蘸点水，给他润润嘴唇。我问哪里有棉签啊？老太太说问护士。我正要起身，王匡原拦住了我。

"真的，不用。"他说。

"你家里知道你动手术了吗？"我问。

他摇了摇头。我知道他妈妈患有严重的高血压，他大概不想惊动她。

“这两天有人照顾你吗？”

他说同事轮班，来来回回。

他似乎已经使完了他的力气，又昏昏地睡了过去。屋里响起了均匀的呼吸声，仿佛是蜜蜂的翅翼在轻轻扇动。我发现他睡着的时候变了一个样子，变成了婴孩，睫毛长长地覆盖在眼窝上，犹如一把细密的刷子。脸上的皮肤变得平滑而柔软，我甚至不敢下手去摸，怕我手上的毛刺会钩出线头。

我一直坐到了护士过来赶我走。临走前，他终于醒了，直直地看着我，眼光像一层万能胶水，黏得我几乎无法起身。

“别走。”他说。

“我明天白天过不来，我真的不能，再请假了。”

我差一点要说出缘由，却最终忍住了。

他喃喃地说了一句什么话，我没听懂。我俯到他嘴边，让他再说一遍。

“我知道，你不在意我……”他说。

轰的一声，一股火从我的心里窜了上来，几乎燎着了我的喉咙和舌头。我想说我昨晚飞机晚点回到家已是凌晨三点钟，醒来没吃早饭就赶去上班，开了一天的会又误了中饭，下班直接赶到医院，我还没吃晚餐。我就是千里马我就是永动机我就是母夜叉我也需要粮油。你可以问我葬礼怎样，你可以问我钱够不够花，你也可以问我吃没吃过饭，你还可以问我阿姨的脸色好不好看。可是你没有。你一句也没问。

我一言不发地离开了病房。当我坐进地铁的时候，我听见我的肚子在不知廉耻地发出一连串响亮的呐喊，我觉得那些声响不仅颜色污秽而且气味难堪。我觉得我的身上贴满了毛刺似的目光。

“老天，你给他再找个女朋友吧。我实在没有力气，这样两头奔走了。”

我喃喃自语。

“一个脚踩风火轮给他上班养家，另一个给他洗脸洗脚做老妈子。”

说出这句话，我突然觉得气通了，每一个毛孔都松了盖子。

第二天下班后我又直接赶去了医院，还在走廊上我就听见从他的病房里传出一阵说话声。那声音很低，含混不清，我能分辨出来的，只是那些浮在词语表面或者游弋在字和字之间的东西，比如音调，再比如语气。

那个声音里藏着一种如同弹性最好的橡皮筋那样几乎可以扯到无限的耐心。

我从门里望进去，我发现王匡原的床前站着一个消瘦的女人，她的长发从肩膀上滑落下来，轻柔地抚过他的脸。他有些痒，想伸手去拂，她攥住了他的手，用一条湿毛巾，一根一根地擦着他的手指。

我咳嗽了一声。她抬起头来看见我，吃了一惊，五指在半空中凝成一朵石膏铸就的兰花，湿毛巾滴滴答答地在地板上砸出一个个深色的坑。她认出了我，我也认出了她。我在王匡原的旧相册里见过她，或者说，她的一个更年轻的版本；而她认出我，我猜想，是从王匡原发的微信朋友圈。从照片的新旧程度来判断，她是王匡原的旧雨，而我是王匡原的新知。

然而，世上没有哪一种关系是恒久不变的。天下大事尚合久必分，分久必合，何况我等凡人琐事。我和她的位置是可以随时替换倒置的，比如在今晚。

“信息时代，消息真的，传得很快。”我微笑着说。

她开始收拾自己的包包。

“匡原，我走吧？”她问他。她把话尾上的那个语气助词吊上去，做成一个犹犹豫豫的问号。

他用眼神压住了她的脚。

“不用。”他说。

那是一种我从未听过的陌生语气。我发觉他的那块石头其实并没有离开他的身体，只是从肾脏挪移到了他的眼睛——他的眼神里第一次有了硬度和质感。

“那，我走？”我的话和她的一样，都是以问号结尾。

他沉默不语。

那晚我回到家的时候，接到了王匡原的一条微信：

> 我在南四环买了一处二手房，家里付了百分之五十的首付。本来我是想把它送给你做生日惊喜的，但我感觉你并不在意我这个人，所以我不想以一幢房子改变你的想法。

我猜想这大概就是王匡原的分手宣言。

那一夜我在床上翻来覆去，折腾到几乎天亮才入睡。我做了一个很奇怪的梦：我又回到了老家。我在村口的那条小溪里洗着一样东西——是我妈寄给我的那张生日贺卡。我洗了一遍又一遍，先是用手，后是用一把硬得像猪鬃的刷子，想洗去贺卡上那“心想事程”四个字。

我把一条溪流的水都洗黑了，依旧没能洗去那四个字。

玉　莲

那个夏天我终于在上海的一所名校里熬完了四年的大学生涯。当时我的同班同学都结伴南下到深圳珠海广州，雄心勃勃地要去掏他们一生中的第一桶金，而我这个南蛮子却像一只孤雁执意要往北飞去。“从今往后，我们做我们的铜臭商人，你做你的达官贵人。下回见面，我们坐吉普，你坐红旗。”同学们嘻嘻哈哈地上了路，大约真是年轻，竟把一些本该很是沉重的离别之言说得如此轻狂。我在班级里一直是班长，班会上发言也爱引经据典，大家由此认定我去京城是踏上仕途的第一步。殊不知我只是要向一个远方的男人证明，我是完全可以离开南方的暖巢，到未知的北方去闯天下的。那些日子里我一直在等待着一封远方来信，这封信可以顿时改变我已做的和未做的任何决定。

可是这封信一直没有来。

我决定北上之前回一趟老家，辞别双亲。我的家乡在浙南一个叫温州的小城，那时它与外界的交往还只能依赖于海路。轮船抵达温州港的时候天在下着雨，是那种江南特色的不成点也不成条的淅淅沥沥的雨。码头的泥浆厚厚重重地黏着我的鞋底，昏暗的街灯中我根本看不清来来往往的人群中哪些是接我的人。我提着两只大箱子在雨中站了很久，才听见哥哥高一声低一声地喊着我的小名。等到他把我和我的行李塞进一辆蚕茧般大小破旧不堪的菲亚特出租车里时，我们早已全身湿透了。

还没有来得及抱怨，哥哥就推了推我，说："玉莲来了，住在家里。"我吃了一大惊——在我的记忆中，玉莲住在大西北一个连名字都叫不顺的小县城里。凭我极其有限的地理知识，我知道她得从小县城倒几趟长途汽车辗转至兰州，再从兰州坐火车到上海，从上海转轮船到温州，路上怎么也得一个星期。路费加上住店吃饭的费用，她哪来的钱？哥哥叹了一口气，告诉我："听说你大学毕业了，要到北京去做事，就死活也要来看你一眼。她男人的劳保赔偿，也拿出来花了。"我听了连连跺脚说不得话，心里却怨我妈多嘴。

一会儿工夫车就开到了家门口，临下车哥哥吩咐我，见了玉莲不要表现出惊怪的样子——自从她女儿小青死后，玉莲受了些刺激，神志有时清醒有时模糊，说话也有些神叨叨的。

推门进去，就走进了一屋的烟雾里。屋里坐了三个人，我爸，我妈，还有一个长得十分老相的瘦高女人。爸和女人都在抽烟。爸抽的是凤凰牌，正是那年流行的，文文雅雅地带着些香气。女人抽的是自制的卷烟，辛辛辣辣地割着人的喉咙，熏得人几欲流出泪来。女人穿了一件白底细花短袖的确良衬衫和暗灰色的府绸布裤子。那套衣裤隐约有些眼熟，过了一会儿我才想起原来是我妈妈的旧行头。衣裤明显地短了，女人的手脚长长地从袖子裤腿里伸出来，鹭鸶般地笨拙着。女人的脸在细皮嫩肉的江南小城里也算是一奇景了，肤色极黑，却又不完全是黑，双颧泛着些隐隐的红，毛毛糙糙的像一张风干的柿子皮。

女人见我进来，咚地扔了嘴里的烟，站起来就抓了我的手，脸上的皱纹生硬地挪动起来。

“阿玲我的娃，你可平平安安地长大了——都以为你过不了那个坎了呢。”

女人的手很长很大，极有劲道，指甲深深地掐进我的掌心。女人身上的羊膻味熏得我后退了一步。女人觉出来了，就讪讪地松了手，转身对我爸说：“张同志你们好福气，世界上这样机灵的孩子统共也没几个，倒都生在你们家了。我们青青小时候，就是阿玲这个样子的——我奶大的孩子，都像是一个模子里出来的。”

我妈正弯腰捡拾女人扔下的烟头——地板上早烧出一个浅坑来了，听了这话就摇头：“玉莲你又犯糊涂了，你到我们家来还是个什么事也不懂的小姑娘呢，阿玲哪能是你奶大的？”

女人也不恼，只是嘿嘿地笑，露出两排被烟熏得黑参参的牙齿。

“反正阿玲是我带大的。”

算起来玉莲到我们家的那年大致是十八岁。而我才五岁。

那年我在幼儿园里感染了一种奇怪的肾病，小便化验单上红血球白血球浓球的格子里总有长长一串的“+”号。这种病在医学十分发达的今天实在算是小菜一碟，可是在那个年代里医生却束手无策。病一急性发作，我就住进医院，靠打链霉素庆大霉素针来控制。病情一缓和我就出院。出了再进，进了再出。这样的循环周期越来越短了，我的鞋子几乎都是在医院的门槛上磨薄了的。有一天，我听见主治医生叹着气对我妈妈说：“再这样下去，就怕尿中毒。”尿中毒是什么东西我并不懂，不过我知道我们隔壁姚苹苹的妈妈，就是死在尿中毒上的——头肿得像个大冬瓜。于是我猜测我大概也会死了。

那时候我爸爸和我妈妈都在市委机关里做着不大不小的官，忙得四脚朝天，顾不上我，只好雇了个保姆来照看我。由于我的身体状况，医生吩咐我不能跳绳，不能踢毽子，甚至不能像别的小孩那样上井边玩水。而且我还得禁盐。用无盐酱油烧出来的菜味同嚼蜡，让我忍无可忍。于是我吃饭闹，睡觉闹，打针闹，服药闹，上幼儿园闹，不上幼儿园也闹，直闹得家里鸡犬不宁。

玉莲是我们家那阵子换过的第五个保姆。

玉莲来的那一天是大年初二。我们一家人刚刚吃完晚饭，就听见邻居王阿姨来敲门。王阿姨的丈夫是机关食堂的炊事员，跟机关上上下下都熟。王阿姨是个热心人，谁家有事她都爱帮一手。那天王阿姨身后跟了个瘦高个的乡下女人。王阿姨进了门，女人却不肯进门，依旧远远地站在走廊上。王阿姨把那个女人推到我妈跟前："这就是上回说的那个玉莲，是我们老家龙泉镇的。玉莲上过几年学，识得几个字。只是不懂城里的规矩，你们尽管放心指教她。"又指了我爸我妈对玉莲说："张同志陈同志两口子都是大学生，在市委机关里工作，人也和善，家事也简单，你就只管把阿玲这孩子照管妥了就好。算你的福气，头回到城里做事就碰到了这样体面的人家。"

玉莲不说话，只是点着头笑。走近了，才看清，管玉莲叫女人未免有些夸张。其实她至多是个刚刚长成的女孩而已。玉莲剪了一头黑得流油的齐耳短发，右侧的头发用一段绿玻璃丝头绳束起小小的一绺。穿了一件葱绿灯芯绒棉袄，海蓝灯芯绒棉裤，足蹬一双黑布棉鞋，手挽一个红花细布包袱。那一身衣装大概还很新，在胳膊腿弯处绽出一些生生硬硬的皱纹来。灯芯绒在那个年头算是稀罕的货物，玉莲的家道想必还过得去——后来我们才知道，玉莲到温州城里当保姆，其实并不是为了钱。玉莲是地地道道的山里人打扮，可是玉莲长得却不像是山里人。玉莲的五官其实也没有什么惊人之处，却因了皮肤的白净，便衬得眉黑目深的。嘴角弯弯的，颊上隐隐跳着两个小酒窝，不说话时也是一副喜庆的模样，便先讨了人的欢喜。

玉莲放下手里的包袱，就要来收拾桌上的碗筷。我拿筷子在空碗上敲了敲，大声对我妈说："她怎么不脱鞋就进屋？"玉莲的脸腾地涨红了，弯下腰来，就解鞋带。偏偏鞋带绑得很紧，解了半天才解开，玉莲的额上，早已渗出些细碎的汗珠子来。待玉莲终于脱了脚上的棉鞋，换上家里的布拖鞋，我妈就拉着她去了里屋，关起门来说了回话。出来时，两人的眼圈都是红红的。我知道她们在说我。

玉莲走过来，把我抱过去坐到她的腿上，叹了一口气，说："这么轻。阿玲我非要把你养胖了不可。"

这是玉莲跟我说的第一句话。玉莲的声音软软的，让我想起家里过年时蒸的桂花糯米糖糕。以前我们家的保姆都是些脏老婆子，一开口嗓门嘎嘎的像鸭子叫。从来没有人和我这样说过话。

我是从那一刻开始喜欢上玉莲的。

在我妈的眼里，玉莲并不是个称职的保姆。

玉莲不会煮饭，不是把水放多了，米放少了，就是把米放多了，水放少了。如果哪天米和水都放得整好，那么饭一定是焦糊的。玉莲也不怎么会洗衣服，两只手在搓衣板上揉来揉去，只揉大面子上的，却很少关注袖口衣兜这些阴暗角落。玉莲在龙泉用的是蹲坑，不会用城里的马桶。洗马桶时只知道拿水冲一冲了事，却不知道要用竹刷子刷刷桶底。妈妈看玉莲做事，看得着急，忍不住要说叨她几句："玉莲你怎么什么都不会呢？"我爸听了，就扯我妈的袖子："阿玲肯跟她就行了——忘了先前是怎么闹的。”我妈立时就闭了嘴。玉莲也不恼，却憨憨地笑，说：“我会做针线呢。”

玉莲没有吹牛。玉莲果真做得一手绝好的针线活。玉莲闲着的时候，就给我们纳鞋底。玉莲纳的鞋底，有时候是回字针，有时候是云型针，细密如黑蚁。纳完了再钉上两块防水胶皮，做了鞋子穿在脚上，竟如腾云驾雾似的温软。剩下来的布头，玉莲就拿来缝成小包，装上细沙子，和我玩丢沙包。玉莲把沙包扔得高高的，让我猜会落到哪里。我说嘴巴，就一准落到她的鼻子上。我说耳朵，就一准落到她的脑门上。

玉莲还把家里的旧毛衣都搜寻出来拆了，将毛线洗干净了放在锅里蒸平整了，晾干之后再重新织一遍。当然再织出来的就不是原先的样子了。玉莲给我爸我妈织的是青灰色的圆领衫，领边袖口下摆加一圈黑的，老实古旧里略带一丝新潮。给我哥织的是蓝白相间的海魂衫，腰下斜斜地插了两个兜。给我织的是玫瑰红的开衫，领边上缝上两个小绒球。邻居见了，都说张同志一家穿得这么漂亮，是要去拍电影吗？玉莲听了，就将嘴掩了吃吃地笑。玉莲爱笑。玉莲的笑像那个冬天街上盛行的流感，碰上谁就传给谁。

玉莲干活的时候，嘴也不闲着，不是哼歌，就是嗑瓜子。我之所以用哼字而不是用唱字，是因为玉莲从来没有把一首歌从头到尾地唱完。玉莲的嗓子圆圆润润的找不到一道沟坎，可是玉莲永远也不会成为一个好歌手，因为玉莲永远记不住歌词。玉莲往往只开了一个头，就把后边的扔了，再去开别的头。有时她甚至能在一个调子里开出好几个头来。玉莲最爱唱的一首歌是关于一朵鲜花的。它是这样开的头：

金河岸，鲜花千万朵，
最美的有一朵。
雪山下，骏马千万匹，
最俊的有一匹。

玉莲唱来唱去，只会唱这两句。我缠着她往下唱，她就又从头唱起。于是她的歌声就像失修的唱盘一样，无休无止混混沌沌地重复往返着。有一天，我实在忍不住了，就问玉莲，那最美的花到底是哪一朵呢。玉莲看过了左右无人，才点着自己的鼻子说："这朵呢。"我便长久地纳闷着——我懂得人和花之间的某些共性，是很多年以后的事了。

玉莲不唱歌时，就嗑瓜子。玉莲嗑瓜子的样子很奇特，很少用手。玉莲抓了一大把瓜子扔进嘴里，接下去手就完全派不上用场了，舌头便顶替上来将瓜子一颗一颗地送到牙齿跟前。剥皮的过程是猜测出来的，看见的只是瓜子皮井井有续地落到地上。我妈妈虽然不喜欢家里的地板上总有瓜子皮，却因为瓜子是玉莲自己花钱买的，也就数落几句，要玉莲常常扫地，便睁一只眼闭一只眼了事。

玉莲在我们家一个月的工资是十块钱。可是玉莲并不像从前的那些保姆那样着急地往家寄钱。玉莲拿了工钱，先去街角的酱油店换成零票，用一条粉红色的手绢包裹起来，压在枕头底下。偶尔从里边抽出一张角票来，买一包瓜子，一瓶雪花膏之类的小东西，又将剩下的仔细地包裹回去。玉莲买完瓜子，有时也给我买一小块麦芽糖。我拿了糖，并不能马上就吃，总要待到我爸我妈都看过了，说过："玉莲你这么宠她做什么"，我才能开吃。当然，这样的待遇全家仅我一个，我哥哥是不够级别的。

玉莲不寄钱回去，是因为玉莲的家里并不缺钱花。玉莲在家是幺女，有三个哥哥两个姐姐。玉莲的爸爸和哥哥都是木匠，一年到头有做不完的活计。玉莲家里挣钱的事情，都由男人来操心。家务琐事，又有妈和姐姐。一家的忙人养了一个闲人，所以玉莲就只会做针线活了。大凡人一闲，心思也就多了。读过高小的玉莲只在书里学到过关于城里的种种趣事，却从来没有迈出过龙泉镇一步。于是就撺弄了爹娘，让进城去当保姆。现在回想起来，玉莲关于城市生活的种种想象里，大概很早就包括了爱情的。

玉莲命运的转折其实是由一件极小的事情引发的。

有一天我哥哥拉屎时拉出了五条蛔虫。我们都是第一次见到这种肥肥白白的虫子，又兴奋又害怕。后来妈妈给哥哥吃一种形状像宝塔一样的糖块，哥哥又拉出了更多的虫子。医生说蛔虫可能来自弄堂里的那口井。紧挨着水井就是一条阴沟，洗菜洗衣服洗马桶都在一处，难免有寄生虫进入食道。妈妈怕我也得蛔虫，就吩咐玉莲不要再用井水洗菜。那时候我们家还没有装上水龙头，用自来水得去一条街外的机关大院家属楼去挑。玉莲挑不动水，挑水是我爸的事。我妈心疼我爸，为了让我爸少挑几担水，玉莲的工作日程里就增添了一项新内容：去机关大院洗菜。

我至今尚清晰地记得玉莲第一次去机关大院时的每一个细节。

那天是个阳春四月天，泥泞的春雨停了，天上出了一轮大大的太阳。从街头到街尾都是阳光，照得人遍体酥痒。沿街的夹竹桃树一夜之间就绽出了满树的红点。玉莲脱下夹袄，换上了春装。玉莲的春装是一件翠绿带黑格的线呢单衣，是进城的前一年做的。玉莲在那一年里真正长起来了，衣服显得又瘦又短，身子在衣裳的钳制下发出半是无奈半是欣喜的叹息。玉莲左手提着一个菜篮子，右手牵着我，行走在夹竹桃树的阴影里——自从玉莲来后，我就待在家里，再也不上幼儿园了。玉莲的菜篮子里放着一条肥大的金灿灿的黄鱼，一大捧包在荷叶里的满是污泥的白蚶，两根碧绿的黄瓜，一细条猪肉，一把豆芽，一包马铃薯和一捆菠菜。玉莲的菜篮子里有很多的颜色和重量，可是玉莲挎着菜篮子走过街面时的步态却很轻松。玉莲那天走路的样子让我想起一些没有腿的东西，比如游在水里的鱼，飞在荷花上的蜻蜓，飘在天上的云。

当然，那时无论是玉莲还是我都没有想到，命运之神已经将他的绳索牢牢地套在玉莲的脖子上，一步一步地拉着她走向那个无法回避的深渊。

玉莲走到机关门口的时候脚步突然缓慢了下来，因为玉莲看见了一个身着绿色军装荷枪直立的士兵。那时小城正坐在三年大饥荒和后来的十年大浩劫中间的缝隙里战战兢兢地喘息，街上很少见到荷枪实弹的士兵。大山里来的年轻姑娘玉莲，一生中第一次猝不及防地面对面地遇上了一个真正的士兵。兵很高壮，军服里结结实实的都是内容，玉莲仰着头才看得清他的脸。兵的皮肤很黑，眉目很粗很浓，不说话时脸面里就隐隐藏了些威严。但是兵并没有把他的威严保持得很久，因为兵很快就开口说话了。

工作证。

兵说话时嘴角忍不住含了点浅浅的笑意。兵一笑，顿时就很年轻了起来。兵的普通话有些大舌头，一听就是外乡人。

玉莲愣了一愣。

水，水龙头在哪里？

玉莲文不对题地问。还没问完玉莲的脸就红了起来。玉莲脸红的过程就像是在生宣纸上滴了一小块丹朱，慢慢地洇开去，从双颊洇到额头，再洇至脖子。玉莲知道自己脸红了，就不再看兵，把头低垂了下来，盯着脚尖。所以玉莲并不知道，其实当时兵的脸也红了。

兵和玉莲红着脸面对面地站了一会儿，都不说话。后来说话的是我。

我爸爸是我的家属。在三处工作。

兵和玉莲同时笑了起来。

那天玉莲洗菜的时候就有些心不在焉，把豆芽头摘了扔在水里，却把豆芽皮归在篮子里留着。

第二天玉莲再去洗菜，兵就没有再盘问她。她走过他的跟前，彼此轻微地点了一个头，却没有说话。

后来我就跑去找兵。

“你叫什么名字？玉莲阿姨没有叫我问你。”

兵嘿嘿地笑了，露出两排细碎的重重叠叠的牙齿。兵弯下腰来，从口袋里掏出一块大白兔奶糖给我。

“你也不要告诉你玉莲阿姨，我叫欧阳青海。”

陈同志，井水洗的衣服不干净呢。你看张同志的这件衬衫，领口都是黄的。

玉莲指着我爸的衣服对我妈说。

那阵子玉莲突然很讲究起卫生来了。我妈有些吃惊，却没阻拦她：“你要不嫌烦就用自来水洗吧。”

于是玉莲去机关大院的次数就越发频繁了起来。玉莲洗菜，是在早晨。玉莲洗衣服，总是挑下午两三点钟的时候去。那时候使水的人少，不用排队等龙头。

玉莲去机关大院，有时带我去，有时一个人去。有一回我跟玉莲去洗衣服，发现站岗的是一个陌生人，就问兵哪里去了——我嫌欧阳青海的名字太长，叫起来拗口，就依旧管他叫“兵”。玉莲摸摸我的头，说：“他也得歇息呀，总不能一天站到黑的。”

玉莲让我在石阶上坐稳了，就把木盆放在水龙头底下，接了水来泡衣服。玉莲那天洗的不只是衣服，还有床单被褥。玉莲将衣物打好了肥皂，搁在洗衣板上来回搓揉着，两只手就消失在一堆白花花的肥皂泡里。玉莲揉衣服时，摆动的不仅是手。腰肢，肩膀，脖子，还有头发，都在一颤一颤地动着。玉莲的头发长了，梳成了两根麻花辫子，发梢上拴了两段红头绳。玉莲搓了一阵子衣服，突然停了下来，抬头望着围墙边上的那棵大树发呆。那是一棵老法国梧桐，树身上都是黑褐色的疤痕，叶子倒还茂密，在午后的风里轻摇慢舞着，像一只只绿色的手掌。可是树上并没有鸟。我问玉莲在看什么，玉莲摇摇头，却不说话。

这时候又来了一个洗衣服的人。玉莲把自己的木桶挪开了，让那人接水。也不看那人，就问：“怎么这么晚？”

那人笑笑，说：“开会呢。”我这才听出来那人原来是兵——兵那天没穿军装，换了一件白色的细布衬衫，领口敞开着，就一点也不像兵了。

我看见兵，很高兴，就跑过去问他枪藏在哪里了，可不可以拿出来让我摸一摸。兵把我的头发揉得乱乱的，说：“女孩子要什么枪呢，我教你玩别的。”就跑去路边扯了一株空心草，将叶子摘了，芯子吹干净了。又拿自己的肥皂盒，从玉莲的桶里舀了些肥皂水出来，教我吹泡泡。我对着太阳吹出满天的泡泡来，五颜六色的，很是好看。兵给我舀的肥皂水很多，我吹了半天也没有吹完，倒吹出了满眼金星。

兵的衣服很少，三下两下就洗完了。兵洗完了自己的，就来帮玉莲拧床单。床单很大也很厚，玉莲拽一头，兵拽一头。玉莲往左拧，兵往右拧。床单就渐渐细小了起来，只剩了中间大大的一个水包，死活不肯瘪下去。兵把自己的这头夹到腋窝下，腾出手来朝水包擂了一拳，水就哗地流了出来。玉莲低声对兵说："看你的衣服，都湿了。"兵只是笑。

后来玉莲也洗完了衣服，兵说坐一坐吧，玉莲就拉着我在石阶上坐下。兵从裤兜里掏出一个小小的铁盒子，塞进嘴里，兵的嘴里就流出了一些咿咿呜呜的声音。后来我才知道，那个铁盒子叫口琴。兵先吹了一个尖尖的急急的欢欢喜喜的调子，说那是他们家乡结婚迎亲时的曲子。兵说到结婚两个字的时候脸红了一红。后来兵又吹了一个不紧不慢四平八稳的调子，说是他们那里的求雨调。兵最后吹的是个极慢极低的曲子，呜呜咽咽的，仿佛是一汪溪水给堵在了泉眼里似的。兵吹完了，看着天，却不说话。玉莲问这是什么调呢。兵叹了一口气，才说"思乡调。"

那天玉莲洗了很久的衣服才回家。饭桌上，玉莲的话很少。只吃了小小的一碗饭，就说吃不下了。

陈同志，你说青海这地方，比上海还远吗？

玉莲问我妈。

玉莲来后的半年里，我一直都没有犯病。全家人刚刚松了一口气，夏天里我却又进了一回医院。

是一场流感引起的，发烧发到40多度。烧到半夜，我开始口吐白沫，说起胡话来。玉莲吓得嗓子都变了调，叫醒了我爸我妈，就背我去了医院。玉莲到了医院才发现脚上套错了鞋子——左脚穿的是右脚的鞋。

进医院以后的事情我记不清楚了，因为在去医院的路上我就昏迷了过去，醒来时已经是一天之后了。睁开眼睛我看见我妈玉莲和我哥都坐在我的床前。我哥把一个糊着牛皮纸的方盒子放到我的枕头上，说："给你了"。我知道那是我哥装香烟壳的盒子。我哥爱收集香烟壳子，从早先的炮台美人头老刀牌，到后来的前门牡丹飞马，再到新近的大联珠工农劳动牌，他都收齐全了。那盒子平日是他的宝贝，碰都不让我碰一下的。我是从那一刻里知道了我病情的严重性的。

我妈伏下身来，问我要吃什么。我说要吃腌萝卜条。我妈就哄我："萝卜条有什么好吃的呢？妈给你做莲藕羹，放好多葡萄干沙果干。都是你小舅从新疆寄来的，甜极了。"我对莲藕羹毫无兴趣，有气无力地坚持要吃萝卜条。玉莲听了，眉开眼笑地对我妈说："我说了，脑子没烧坏。"就把我抱起来，坐在她的怀里，从兜里掏出一把细齿梳子来替我梳头。玉莲给我梳的是两根四股辫子，到最后总成一根，用一条红手绢绑成一个结子。玉莲一边梳，一边问我妈："陈同志，这孩子常年吃不得盐，身子骨怎么能长得硬，抗得了病呢？"我妈叹着气，说："玉莲这医学上的事你不懂。"

我在医院里一住就是好几个星期。高烧虽然退下去了，低烧却持续不断，一直到入秋时分才渐渐好些。住院的日子里，除了晚上睡觉，白天玉莲都来医院陪我。若逢天色阴凉些，玉莲就背我到住院部楼下的院子里走动走动——那阵子我病得身子很虚，连路也走不动了，上上下下都要玉莲背。院子里长着一棵遮天蔽日的桑树，很有些年月了。低矮处的桑叶，都被人摘了喂蚕。高处的叶子，依旧茂密翠绿，浓荫里还藏了几个零星的桑椹。玉莲踮着脚尖拿枝条打下几个来，我们分着吃了，吃得一嘴一牙青紫，我看着她笑，她看着我笑。

那天我们在院子里玩了一个下午，大约是招了点风凉，回来热度就升高了。护士过来打点滴针，直骂玉莲蠢。玉莲不敢回嘴，一味小声小气地求："轻点，啊？找个软点的地方扎，啊？"护士就给了玉莲一个白眼："你来找找，哪还有什么软的地方？都扎遍了。"那天护士扎了好几针才找着血管，扎得特别疼，我扁了扁嘴，想哭，又忍了回去。玉莲抓了我的手，说："娃呀，想哭，你就哭吧，哭一小会儿就好。"我问玉莲："打了针我就不会死了吧？"玉莲听了，不说话，却流下泪来。

几天以后，我午睡醒来，突然看见兵坐在我床前的凳子上。兵那天军装穿得很是齐整，风纪扣一直扣到领下，绿领口里露出一丝白衬衫。可是兵没有戴军帽——军帽脱了放在茶几上。兵大约刚理过发剃过胡子，颏下鬓边都是青青的。我有一阵子没见过兵了，就觉得兵又长高了一些。

兵的手里提着一个小热水瓶。兵见我醒了，就拧开水瓶往杯子里倒东西。兵倒出来的不是水，而是两根冰棍。兵剥开包装纸，递了一根给我，一根给玉莲。兵买的是那个夏天最贵最好的红豆奶油冰棍，七分钱一根的。玉莲不肯吃，递回去给兵。兵也不肯吃，又递给玉莲。两人推了半天，还是玉莲推不过兵。冰棍很凉，我和玉莲咬一口，咝地抽一口气。两人咝咝地吃了好久才吃完了。

我就要兵吹口琴。兵果真带口琴来了。兵先吹了一个"草原英雄小姐妹"，又吹了一个"王二小放羊。"兵那天吹的歌曲我们都会。兵一边吹，我和玉莲就一边唱。旁边病房的小朋友听见了，都围过来看热闹。看得兵和玉莲脸都红了，就歇了。我不肯，要兵教我吹口琴。我拿过兵的口琴含在嘴里，吹了半天才吹出蚊子般的一丝嘤嗡来。玉莲就对兵说："刚养好些了，又来这一场病——哪有元气吹这个东西。"

兵看着我只摇头："你们南方人太娇嫩了，要让我带去青海，吃几天粗粮，百病都没有了。"

那天是个极热的天，兵又穿得严严实实的，早捂出了一头一脸的汗。兵没带手巾，只好撩了衣袖来擦汗，衣袖就湿了一大块。玉莲拿出自己的手绢来给兵，兵犹豫了一下才接过去，擦完了汗，放在鼻子上闻了闻，就放进了口袋里。后来玉莲送兵到门口，我听见她低声对兵说："脏死了，也不还给我。"

后来玉莲就把针线活带到了病房里做。那阵子玉莲做的活计是绣花。玉莲买了两条大方手绢，一条白，一条青。白的上面绣的是两只蝴蝶在一蓬荷花上跳舞。荷花是粉红的，蝴蝶是金黄色的，翅膀上长着几个暗红色的斑点。青的那条手绢上绣的是两座山，山顶上飘着几朵白云，山脚下弯弯曲曲地流着一条河。河边灰灰的走着几团东西，像马，像驴，又像是羊。现在回想起来，这大概是玉莲有限的视野里对北方景致最初始的想象了。

我妈看见了玉莲绣的花，掩了嘴半晌无话。后来才叹了一口气，说："你要生在城里，也就是一个艺术家了。"玉莲不知道"艺术家"是什么东西，但听得出是句好话，便也叹起气来："我们乡下人的命啊，没得怨的。"我妈问玉莲这手帕是给谁绣的，玉莲顿了一顿，才说是给姐姐做陪嫁的——玉莲的二姐要在年底出嫁，一家人都在忙着替她准备嫁妆。

这是玉莲在我们家撒的第一个谎。

欧阳青海的名字被再次提起，是半年以后的事了。

有一天夜里，我被尿憋醒，摸了摸身边，发现玉莲不在床上，就光着脚跳到地上，四下找玉莲。当我找到玉莲时，她正坐在客厅里哭。

其实我是从她的姿势上猜出来她在哭的——玉莲哭的时候从来没有发出过声响。玉莲用一条手帕堵住了嘴，脖子一抽一抽的似乎要背过气去，颊上歪歪斜斜地沾着几缕湿头发。屋里不止是玉莲一个人。我还看见了我爸我妈，隔壁的王阿姨夫妻，还有一个兵。我仔细地看了一眼才看出这个兵并不是那个兵。这个兵个子比那个兵小，脸也白净一些。这个兵的军装上有四个口袋，而那个兵只有两个。我马上知道了这个兵是个官，是管那个兵的。

屋里的人都在看玉莲哭，却一直没有人说话。兵呵呵地咳嗽了好几声，从喉咙里湿湿地咳出一口痰来，没地方吐，又咕噜一声咽了回去，轻声说："欧阳青海年底就要复员了。群众影响，咳，这个群众影响。"我爸对兵一连点了好几个头，才结结巴巴地点出一句话来："是我们咳，咳，没管好。"王阿姨憋不住，咚地站了起来，说："谁没管好谁呀？他一个解放军，我们一个老百姓。只听说老百姓学解放军的，没听说解放军学老百姓的。军民鱼水情，也不是这个情法呀。"众人听了，想笑又不敢笑，眉眼就有些歪歪咧咧的，不怎么好看。王阿姨的手指，又直直地戳到玉莲鼻子上："祖宗你说句话，你让我怎么跟你娘交代？"玉莲依旧不说话，只是把气抽得更急了。

那天晚上玉莲过了半夜才上床。玉莲上了床，脱了衣服，关了灯，却又不睡下。玉莲用两手抱了两腿，将脸抵在膝盖上，一动不动地呆坐着。那夜是个大月亮夜，西北风溜过窗棂格，发出细碎的声响，树影鬼魅似的在墙上舞动着。月光里玉莲的脸色很白，像纸，像墙，也像石头。我突然害怕起来，就爬过去偎到玉莲的腿上。玉莲将棉被抖开，在我们身边实实地围了一圈。在这样温软的包围中，我们坐了很久，却没有说话。后来我伸出手来寻找玉莲的手。我一把摸到了玉莲掌心一个硬硬的物件，这个物件已经被玉莲的体温焐得几乎有些发烫。

那是一把口琴。

玉莲是第二天下午回龙泉的。

从前我淘气的时候，玉莲也多次说过要走的话。我当然知道那只是一种威胁。可是这次玉莲什么也没有说。然而当我看见玉莲在收拾那个红花细布包袱的时候，我一下子意识到事情已经完全没有挽回的余地了。

那天玉莲像往常一样喂我吃午饭。我的菜依旧是分开单做的。那天我吃的是米饭和鸡蛋豆腐羹。我一辈子都没有吃过那么好吃的鸡蛋豆腐羹，又白净又松软，上面铺了一层碧绿的油汪汪的葱花。我三口两口就吃完了，像家里那只猫那样把碗舔得干干净净。那天我从那碗豆腐羹里尝出了一种久违了的味道，过了一会儿我才明白过来那是盐味。我妈惊异地对玉莲说："什么时候见她这么吃过饭？总得哄上半个时辰才肯吃一两口的。"玉莲看着我笑了一笑，没有说话。我也看了玉莲一眼，没有说话——这是我和玉莲之间的一个小秘密。

收拾了饭碗玉莲蹲下身来，掏出兜里的手帕给我擦嘴巴擤鼻涕。"阿玲你是大孩子了，小孩子才哭，大孩子是不哭的。"后来她站起来，也不看我妈，低头盯了脚尖，嚅嚅地说："陈同志你放心，我这次回龙泉，这事就算了结了——看把你们连累的。"我妈叹了一口气，说："别怪我们，都是为你好。那地方太苦，不是我们南方人去的。"就从抽屉里拿出一张钞票，硬往玉莲手里塞。玉莲死活不肯要，两人推来推去的，直推得面红耳赤起来。后来我妈指着我，说："去，叫玉莲阿姨收下来。"我走过去，抱住了玉莲的一条腿。玉莲哑哑地叫了一声"阿玲，"才将票子揣进贴身的衣兜里，回屋拿了包袱就走出门去。

玉莲走的时候穿的还是那件葱绿灯芯绒棉袄，那条海蓝灯芯绒棉裤，那双黑布棉鞋。她的眼睛微微有些红肿，可是她颊上的酒窝使她的脸看起来依旧像藏了些隐隐的笑意。一切似乎都和她来的那天一样，而一切又都不一样了。来的时候玉莲是一张白纸，去的时候这张纸上已经有了景致了——而且是很深的景致。

我倚在门口看着玉莲跨下门槛，走到街上。她走过了一棵树，又一棵树。当她走过第五棵树的时候，我终于撕心裂肺地哭了起来。她停了一停，却没有回头。风呼呼地撩拨着她的辫子，后来她的棉袄就渐渐地变成了一个绿点子。

玉莲走后一直没有消息。半年以后，我们突然收到了一个盖着青海邮戳的包裹。包裹里是两件手织的女童毛衣。一件大红，一件翠绿，红的那件前襟缝了一只鸭子，绿的那件袖口绣了两只白兔。毛衣口袋有一个小信封，信封里是一张用薄信纸包着的两寸黑白照片——是玉莲和兵的合影。兵依旧穿着军装戴着军帽，只是没有了领章和帽徽。玉莲梳着两根粗辫子，穿的是一件花夹袄，脖子上围了一条纱围巾。两人坐得板板正正的，肩抵着肩，脸上阔阔的都是藏不住的笑。

信纸上却没有一个字。

我妈拿了照片翻来覆去地看，看完了就感叹："到底还是没断了。"我爸便摇头数说我妈："你管他们呢。苦不苦的，乐意就行。你跟着我受得苦还少吗？偏你乐意呢。"我妈啐了我爸一口，却又忍不住笑："你说玉莲这丫头是不是长得有点像王丹凤？"

后来玉莲断断续续地和我们通过几封信，信很简单，都是些问好的话。关于自己的情况，她一笔带过，没有细说。倒是从王阿姨那里，我们辗转听到了些故事。欧阳青海复员后回到原籍，分配到县城的一家伐木厂工作。玉莲是从龙泉家里偷偷跑出来，坐了几天几夜的火车到青海成婚的。玉莲在龙泉的娘家伤透了心，就一直不肯认这个女儿。

直到玉莲生下第一个孩子，满月后两口子带着孩子回龙泉认亲，娘家人见生米已经煮成了大熟饭，才渐渐恢复了联系。

玉莲的头胎是个男孩，跟着他爸的名字叫了小海。第二胎是个女孩，也跟着她爸取名叫小青。玉莲做了娘之后，就一心在家带孩子。幸亏欧阳青海的工资不算低，一家人日子凑合着还过得下去。只是没过上几年太平生活，家里就出了大乱子。欧阳青海在厂里卸货时被一根木头压伤了腰，县城省城都去过，治了好几年，时好时坏的，就成了半个废人。厂里虽然每月发些补贴，孩子一大就不够用了。玉莲只好靠给厂里的工人浆洗缝补衣服挣些家用。偏偏祸不单行。女儿小青十岁那年，突然得了脑膜炎，被厂里的医务室给误诊了。后来找了辆板车将孩子推到县医院，在半路上就断了气。玉莲哭女儿哭伤了身子，精神头就大不如从前了。

我妈每次和王阿姨说起玉莲来，神色就免不了有些黯然。都叹红颜薄命，女人长得出挑些，一生就多坎坷。不如那长相普通平常的，反倒能过一辈子太平日脚。

玉莲那次在温州住了五天，我妈拿了两百块钱，让我带玉莲上街买点东西。那时温州的个体企业已经很发达了，国营商店倒是门可罗雀。我领玉莲去了一个叫妙果寺的个体商场，在五彩缤纷光怪陆离的女装世界里玉莲目瞪口呆，不知所措。我挑了几件衣服让她试，她比了比就放下了，说："这么小的腰身，给小鸡儿穿还差不多，人哪里穿得进去。"周围的人听了，都窃窃地笑——玉莲似乎完全没有意识到"鸡"这个词在南方文化里的含义。后来她就直直地朝童装店铺走去。她在童装店铺里待了很久，大大小小春夏秋冬四季的都买了几件，捆起来就是沉甸甸的一包。我问玉莲买这些衣服做什么——小海才上高中，离做祖母还远呢。玉莲说是买回去做样子的——她想开个童装剪裁铺。我建议她不如做批发生意，转手快，又有我哥在这边帮她订货发货。玉莲连连摇头，说："他爸这个身体，我哪脱得开身来做大事，只能在家里小打小闹的。"

买完衣服，我问玉莲还想去哪里转转。玉莲顿了一顿，才说你带我去老地方看看吧。其实市委机关两年前就迁到新城区了，当年的旧址现在已经成了一片建筑工地。我们转了几个圈才找到了从前的家属区。那个家属大院早连根拆除了，取而代之的是一幢拔地而起的高级住宅楼。楼才起了一半，钢筋混凝土隔成的方块里，不时地有人在走来走去。那个自来水龙头还在，却早锈得斑斑驳驳的，拧不出水来了。那几级石阶也还在，只是爬满了暗绿色的青苔。玉莲从衣服堆里抽出一个塑料袋，扯开了铺在台阶上，我俩就坐了下来歇脚。天色晚了，太阳像个硕大无比的火轮盘，坠挂在楼顶上，将楼抹了一头一脸的血。风一起，就有黑压压一片的鸽子，呼呼地从头顶飞过，鸽哨声嘤嘤嗡嗡地响了很久，不绝于耳。

阿玲，你有相好的吗？

玉莲突然问我。

玉莲在青海待了这么多年，话语里自然带了些北方腔调。听到"相好"这样的词，我忍不住想笑——这个词让我无法不产生一些粗俗的诸如野合之类的联想。可是那天我并没有笑。不知怎的，我就和玉莲说起了铁木辛。

铁木辛是电机系带职研究生班的学生，蒙古族人。我们俩是在组织学校的国庆联欢时认识的。他是唯一一个不肯哄我的男人，所以他就成了世上唯一一个让我动心的男人。我们已经暗地里谈了两年的恋爱了。今年年初他结业回到了赤峰，我们炽热的联络在我毕业前夕突然冷却了下来。我知道这是铁木辛在试探我。铁木辛祖祖辈辈生活在赤峰，他绝对不会离开那个生他养他的地方。我们之间唯一的可能就是我毕业后也去赤峰。铁木辛知道这个选择的分量，所以他把这个选择完完全全地丢给了我一个人，他要我独自为此承担所有的责任。其实我一直都在期待着他的一声呼唤，有了他的呼唤我会跨越万水千山义无反顾地投入他的怀抱。

可是他一直保持着沉默。

玉莲听了长长地松了一口气，说："没找你就好。你哪抗得住他来找你呢？赤峰那个地方，咳。"

我愣了一愣，才问玉莲是不是后悔去了青海。玉莲不说话，却从口袋里掏出一包烟丝来，慢条斯理地卷了一枝烟。卷好了，放进嘴里，才含糊不清地笑了一声：

"你说现在这些兵，哪能和那时候比呢？"